60歳すぎたら

コレステロール

は

下げなくていい

和田秀樹 著

永岡書店

知ってましたか？

高齢になると
コレステロール値は
高めのほうが健康です！

コレステロールは
人間の元気と活力の源です。
決して健康に害を
もたらすものではありません。
とりわけ、高齢者が
健康長寿を実現するには、
日々コレステロールを
しっかり摂取する
姿勢が必要不可欠です。

緋月紫砲
Hiduki Shihou

悪役令嬢、庶民に堕ちる

イラスト 切符
Kippu

CONTENTS

第一話　なり代わりのお嬢様

病院特有の消毒液のような臭いで、自分がどこにいるのかを把握した。気を失う直前に血を吐いていたのだから当然かもしれない。同僚からの差し入れに劇薬が入っているだなんて誰が想像できる。

「何か、恨みを買うようなことでもしたか？」

自分では普通の生活をしていて、誰にも迷惑なんてかけていないと思っていたのだが。それよりも、今の独り言に違和感を覚えた。こんなに声が高かったか。

「何だ、これ」

目を開いて、最初に飛びこんできたのは立派な胸だった。男性の胸板ではない。女性特有の膨らみのことだ。男の俺に、そんなものがついている時点でおかしい。

「夢、だよな」

ベッドから起き上がって自分の全身を確認したのだが、どこからどう見ても女性の身体《からだ》だった。友人たちのドッキリという可能性も否定できないが、いくらなんでも性転換なんてやれるわけもないか。

「わけが分からない」

目にかかる髪を退《の》けつつ、一応念のために周囲を確認する。もしかしたら、病院じゃない可能性もあるし、夢ならいきなりの場面転換が起こるかもしれない。

「如月《きさらぎ》、琴音《ことね》？」

ベッドに掛けられていたネームプレートを見た瞬間、今まで忘れていた記憶を思い出すように、如月琴音という女性の記憶が蘇《よみがえ》ってきた。あまりにも膨大なものだったために一瞬、酷《ひど》い頭痛に襲われたが、一時的なものだろう。

「自殺した子になったということは、俺は死んだのか？」

琴音が自殺を遂行したのは、彼女の記憶で知ることができた。その理由も。彼女の身体にどうして俺が入りこんだのかは、全く分からない。彼女と俺に、接点なんてなかったはず。だけど、今の状況が紛れもなく現実だというのは、納得できないが理解してしまった。

「すんなりと納得するのも、おかしいだろ」

普通に考えれば、おかしい状況なのは明白なのだが、最初に顔を触った時の違和感が消え、この身体が自分自身のものであると実感してしまった。間違いなく自分だと。

「まずは、家に電話するか」

俺の家ではない。今の俺が実家に連絡を取ったところで、振り込め詐欺ではないかと疑われるのがオチだ。連絡をするとしたら、琴音の実家。目を覚ました報告と、これから自分がどこに住むことになるのかを、確認しないといけない。

「何で、あんなことで自殺なんかしたのやら」

如月琴音という少女は、物語でいえば間違いなく悪役だった。我儘《わがまま》で他人に嫌がらせを行い、自分の存在を周囲にアピールしていた。悪い意味で有名な存在だ。そんな彼女を矯正する為に両親が考えたのが、一人暮らしをさせること。自分一人では、何もできないことをわからせるのが目的だったのだろうが、その結果が琴音の自殺だ。

「おっとっと」

ベッドから立ち上がろうとしたら、バランスを崩して転びそうになってしまった。自分の身体だと頭では理解していても、以前の男性の身体との違いに戸惑ってしまう。特に胸の重みが違いすぎる。何でこんなにデカいんだよ。

「如月さん。お目覚めになったのですね！」

ベッドの縁に摑《つか》まってバランスをとろうとしていたら、看護師さんがやってきた。フラフラとしていたから、看護師さんに肩を貸してもらう結果になったのも、しかたない。移動しようにも、壁に手をついていないと安定していられないからな。

「五日も眠ったままだったのですから、無茶《むちゃ》しないでください」

「お手数をおかけして、すみません」

まさか、五日も眠っていたとは思わなかった。手首を切って血が大量に噴き出したところまでの記憶はある。というか、自分が死ぬ記憶をふたつも持っている俺は、一体なんなのだろう。

「どこに行こうとしていたの？」

「実家に連絡しようと。聞きたいこともありますので」

どうせ、あの両親のことだ。見舞いなんて一度として来たとは思えない。一応、着替えなんかは用意されているようだが、侍女の誰かが持ってきたものだろう。父は家族に興味がないし、母はあれだからな。

「なら、私が付き添います」

あまり聞かれたくない会話になりそうなのに。電話までの移動中に、看護師さんに色々と聞いたのだが、どうやら俺が死んでから三年くらい経《た》っているみたいだ。死んでいる間、俺自身がどうなっていたのかは分からない。もしかしたら、寝たきりだったのかもしれないが、情報が全くない。

ちなみに、この五日間、琴音を世話してくれていたのは、この看護師さんらしい。

「もう、あんなことをしちゃ駄目だからね」

「もうしません。やる理由もなくなりましたから」

琴音が自殺した理由を、俺は理解できないでいる。彼女にとっては、命を捨てようと思うまでの絶望だったのだろうが、俺からしたら理由にもならない。命を懸ける理由は人それぞれだとしてもだ。

「それでは、実家に連絡をとりますので、少しひとりにさせてもらえますか？」

「終わったら呼んでね」

人の良さそうな看護師さんだから、会話を聞いたら憤慨される可能性がある。それだけ琴音の家族関係は冷えきったものになっているし。家族に対する彼女の態度も最悪だったから。病院に備えつけの電話に手をかけて、暗記している実家の番号を押す。三コールくらいで出るあたり、やっぱり侍女の練度は高いよな。

「如月家です。どちら様でしょうか？」

「琴音です。目を覚ました報告と、これからのことについて相談したくて、ご連絡いたしました」

声から判断して咲子《さきこ》さんだな。小さい頃から琴音が世話になっている人だから、すぐに分かった。だけど、目を覚ました報告をしても、嬉《うれ》しそうにしてくれない。

「奥様に代わります」

事務的な声。それは俺もかわらないのだが。琴音の家族だって、娘と他人が入れ替わったなどとは露ほども思っていないはず。そうなった本人ですら、信じられないでいるのだから。

「音葉《おとは》です。まずは目を覚ましてくれたことを喜ばしく思うわ」

「おべんちゃらはいいです。本題に入ってください」

平坦な声で言われても、嬉しくもなんともない。色々と言ってやりたいことはあるが、病院で声を張り上げるのはマナー違反。琴音に問題があったのは認めるが、家族にはなんの問題もなかったというわけでもない。むしろ、琴音が歪《ゆが》んだのは家族にこそ原因がある。

「以前にも言いましたが、貴女《あなた》にはひとり暮らしをしてもらいます。住所をもう一度言います」

琴音自身が真剣に聞いていなかったので、住所を知らなかったのだ。だからこそ、実家に連絡をとる必要があった。住所を知っていたら、勝手に退院して、一人暮らしするマンションに向かっていただろう。

「生活費は月に五万円を銀行に入金します。通帳などは部屋《へや》に置いていますので、確認するように」

一人暮らしがどういうものなのか、家族は理解しているのだろうか。流石《さすが》に家賃は実家が払ってくれるのだろうが、それでも五万円で生活するのは、なかなかに厳しいぞ。文句を言えるような立場でないことは、分かっているのだが。

「あとは、貴女の好きなように生きなさい。勝手にこちらへ戻ってくることは許されていません。病院も本日中に退院するようにと夫が言っています。手続きはこちらでやっておきます」

「承りました。用件は以上です。それでは失礼します」

相手の返事も聞かずに受話器を置く。本当にこれが家族の会話なのだろうかとも思うが、いつものことすぎて、それほど疑問には思わない。母が現状を憂えていることは知っている。琴音が家族の問題を理解することはなかった。だけど、今のままでは家族と疎遠となるだけで、不仲の解決にはならない。

「やっぱり、きっかけは大事だよな」

いきなり俺が行動を起こしても、疑われるのが目に見えている。実家に戻るための小細工だと思われるのが関の山だ。俺としては、お嬢様として生活する気は微塵《みじん》もない。むしろ、ひとり暮らしをさせてくれて、ありがとうと言いたいくらいだ。誰が、あんな息の詰まる実家に戻りたいなどと思うものか。

「さてと、それじゃ行動を開始しようじゃないか」

病室からここまで歩いている間に、ある程度この身体にも慣れた。バランスをとるのはまだ少しばかり難しいが、普通に歩くぶんにはなんとかなるだろう。

「看護師さん。連絡終わりました。それと退院します。お世話になりました」

「馬鹿《ばか》言わないでちょうだい。五日も眠ったままだった人を退院させられるわけなんてないじゃない」

ごもっとも。普通ではありえないことだよな。だけど、そんな無茶をごり押しできるだけの権力を、琴音の実家は持っている。日本有数の資産家であり、政界や財界に数多《あまた》のコネクションを持っている十二本家《じゅうにほんけ》の一つである如月家に、琴音は属しているのだから。

「茜《あかね》。如月さんのご実家から連絡がありました。私たちとしては大変遺憾なのですが、退院要請に従うしかありません」

たぶん、看護師さんの上司なのだろうと思われる看護師がやってきて、そう言った。理解してくれているようでなにより。強大な権力を握っている如月家は、周りから怖がられている。だから、琴音がどんな無茶をしても、今まで誰も注意をしなかった。如月家に対してなにかを言えるのは、同じ十二本家の人間だけだから。

「私としては、なんの問題もありませんので」

「そういう問題じゃないのだけれど」

決まったことなのだから、しかたがない。病室に戻って、退院の準備をしよう。といっても、まとめる荷物もなく、ただ着替えるだけなのだが。病院服は、どうにも身体の線が出すぎていて恥ずかしいのだ。男性だった頃の俺は、そんなこと気にしたことがなかった。

だけど、琴音になったことで感性に変化が起きたのかもしれない。

「それでは、大変お世話になりました」

着替えを終えて、お礼のつもりでお辞儀をしたら、長髪が顔にかかって邪魔になってしまう。いっそのこと、バッサリと切ろうかな。ひとり暮らしで料理する時にも、邪魔になりそうだから。

「ちょっと後ろを向いてくれるかな。私がまとめてあげる」

それは大変助かる。男性だった頃から長髪の経験がないから、どうやって髪をまとめればいいのか、わからなかったのだ。ゴムバンドは貰《もら》うことになってしまうが、あとでなにか、お礼でも持ってくればいいかな。

「こんなものかな。あとは前髪にヘアピンをつけてっと」

俗にいうポニーテールだろうか。頭の後ろに尻尾《しっぽ》がついた感じで、違和感が半端ない。顔に髪がかからないように、前髪にもヘアピンをつけてくれたので目の前がスッキリした。

「長髪だと不便そうですね。切ろうかな」

「こんなに綺麗《きれい》な髪なのだから切るのはもったいないわよ」

そうかもしれないが、生活に実害が出るようなものは駄目だろう。俺自身は髪に対して拘《こだわ》りがないのだが、琴音は違う。琴音の意思を引き継ぐつもりはない。だけど、容姿はなるべく変えたくない。だから思い悩むことになっている。

「本当に大丈夫？」

「問題ありません。危ないと判断したら、適度に休憩を入れながら移動します」

病院からマンションまでは結構な距離がある。だからといって、タクシーを使うような贅沢《ぜいたく》はできない。生活費は限られているのだから。しかし、使える金額は月五万円か。色々と節約していかないとすぐに足が出そうだな。

「ありがとうございます。このお礼はいつか」

「別にいいわよ。それより気をつけてね」

無茶はしないさ。今は。高校というか学園なのだが、そちらのほうは現在春休み中。なにかが起こることもない。騒動が起こるとしたら、始業式後かな。その時に、無茶をする出来事が起こらないことを祈るばかりだ。


病院を出て、スマホで住所を検索。ナビを頼りに、歩いては休憩してを繰り返しているのだが、流石は病み上がり。体力がないな。

「いや、そもそも琴音の体力に問題があるよな」

なにかしらの運動をしていた記憶はない。記憶にある体形では、もう少し肉がついていたのだが、五日間の寝たきりで、それも落ちたのかもしれない。スッキリしたのはいいのだが、体力がないのは大いに問題だ。

「早朝ランニングで身体鍛えるかな」

何にしても、一番の資本は体力だろう。部屋の掃除から料理、食材の買い出しなんかでも体力は使う。ゆくゆくはバイトをするつもりだし、体力は絶対に必要だ。鍛えて損はない。当面の問題は、今日《きょう》の夕飯をどうするか。マンションに食材が用意されているとは、考えないほうがいい。それに、買い出しするような体力もまだないから、必然的に外食か。

「最後の晩餐《ばんさん》かな」

最後の贅沢になるかもしれない。料理は自分で作ったほうが安上がりなのは確実だから、周りのスーパーなんかもチェックする必要がある。明日《あした》からやらなければならないことは多そうだ。

「ここにするか」

どの店でもかまわない。ここらへんの土地勘はないのだから。俺にも、そして琴音にも。俺にとっては、そもそも生まれ育った街ではない。琴音の移動手段は基本的に車で、金のかかる店にしか寄っていなかったからな。

「いらっしゃい。空いている席にどうぞ」

入ってみて感じたのはあたりかもしれないということ。美味《おい》しそうな匂いもそうだが、俺にとって、落ち着いた雰囲気を感じるこの喫茶店は、好きになれる場所かもしれない。腹は減っているのだが、病み上がりなので、ガッツリとしたものは食べる気がしない。

「えーと、サンドイッチのセットで。飲みものは珈琲《コーヒー》でお願いします」

「少々お待ちを」

店長さんだろうな。ひとりで切り盛りしているようで大変そうだが、それで回っているのだから、心配するだけ野暮《やぼ》というもの。待っている間に確認できることを、やっておくか。

「見事なまでに白紙だな」

スマホの連絡先の話だ。一件も登録されていない。琴音が使っていたものとは違うようだから、新規契約したのだろうか。資産家のやることは、やっぱり理解できないな。

「あとは、基本的なことでも計算するか」

水道光熱費のおおよその額。部屋の大きさがどの程度なのかはわからないが、今の時期ならエアコンを使う必要もない。食費に関しては、俺一人の分だから、最悪なんとか持たせる方法は心得ている。かなり質素なものになるけど。実家が学園の支払いはしてくれるだろうが、参考書なんかは自分でなんとかする必要があるかも。琴音の成績は、お世辞にも良いとはいえないからな。

「うーん、やっぱり厳しい」

プライベートに回せる金額は、微々たるものだ。私服や下着を使い回せば、なんとかやっていけるだろうか。これから先、友人などができたとしても、とてもではないが、一緒に遊ぶようなことはできない。それこそ、ついて回るだけで終わってしまう。

「お待ち。ずいぶんと難しい顔をしているな」

「ちょっと生活費の計算を。仕送りだけでは厳しいかなと」

気さくな店主なのだろう。お客とコミュニケーションを積極的にとるのが、この喫茶店のスタイルなのかもしれない。事務的な接客スタイルの店よりは好感が持てる。

「大学生も大変だな。苦労は買ってでもしろとは言うけどな」

「すみません。まだ高校生なのですが」

「それは、すまなかった」

いや、そんなに驚かなくてもいいと思うのだが。たしかに、今の恰好《かっこう》は白のワイシャツにジーパンのみ。お洒落《しゃれ》もせず、素のままの自分でいるのに、なにゆえ年上に見られるのだろうか。

「悪い悪い。なんか大人《おとな》びて見えるからな」

そりゃ、元の年齢は二十二歳だったのだ。高校卒業後、すぐに就職して社会人も経験済み。お嬢様とか金持ちの経験なんてのはない。それがなんの因果かこんなことになっているのだから、人生とはわからないものだ。

「自覚はあるのでいいです。でも、やっぱりバイトしないと厳しそうですね」

サンドイッチをパクつきながら、頭の中で再度計算していく。何度計算したところで、

ギリギリなのはかわらない。サンドイッチの食感、味に舌鼓を打ちながら、自分の考えに没頭していく。

「面白《おもしろ》いなお前さん。幸せそうな顔をしていたと思ったら、急に難しそうな顔になって」

「色々とあって複雑な状態なので。心から今の状況を受け入れられていませんから」

ひとり暮らしのことは、なんとかなる。むしろ、なんとかするだけの気構えはある。問題があるとしたら、男性だった自分が、これからは女性としての生活を送らなければならないということ。女性特有のことなんか、知識もなにもない。誰かに聞くこともできないから、調べながら対応していくしかないな。

「なぁ、ここでバイトする気はないか？」

「唐突ですね。いいのですか？」

こちらとしては、願ったり叶《かな》ったりだ。これから仕事先を探して、面接に行ったりするよりは、面倒《めんどう》がなくていい。なにより、確実に雇ってくれるとは限らないのだから。お給料のことは、少し相談する必要があるかもしれないけれど。

「実はな、俺と妻で回していくには、ちょっと厳しくなってきていたんだ。誰かしら雇おうかと思っていたところなんだよ」

今の時間帯がそれほど忙しくないからこそ、こうやって俺と喋《しゃべ》ることができているのだろう。これが混み合うような時間帯であったならば、ひとりでは辛《つら》いのかもしれない。

「どうして私にお声を？」

「いや、なんとなくやり手な感じがしたからだが。どうだ？」

喫茶店というか、ファミレスでのバイト経験はある。接客自体は苦にもならないから、問題はない。裏方に回っても皿洗いの雑用、調理の補助もやれる自信はある。元々、義母とのふたり暮らしで、家事は俺の担当だった。だから、ひとり暮らしもやっていける自信がある。

「お受けしたいと思います」

「そりゃよかった。そういえば、名前を聞いていなかったな」

「如月琴音です」

なんともいえないような顔をしたな。琴音のことを知っているのだろうか。だとしたら通っている学園に息子《むすこ》か娘でも在籍しているのかもしれない。ただ、本人に会ったことはないだろうが。琴音がこのような喫茶店に通っていたなんて記憶は皆無だ。

「同姓同名か。聞いていた話と、だいぶ違う感じがするが」

「おそらく本人だと思います。私のような名前の人物が、それほど多いとは思えませんから」

やっぱり、この名前がネックになるか。もしかしたら、バイトの話もなくなるかもしれない。かといって、素性を偽った状態でバイトを続けたとしても、いずれはバレることだ。

なら、最初から真実を伝えておいたほうが、相手の心象もいいだろう。

「あの、試用期間として、今から裏方の手伝《てつだ》いをさせてもらってもいいでしょうか？」

「それは構わないが。時間は大丈夫なのか？」

「予定はなにもないので、問題ありません」

本当は、マンションの管理人さんに挨拶とかもあるのだが、それよりもこのチャンスを逃さないことの方が大事だ。また一からバイトを探したとしても、如月という姓で雇ってもらえない可能性が高い。有名すぎるのも問題だよな。

「それじゃ、案内する。それと、エプロンも用意しないといけないな」

まずは成功かな。あとは俺の行動次第。体力に問題を抱えている状態だが、それは気合でなんとかしよう。渡されたエプロンを装着して、いざ、お仕事開始だ。

「沙織《さおり》。バイトを雇おうと思うのだが、いいか？」

「唐突すぎるけど、いいよ。私まで接客に動かないといけないかなと思っていたところだから」

奥さんだろうか。ずいぶんと若そうに見える。見た目が小さいせいかな。頭にバンダナを巻いて、せわしなく動いている様子は、微笑《ほほえ》ましくも思える。店長とのギャップがすごいな。

「如月琴音です。雇ってもらえるかどうか、試用期間の間に判断していただけると幸いです」

「孝人《たかと》。本当？」

「本人だと聞いているんだが、どうにも、俺たちが聞いていた話と違っているからな。まずは、雇っても問題がないかどうか見るつもりだ」

店長が知っているんだから、沙織と呼ばれたこの人も琴音のことを知っていても不思議じゃないよな。やっぱり夫婦なのだろう。そうなると、もうひとつの問題が出てくるな。息子か娘の反応だ。

「わかった。それじゃ、そっちに溜《た》まっている皿を洗ってもらおうかな」

それなりの量があるようだ。飲食店なのだから、あたりまえだけど。それじゃ、言われたことをやっていきますか。店長は表のほうに戻ったから、俺の監視役は沙織さんになる。手を止めずにこちらのことを確認しているあたり、慣れているよな。

「ふぅーん、手馴《てな》れているわね。本当に、話を聞いていたお嬢様には見えないわね」

「ちょっと、心がわりする出来ごとがありましたので」

そして、俺も手を止めずに会話する。仕事の鉄則だよな。口を動かしても手は止めない。それでもミスは犯さない。これが意外と難しいのだ。注意力散漫になりがちだから。

「私の話はどこから？」

「娘からよ。いけ好かないとか、やりたい放題の問題児が学園にいるとか、愚痴を聞かされていたから」

やっぱりか。学園に一年在籍していただけで、ずいぶんと問題を起こしていた記憶がある。小さなことから、少しばかり大きめのことまで。他人に迷惑をかけまくっていた琴音だが、それでも肉体的な傷を負わせるようなことだけはしていなかったな。そんなことをしていたら、退学になっていただろうが。

「うん。採用しても問題ないかな」

時間が過ぎ、追加で入ってきた洗い物も片づけた所で、沙織さんから合格の言葉をいただいた。琴音として、慣れない作業をしていたから、腕が痛い。運動どころか、こういったことも琴音はやっていなかったから。普段《ふだん》使っていない筋肉を使ったからだな。

「それで、心変わりするような出来事ってなにかしら？」

「これです」

左手首に自分でつけた傷跡を見せる。俺としては気にしていないのだが、これからはこの傷跡ともつきあっていかないといけない。なにかしら言われることは多いだろうから、なにかで隠す必要がありそうだ。腕時計《うでどけい》でもつけようかな。そんな金がどこにあるという話だけど。

「孝人！」

すごい形相で店長を呼び出してなにかを指示している。いったいどうしたのだろう。それから、俺のことを滅茶苦茶《めちゃくちゃ》睨《にら》んできた。

「命を軽率に扱わない！」

「は、はい！」

唐突に説教が始まってしまった。条件反射的に、直立姿勢になってしまった。自分の子供と同じ年齢の子が自殺未遂をしたことに対して、強く思うところがあるのだろう。実際は、自殺を完遂しているのだが。

「持ってきたぞ」

「琴音。これをあげるわ」

渡されたのは、クラシックなデザインの腕時計。女性がつけるには多少大きいようにも思うが。でも傷跡を隠すには、これくらいがちょうどいいかな。でも、すごく高そう。

「いくらなんでも受け取れません」

「受け取れ」

「はい」

沙織さんの気迫が怖すぎる。俺の時の師匠に似ているというのも、関係しているのかもしれない。見た目は全然似ていないけど。渡された腕時計をつけたのだが、お店というよりも沙織さんに大きな借りができたような気がする。

「これ、高いですよね」

「どうだったかしら。どうでもよくて忘れたわ」

いや、これだけの品の値段を忘れるとか、どういう経緯で手に入れたのかも、気になるのだけれど。まあ、これで腕時計を買う費用は抑えられたから、いいか。でも、壊したりしたら修理費を要求されるんじゃないのかな。

「なんだかんだと営業時間を過ぎたな。バイトとしては合格点だろう。沙織もそれでいいよな?」

「問題ないわね。雇うことには賛成よ」

色々と助かった。でも、よく考えると怒濤《どとう》の展開だよな。退院した帰りの喫茶店でバイトとして雇ってもらえるとか。普通に考えたら、新しい住まいへ直行するはずなのに。

「飯食っていくか?」

「食べます!」

ここまで来たら、遠慮する必要はないよな。他人行儀すぎるのも、かえって失礼だ。初対面の人間に対して寛容すぎるこの夫妻も、大丈夫なのかと思ってしまうが。でも見た限り、そんなこともないか。手首の傷跡を見せた時の反応からして、至ってまともなものだったから。

「琴音のおかげで、片づけもずいぶんと早く終わったからね。晩御飯は香織《かおり》が作ってくれているのよね?」

「そのはずだな。カレーと言っていたから、準備もすぐに済むだろ」

働いたせいか、先程食べたサンドイッチでは物足りない状態になっていたので、助かる。

それに、カレーなら多めに作っているだろうから、おかわりしても問題ないはず。動いてわかったのだが、琴音の身体は燃費が悪い。

「香織、一人分《ひとりぶん》追加な」

「そういうのは事前に言っておいてほしいのだけど」

喫茶店と隣接している自宅。そちらのほうに移動してみると、すでに晩御飯の準備は整っているようだった。準備をしていたのは、琴音と年齢が変わらなさそうな女性。この子が店長と沙織さんの娘なのだろう。

「初めまして。この度、ご厚意により、バイトとして雇ってもらえることになりました、如月琴音です。どうかよろしくお願いいたします」

第一印象は大事だよな。もっとも、琴音のことを知っているのであれば、やる意味はないのだが。名乗ったら、すごく嫌そうな顔をされた。でも、だいたいの人はこんな反応をするんだろうな。本当に悪い意味で有名すぎる。

「父さん。それに母さんも本気？」

「本気よ」

「本気だ」

二人揃《そろ》って言ってくれたことは嬉しく思う。それでも娘の反応は変わらないのだが。嫌そうな表情をしているのもあるが、なにか疑問に思っていることもあるようだ。それが何であるかは、だいたい想像ができている。

「そもそも、貴女が如月琴音だってことが信じられないのよ。あの厚化粧はどうしたの？」

「似合わないのでやめました」

琴音の基本は、厚化粧による顔面武装。なにしろ、元の顔がわからないほど塗りたくっていたのだ。今の俺はスッピンだから、最初に琴音であると言われても、納得できないのだろう。それほどまでに顔が変わりすぎているのだ。

「ふーん、それで目的は？」

「お金を稼ぐためです。ひとり暮らしするのに、仕送りだけでは足りないと思いましたので」

「は？　ひとり暮らし？」

バイトをするのに、お金を稼ぐ以外の目的があるだろうか。以前の琴音のイメージならば、別の目的を想像されても不思議じゃないけどさ。俺としては、純粋に働きたいだけだ。社会人として働いていたせいで、手に職を持っていないと落ち着かないというのもある。

「本当に如月琴音なの？」

「本人です。学生証は持っていないので証明はできませんけど」

「話が長い。さっさと晩御飯にするわよ」

俺と香織の押し問答は、沙織さんの一言で一旦終わりとなった。たしかに、このまま問答を続けていたら終わりが見えないよな。さて、どうやって納得してもらおうか。これから、如月琴音としての生活が始まるのだ。よく考えて行動しないといけない。

しかし、なんというか、殺伐とした晩飯になっているな。店長と沙織さんは素知らぬ顔でカレーを食べ、香織はずっと俺のことを警戒している。俺はそこまで肝の小さいほうじゃないから、平然と食べてはいる。琴音になった瞬間から、こんな状況になるのは覚悟していた。

「うん、美味しいですね」

「お世辞をありがとう」

「本心なんですけどね」

この味と風味は、レトルトのものじゃないな。スパイスを上手《うま》く使っているのだろう。これならお店で出しているものと比べても、遜色ないと思う。それほど美味《うま》いのだ。俺はスパイスの扱い方を知らないから、あとで教えてもらおうかな。素直に教えてくれればいいのだけど。

「なんか毒気が抜けるわね。おかわりはいる？」

「いただきます」

「本当に、これがあの如月かと思うわね。別人でしょ、こんなの」

中身は完璧に別人だからな。琴音の代わりに今まで通りの活動をする気はない。彼女の行動の動機は知っている。そして、その行動が全くの無駄だったことも。だからこそ、琴音の思いに協力する気はないし、俺は自分の思った通りに行動するだけだ。

「はい、おかわりよ。美味しそうに食べちゃって。なにがあってそんなに豹変《ひょうへん》したのよ」

「これが原因ですね」

行儀が悪いけど、スプーンを咥《くわ》えながら、腕時計をずらして傷跡を見せる。反応は沙織さんと一緒。そこは家族だからか。先程は警戒されて睨まれたが、今回は怒った感じで睨まれてしまった。

「なにをしているのよ、あんたは」

「もうする気はありませんから、睨むのやめてもらえませんか?」

今日だけで何人に睨まれただろう。看護師の茜さんに、沙織さん。最後は香織にまで。原因は全部琴音にあるのだが、今の身体の持ち主は俺だ。琴音に対する非難は、全部俺が引き受けないといけない。

「なにを考えてやったのかは知らないけど、馬鹿な真似《まね》はするものじゃないわよ」

「だから、やりませんってば」

「なんだかんだと仲良くなったようで、なによりだ。これなら雇っても問題ないな」

「その前に、この子は役に立つの？」

「裏方に関しては問題ないわ。もしかしたら、香織よりも役に立つかもしれないわね」

ご両親のほうは全く問題なさそうだな。あとは香織次第だけど、こちらも、なんとかなるだろう。

ぐぬぬと拳を握っているあたり、本気で悔しがっているようだが、店の手伝いはしていないのだろうか。

「お店の手伝いとかは、していないのですか？」

「部活に専念しているから無理よ。部活を引退したら手伝うつもりよ」

俺の高校生活なんて、馬鹿たちの騒ぎに巻きこまれたり、義母《かあ》さんの世話をしていたりと、あまり自分の時間がなかったな。ひとりでいることは稀《まれ》だった。

「接客はどうなのよ。あの如月が、そんなことできるとは思えないのだけど」

「琴音でいいですよ。名字はあまり好きではありませんから」

和風月名《わふうげつめい》を名字にした十二の家。琴音の記憶を持っている俺も詳しいことは知らないのだが、日本有数の資産家たち。ずいぶんと古くから続いている一族なのだが、なんでそんなに稼いでいたのかは定かじゃない。だけど、この名字のせいで、今の俺は生きづらさを感じている。

「接客も問題ないと思うぞ。話と違って社交的な感じがするからな」

「同年代よりも大人っぽく見えるわよね。落ち着いているし、動きは的確だし。なにをすればいいのかわかっている感じだから、即戦力になるんじゃないかしら」

なにか絶賛されているようで、恥ずかしいのだが。高校時代にはファミレスでアルバイトをしていたし、社会人としての経験もあるから、やれているだけなのに。俺だって、最初のバイトの時はそれなりに失敗もしていたのだ。

「父さんも母さんも賛成なら、私から言うことはないけど。お店に迷惑だけはかけないでよ」

「善処します。私のことで馬鹿な真似をしてくるような輩《やから》が出てきたら、なにをしてでも叩《たた》き潰してあげますのでご安心を」

「それを聞いて安心できなくなったわ」

折角雇ってくれたのに、琴音関係で迷惑をかけるわけにはいかない。その時は、たとえ自分の身になにが起ころうとも、実家の権力を使ってでもなんとかする。これは俺の決意事項だ。

「色々と人格的に変わったのは認めるけど、学園の許可は大丈夫なの?」

「明日、申請書を取りに行こうと思っています。ひと悶着《もんちゃく》ありそうですけれど」

琴音がアルバイトをするなんて教師に言ったところで、素直に信じてくれるとは俺も思っていない。下手《へた》したら、実家に確認をとられるかもしれない。母ならまだしも、父がそんなことを許してくれるとは思えない。自由に生きろとか言っておいて、結局は束縛するんだよな。

「なら、私に連絡しなさい。私から説明すれば、先生も納得してくれるでしょ」

たしかに、店長の娘なら説得力は大幅に増すはず。でも、いいのかな。そんなことをしたら、琴音と親しいことが周りにばれてしまう。そうなれば、なにかしらを言われる可能性もあるのに。

「いいのですか？」

「どうせ、ここでバイトしていることはいずれバレるんだから、早いか遅いかの違いよ。それに琴音がこんなだから、最初は周りが混乱して、私のことなんて気にしていられないわよ」

「どういうことですか？」

「本人が無自覚なのが性質《たち》悪いわね。どうせそのままで学園に通う気なのでしょ？」

「なにか問題でも？」

あんな厚化粧をする気は毛頭ない。それこそ時間とお金の無駄だ。だいたい自分の質を下げてどうするのだ。要らない虫が近づいてこない様に警戒しての行いだったのだが、元の性格が悪すぎて、そんな心配なんて必要なかった。

「父さんにも母さんにも言っておくけど、中身どころか見た目も別人だからね。今の琴音は」

「自覚はありますね。ご馳走《ちそう》様でした」

厚化粧をしている状態と今の素顔は別人だと言われて、俺自身すらも納得してしまうほどだからな。始業式で俺が琴音であると一発で分かる人はいるのだろうか。

「それよりほら、連絡先教えなさいよ」

「はい」

「はいって、スマホを直接渡すとか、もうちょっと警戒しなさいよ」

「別にデータはまっさらな状態ですから、構いません」

見られて困るようなものは一切入っていないから問題ない。電話帳ですら登録件数ゼロだからな。実家の番号を暗記していたのは不幸中の幸いだな。

「なに気に寂しいわね」

「友達ゼロなのは自覚しています」

琴音が「ぼっち」なのは周知の事実だ。取り巻きはいるが、あれらを友人だとは思いたくない。十二本家の知り合いもいることはいるが。あれらも友人とは呼べないだろう。琴音にいらん知識ばかり教えやがって。

「しかたないから、私が友人になってあげるわよ。はい、連絡先を入れておいたわ」

「何度も聞きますけど、いいのですか？」

「それが演技じゃないのならいいわよ。友達がいないことを気にして拗《す》ねたり、私の作ったものを美味しそうに食べたり、今までと全然違うじゃない。なんて言えばいいのかな。親しみやすい一般人になったって感じかな」

「それだと今までの私はなんだったのでしょう？」

「一言で言えばこれよね。悪役令嬢」

うん、たしかにピッタリな呼び名だな。実家から追い出された俺が、今でも令嬢と呼べるのかどうかはわからないけれど。どちらかといえば、庶民になりたい。社交界への出入りとかは面倒以外の何ものでもない。

「あっ、そろそろ帰らないと。管理人さんに挨拶しないといけませんから」

「もうそんな時間か。送っていくか？」

「いえ、それほど遠くないですから大丈夫です。それに、私一人というわけではありませんし」

三人はなにを言っているのかわかっていないようだが、これでも令嬢なのだ。護衛がついているはず。仮に、俺が誘拐でもされたら、如月家に大変な迷惑がかかることになる。父か母が、その予防策をしていないはずがない。

「カレー、大変美味しかったです。また明日もお伺いします」

「晩御飯に？」

「茶化《ちゃか》さないでください、香織さん。アルバイトの申請書を貰ったら来るのですよ」

毎日晩御飯を食べに来るほど、俺だって図太《ずぶと》くはない。自分のことはなるべく自己解決するようにしないといけない。琴音として他人に迷惑をかけるわけにはいかないのだから。

「それでは失礼します」

予定よりもずいぶんと遅くなってしまった。管理人さんに訪問する時間を伝えているわけではないのだが。もちろん訪問日も。管理人さんが琴音のことを知っているかどうかはわからない。仮に知っていたら、また面倒なことになりそうだ。

「なるようにしかならないか」

喫茶店から、歩いていく途中で休憩する必要もないくらい近い場所に、俺がこれから住むマンションは建っている。どこからどう見ても高級マンションだよな。明らかに学生が住むような場所ではない。これだから資産家はと、真面目《まじめ》に頭を抱えそうになった。

「とにかく、管理人さんに挨拶しておかないと」

もう細かいことを気にしている場合じゃないよな。やるべきことはきちんとやっておかないと。社会人の基本だ。今はとにかく、せめて身近な人たちには琴音が変わったということを知っておいてもらわないといけない。学園のことは後回しだ。

「お初にお目にかかります。本日よりお世話になります、如月琴音です」

「話は聞いていたわ。ずいぶんと遅いご到着だったわね」

管理人さんの部屋。一〇一号室のチャイムを鳴らしたらすぐに出てきたが、その最初の言葉は小言だった。言われてもしかたないよな。現在の時刻は午後八時。帰ってくる時間にしては遅いほうだろう。

「友人宅で晩御飯をご馳走になっていました。ご心配をおかけして申し訳ありません」

謝ったら難しそうな顔をされたな。これはあれだろう。友人宅と言いながら、実は家の名を使って我儘していたとか思われているのかもしれない。以前の琴音のイメージからすれば、そう思われて当然だ。しばらくは、これともつきあっていかなければいけないと思うと、気が重くなる。

「問題はないかしら」

「なんのことですか？」

「今の貴女のことよ。先程の言葉は本心であるように思えたし、今、残念そうに思ったでしょう。信用されていないと思って」

よくわかるな。少しばかり扉の奥を覗《のぞ》いてみると、子供用の靴が見えた。子供がいるから人を見る目が鋭いのか。それとも、多くの住人たちを見てきたからか。俺でも敵《かな》うような気がしないな。

「よかったわね。友人ができて」

「大切な存在です。末永く仲良くありたいと思います」

「ふふ、なんだか貴女のお母さんのことを思い出すわね。その言い方は」

「母をですか？」

「私と音葉はクラスメイトだったのよ。このマンションも音葉のもの。私は音葉にお願いされて、管理人をやっているの」

それで、母は俺をここに住まわせることにしたのか。ここなら監視するのも容易だし、なにかあった場合も即座に連絡が行く。これは父の指示じゃないな。あくまでも母の独断だろう。その行動力をもっと早く発揮してほしかった。

「あまり音葉を心配させないでね。あれで結構不器用な性格をしているから」

「知っています。問題点があることも。そこはいつか。二人だけで話し合いたいと思っています」

いつかは母親と直接語り合う必要があると思っている。琴音にも母親にも問題はある。父に関しては、どうにもならないと最初から諦めている。あれだけはどうやっても無理だ。俺たちの手に負えるような人物じゃない。

「はい。これが、貴女が住む三〇三号室の鍵よ。それとこっちは私の連絡先。なにかあったら気軽に相談してちょうだい」

「なにからなにまで、ありがとうございます」

「いいのよ。音葉の心配も一つは減ったようだから」

それは絶対に琴音のことだよな。管理人さんは、ある程度は母から話を聞いていたのだろうが、以前の琴音とは会っていないからこそ、この程度で済んだのだ。悪役令嬢だった頃の琴音と会っていたのなら、こんなに簡単に信用してもらえることはなかったはず。

「それじゃ、今晩はゆっくりお休みなさい」

「はい。それでは失礼します」

お辞儀をして立ち去ろうとしたら、管理人さんの後ろから小さな女の子が顔を出してきた。管理人さんのお子さんだろう。ニッコリ笑って手を振ったつもりだったのだが、管理人さんの陰に隠れてしまった。笑顔《えがお》がぎこちなかったかな。

「恥ずかしがり屋なの。ごめんなさいね」

「いえ、いいのです」

多少はショックもあるけど、しかたない。男だった時から子供に好かれているのか、怖がられているのか、よくわからないことが多かったからな。挨拶したら大泣きされた時は、かなりショックを受けた。数秒は固まったな。そんな過去を思い出しながら、自分の部屋になる場所へと足を踏み入れたのだが。

「うん。色々とおかしいな」

まず、部屋の広さがおかしい。明らかにひとり暮らし用じゃない。大人数のパーティーを開いたとしても不思議じゃないほどの広さだ。そして、大型テレビに大型の冷蔵庫。デスクトップPCまで完備されている。ソファにテーブル。食器関係も充実。試しに冷蔵庫を開けてみたら、食材がビッシリと詰まっていた。

「本気でひとり暮らしさせる気があるのか？」

初期装備の充実っぷりが凄《すさ》まじい。クローゼットの中も確認してみると、やはりと言うべきか、それなりの数の私服が揃っている。でも、琴音の感性で選んだものじゃないな。侍女の誰かが用意したものだろう。可能性が一番高いのは美咲《みさき》かな。

「助かる。本当に助かるのだが、なんだろう、この素直に喜べない感じは」

最初は色々と揃えなければと覚悟していたのに、肩透かしを食らった感じだな。あちこちの引き出しを開けてみたりと、部屋の中を探索したのだが、本当に充実しすぎていた。でも、参考書なんかは当初の想定通り、自分で用意しないといけないみたいだ。

「さてと、残金の確認をしておきますか」

探していた通帳も見つけた。キャッシュカードと印鑑も。通帳の中身はきっちりと五万円。財布には五千円ほど入っていたのだが、先程喫茶店で使ったので三千円ちょい。まだ三月十日。乗り切ることはできるな。この過剰な過保護のおかげで。

「今日はシャワー浴びてさっさと寝よう」

最後の駄目押しもあって、今日は本当に疲れた。体力的にも、精神的にも。そのおかげで身体の扱いには慣れたのだが。熱いシャワーを浴びながら、今日起こったことを反復、再度考えてみるのだが、答えなんて見えてくるわけがない。

「つーか、髪を洗うのが面倒だな。やっぱり」

結っていた髪を解《ほど》いたら、腰くらいまである長髪だった。ちゃんと洗えるかどうか、不安になる。それと、記憶にある琴音は少しばかりぽっちゃりしていたはずなのだが、今は気恥《きは》ずかしさが勝って、鏡を直視できない。五日間の寝たきりで、ずいぶんとスッキリしたものだと思ってしまった。

「絶対に入る身体間違えているぞ」

身体を見ないように鏡を覗きこんでみれば、映っているのは琴音の素顔。自分で言うのもあれだが、結構な美人だ。これでスタイルもいいとか、なにを思って悪役になんてなろうとしたんだよ、とツッコミたくなる。理由は知っているけどさ。

「馬鹿だったんだろうな」

これに尽きるか。あとは相談する相手がいなかったか、間違えたか。方法なんて色々とあっただろうし、諦めるのが大切なこともある。そのいずれをも間違えた結果が、今に繋《つな》がったのだろう。

「本当になにをしているんだよ」

ジッと自分の顔を見ていても、琴音の意識がこの身体の中に残っている感じはしないのだから、答えが返ってくることはない。

「寝よう」

浴室から出てベッドに入るまでに、また時間がかかってしまった。髪を乾かすのに悪戦苦闘したからだ。本当に切ろうかな、この長髪。琴音にとって思い出のあるものだからと躊躇《ちゅうちょ》していたのだが、生活へ弊害が出すぎている。

「今度こそ本当に寝よう」

やっとの思いでベッドに入る。女性の生活がこんなに大変なものだとは思ってもみなかった。義母さんの世話をしていたのだから気づくべきだったな。以前の生活が少しだけ懐かしく思えてしまった。


日付が変わって早朝。目覚まし時計の音で目を覚ます。顔を洗い、昨日《きのう》やってもらったように髪をまとめてから、水を飲んで着替える。ジャージへと。こういった服装を用意してくれている時点で、家族の誰かが準備したとは考えられない。

「さて、行きますか」

昨日の内に計画していたこと。それは早朝のランニング。それを日課にしようと思ったのだ。今の体力だと、働くにしても心許《こころもと》ない。学園では琴音に恨みを抱いている連中だっている。実家から追い出されたとわかった連中が、なにをしてくるかわからないからな。

「噂《うわさ》は流れ出すと早いからな」

準備運動を忘れない。初日なので、自分の体力がどれだけあるのかを調べるのが目的だ。最初からすっ飛ばして駆け出したとしても無理が出る。へたしたら身体を壊す可能性だってあるからな。せっかく仕事が決まりそうなのに、台なしにするのは避けたい。

「予想以上に体力がないな」

少し駆け足、その後に早歩き程度の速度にまで落としたのだが、それでも汗が止まらず、息が苦しい。どれだけ運動をしていなかったのかがよくわかる。体力作りをしようと思ったのは正解だったな。身体はついてきてくれないけど。

「なにしているのよ？」

「ランニングを始めようと思ったのですが、今は休憩中です」

近くにあったベンチで休んでいたら、ジャージ姿の香織と遭遇してしまった。心配そうに顔を覗きこんでくる時点で、自分がどれだけ疲れ果てているのかがよくわかる。だけど、早朝ランニングをやめようとは思わない。むしろ、俄然《がぜん》燃えてきた。

「本当に変わったのね。以前の琴音だったら絶対にやらないようなことじゃない」

「香織さんはなにを？」

「私は部活のために早朝トレーニングよ。これでも長距離の選手なんだから」

「優秀なのですね。私なんてこのざまですよ」

「最初なんだから、しかたないじゃない。それともやめる？」

「逆にやる気が出てきました。絶対に変わってやるというやる気が」

仮にこれで体力が思ったほどつかなくても、無駄なことではないから。継続は力なり。いつかは自分のためになることなのだから、やめる理由なんてない。そんな思いも込めて言ったら、香織が笑顔を浮かべてきた。

「どうかしましたか？」

「妙にスッキリした感じがしてさ。実は少し疑っていたのよね。琴音はなにも変わっていないんじゃないのかなって。でも、今の表情を見たら、私の考えは間違っていたことがわかったわ」

「あれだけのことをしていたのですから、しかたありません。自業自得ですよ」

「だから、謝っておく。ごめんね」

なんというか、裏表のない性格なんだろうなと思う。昨日は琴音のことを疑っていたから、表情が硬かった。でも、今はそのことを本当に反省している。感情がそのまま表情に出る人なんだろうな。常に厚化粧で顔面武装していた琴音とは大違いだ。

「それで、お願いがあるんだけどいいかな？」

「なんでしょうか？」

「私に対して、敬語使うのやめてくれないかな？」

意外と難しいお願いをされてしまったな。そもそも俺が敬語を使っているのは、自分の素の言葉遣いに問題があるからだ。琴音のような言葉遣いをしたら、今の自分を見失ってしまう気がするし、自分らしい言葉遣いをしたら、それはそれで今の身体と合わない気がする。

「どうしてもですか？」

「別に嫌ならいいわよ。それともそれが素なの？　私としては、なんだか違和感があるのよね」

違和感があるのは当然だ。あくまでも敬語は、社会人として使うべきものなのだから。目上の人が相手の時や取引先でなど、使う場所は様々だが、それらは素の自分を出すべき場面ではない。でも、今は素の自分を特に隠す場面でもないか。友達に素を出せない関係というのもおかしいからな。

「なら素を出すけど。こっちの方が違和感強いと思うぞ」

丁寧な物言いから、乱暴な言葉遣いに変えた瞬間、香織は驚いたのか固まり、次にはいきなり笑い出した。なにか笑えるようなことでも言っただろうか。俺としては敬語に戻して返答されるはずだと思っていたのに。

「ごめんね。予想外なのと、あまりのギャップに笑っちゃってさ。その喋り方は流石にお嬢様としては駄目よね。でも、私的にはＯＫよ。それは絶対に演技じゃないでしょ」

演技ではなく、嘘偽《うそいつわ》りのない俺としての言葉遣いだからな。琴音ですら、ここまで口調が崩れることはなかったと思う。多少は乱暴になることはあっても、男みたいな喋り方だけは絶対にしなかったから。

「今の琴音が以前と全然違うのは、十分にわかったわ。だから、今日はちゃんと私を呼び出しなさいよ」

「時間は大丈夫なのか？」

予定があるのに、学園へ呼び出すのは忍びない。だけど、返ってきた言葉は俺にとっては予想外の、学生としてはあたりまえのものだった。

「部活に出ているから大丈夫よ。だいたいの時間を聞いておけば、スマホを持っているからら」

「早めに行っても、先生がいなかったら意味ないからな。十時頃にするか。その時間なら誰かしらいるだろ」

「春休みに入ったばっかりだからね。早々に入院した琴音も、なかなかにレアだと思うけど」

「自業自得だからしかたない」

終業式の後、両親からの宣告により、自殺することを決めたからな。記憶の通りなら、結構深く切って血だまりを作っていたはず。なんとなく異状を感知して部屋に入ってきた美咲がいなかったら本当に死んでいたかもしれない。

「それじゃ、そろそろ帰る。朝食作らないといけないからな」

「私も帰るわ。それじゃ、またあとでね」

「頼んだ」

正直なところ、ひとりでどうにかできる気はしなかったのだ。いくら先生を説得しようにも、去年の琴音のイメージが強すぎて、全てがマイナス方向に受けとられかねない。申請書をすんなり受理してもらえるとはとても思えなかったのだ。友達は大事だな。

「さて、もうひと頑張りだな」

体力作りで外に出たら、思わぬ形で味方ができてしまったな。ただ、学園が始まっても、同じような関係が生まれるかどうかはわからない。琴音がこれまでやってきたことに、香織を巻きこむわけにはいかないからな。あの性格だから、絶対に納得はしてくれないだろうけど。

「朝食はなににしようか。駄目になるのが早そうなものから使っていかないと」

あの大型冷蔵庫に満載の食材の数々。ひとり暮らしの娘のために、心配になった両親が揃えたと考えるのが普通だろう。もっとも、その考えはすぐに否定したけれども。それにしても、明らかにひとりで処理できる量を超えている。

「ご飯は炊いてないから、パンで。目玉焼きとサラダ。あとは珈琲でいいか」

卵は優先的に使っていこう。あと、魚類。明日は和風で攻めよう。その間に周囲の店を調べて、値段調査となにが必要なのか考えないと。使える金額が限られているからな。

「あれ、あれは？」

エレベーターを使わずに階段で部屋へ向かったのだが、隣人がちょうど外出するところだった。だけど、その姿には見覚えがある。昨日、病院で会った看護師の人。たしか、上司には茜と呼ばれていたな。ここ、結構な家賃だと思っていたのだが、そうでもないのだろうか。

「茜さん？」

「うん？　あら、琴音ちゃんじゃない。もしかして、隣に越してきたのって琴音ちゃんなの？」

「そうなります。世間は狭いですね」

まさか、看護師さんが隣人になるなんて想像もしていなかった。世間の狭さといえば、以前の俺として住んでいた場所は隣町。狭いどころの話じゃないだろ。俺が死んでから年単位で過ぎているのだから。そのうち義母さんの様子でも見に行くか。

「それで、どうして汗をかいているのかしら？」

なんだか、茜さんの顔が怖いのだが。そういえば、俺は昨日まで入院していたのだったな。それが次の日に汗をかくだけの運動をしているというのはまずい。自分のことなのに忘れていた。

「ちょっと体力作りを」

「ちゃんと容態を説明していなかった私も悪かったね。説明している時間がなかったというのもあるのだけれど」

「えっと、私の容態。そんなに悪かったのですか？」

「一時心肺停止状態になっていたのよ。それから五日間、ずっと意識不明のまま。目覚める様子もなかったのにあの日、唐突に目を覚ましたの。主治医の先生も奇跡的だと言っていたのよ」

「えーと、すみません」

まずは謝っておこう。心配をかけたことにかわりはないからな。しかし、琴音の容態は相当に悪かったのだな。心肺停止したということだが、おそらくその時に琴音は本当に死んだのだろう。ただ、その時に俺が彼女の身体に入りこんだのはなぜかはわからない。

「わかればいいのよ。もっと自分を大切にしなさい」

「わかりました。ところで、茜さんはこれから出勤ですか？」

「話を逸《そ》らしたわね。いいけれど。朝ご飯を買いに行こうと思ったのよ。夫はまだ寝ているし、パン屋も近いから」

結婚していたんだ。でも、夫が寝ているということは、旦那さんの仕事は夜の時間帯なのかな。それに、茜さんは料理しないのか。そういうことであれば、恩返しすることもできるな。どうせあの食材を一人で使い切るのは無理だし。なら、それまで協力してもらうのはありだな。

「お礼として朝食作りますけど、食べますか？」

「食べる！」

反応早いな。茜さんは本当の琴音のことを知らないから、こういう反応をしてくれるのだろう。知っている人だったら、ここまで簡単に信用してはくれないだろう。

「お邪魔しまーす。うわぁ、すごいわね、中の充実度が。部屋の造り自体は私のところと変わらないけど、家電が充実しすぎよ。流石はお金持ち。やることが違うわね」

「茜さんは知っていたのですか？」

十二本家出身であることを。名字でバレることはあるけど、十二本家がなにをしているのかは、一般的には知られていない。資産家だということはわりと有名だけど。ただ、それを知っているにしては、茜さんの態度は普通だな。むしろ、フレンドリーすぎる。

「私の夫が元十二本家なのよ。だから貴女たちが、自分のことを大物だとはあまり思っていないことを知っているのよ」

元十二本家という言葉だけで、誰の事かわかってしまった。霜月家《しもつきけ》の変わり者。自分から十二本家から抜け出す人は殆《ほとん》どいない。しかも、その結婚相手が茜さんか。本当に世間は狭すぎるな。

「それじゃ、パパッと作りますね」

「シャワー浴びなくていいの？」

「あとで浴びます。今はタオルで拭いておきます」

待たせることになってはいけないから、朝食作りを優先することにした。シャワーなんていつでも浴びられる。この後、学園に向かうのだから、汗臭いというのも問題ではあるが。本当なら色々と節約もしないといけないのだが、バイトを始められるのなら、水道光熱費に関して、そこまで気にする必要はないか。

「飲みものはどうしますか？　珈琲、紅茶、牛乳がありますけど」

「牛乳でお願い」

経済的余裕はないのに、食材だけが大量にある状況とはなんなのか。あの両親というか、母の仕業であるのだが、もう少し考えて行動してほしいよ。

「さて、やりますか」

まずは朝食だ。他人にも振る舞うのだから、失敗しないようにしないと。腕の見せどころだな。

事前に思い描いていた通り、パンに目玉焼き、サラダとベーコン。あとはそれぞれの飲みものをテーブルの上に並べた。うむ、腕は落ちていないようだ。琴音になってしまった影響で、料理が下手になったとかだったら出費がかさむところだった。

「琴音ちゃん。料理うまかったのね」

「経験はありましたからね」

義母さんは家事が苦手だったため、必然的に俺の役目になっていたのだ。家事に関しては、隣に住んでいた幼馴染《おさななじみ》の母親に習ったのだが。おかげで、ひとり暮らしするにあたって、十分すぎるスキルを身につけている。

「お願いがあるのだけど、これから私のご飯作ってくれないかな。もちろん食費は払うわ」

「いいですよ。私としては問題ありません」

一人分だろうと二人分だろうと、作る手間はかわらない。それに、美味しそうに食べてくれるのは悪い気がしないからな。食費を払ってくれるのなら、なんの問題もない。おそらく多めに貰うことになるだろうけど、そこに遠慮はしない。余裕なんてないからさ。

「琴音ちゃんは、今日どうするの？」

「学園に行って、アルバイトの申請書を貰いに。それに、住所変更の手続きもしないといけないので」

緊急時の連絡先は実家でいいのだが、現在住んでいる場所を教えておかないといけない。いちいち実家から連絡をもらうのも煩わしい。それに、もしかしたら、実家から俺に連絡がこない可能性もあるからな。

「十二本家の人なのにアルバイトするの？」

「仕送りの金額的にバイトしないと厳しいかなって」

「いくらくらいの仕送りなの？」

「月に五万円」

「……琴音ちゃんのご両親は、なにを考えているのかしら」

そこが一番の問題である。食費に関しては茜さんの協力でなんとかなるだろう。燃費の悪い琴音の身体だから、結構かかると思っていたのだ。動けば動くだけ腹が減るのだから、しかたない。間食はできるだけ控えるようにしないと。

「それで、この家電の充実ぶり。電気代結構かかるわよね」

「金欠にさせるのが狙いなのかもしれません。私が泣きつくことが」

ひとりで生きていくことの辛さを教えるのが目的なのかもしれない。人の心を考え、思いやりの大切さを学べと。俺にとっては余計なお世話である。

「琴音ちゃん。ちょっと余計なことを聞くけど、なにかやらかしていたの？」

「悪いことを色々とですね。今は心を入れ替えて、真っ当に生きることを心がけています」

「夫から聞いていたけど、十二本家は本当に歪んでいるわね」

世間的にはあまり知られていないことだが、十二本家の人間は基本的に皆、性格が歪んでいる。いい意味でも悪い意味でも。性格だけじゃなく、好みとか性癖とかも。同じ十二本家同士でありながら、お互いあまり交流がないのには、そのことも影響している。

「ご馳走さま」

「お粗末さまです。それじゃ、片づけますね」

「うーん、ちょっと予想外かな。十二本家の人間が家事能力高いってのは」

「私にも色々とあるのですよ」

中身が入れ替わっていますと正直に言ったところで、自殺しようとしたことで頭がおかしくなったと思われるだけだろうからな。なら、ある程度ボカしておいたほうがいい。その方が、気を遣って色々と聞いてこないだろうし。

「うん。琴音ちゃんを私のお嫁さん候補にしよう」

「頭、大丈夫ですか？」

旦那さんがいるのに、なんで俺が嫁になるんだよ。それに、俺たちは女性同士だ。その言葉を使うのも間違っている。第一、心を開くのが早すぎないか？　俺と茜さんの関係なんて元患者と看護師だったというだけなのに。

「嫁のツッコミが厳しい」

「私のどこが気に入ったのですか？」

「眠りの森の美女だった頃からかな。それに、美人で家事ができて、平気で無茶なことをしちゃうから、心配で目が離せないところとかかな」

結構あるんだな。しかし、眠りの森の美女とか。化粧をしていた琴音の画像でも見せようかな。持っていないけど。無茶ばかりするという自覚はある。今もこれからも。今の目的は現状の改善。とにかく、普通に見てもらえることを目標にしている。そのためなら、多少の危険は承知の上だ。

「演技しているのかもしれませんよ」

「それはないね。これでも色んな患者さんを見てきたのよ。今の琴音ちゃんは困惑しているけど、演技は絶対にしていない。冷静そうに見えて、結構感情の揺れ幅が大きそうね」

なんだろう、気に入られたのは悪い気はしないのだが、茜さんのスペックもおかしい。俺の中身をどれだけ把握しているんだよ。そういえば、以前の俺の時も、周りの連中のスペックはおかしかった。それが普通じゃないことも理解していた。それにしても、あまりにも偶然が続きすぎているな。

「それじゃ、私はシャワーを浴びてきます。ゆっくりしていっていいですよ」

「そうさせてもらうわ。テレビ見ていい？」

「どうぞ」

電気代節約のために、使わない家電のコンセントは抜いておいたほうがいいな。できればテレビもだが、来客の際にはかまわない。天気予報とかニュースに関してはスマホを使えばいい。マンションの中は無料のW・i――F・i環境になっていると設備説明書に書いてあったから。

「今日は快晴、と」

シャワーを浴びながら、今日の予定を考える。時間になったら学園に向かって出発。その途中、喫茶店によって店長にサインをもらう。その際に実家にも連絡して、事情の説明。なんとかして許可をもらうしかない。それが一番の問題なのだが。

「なるようにしかならないか」

今考えたところで、他に策を思いつくこともない。それに、家族の考えは、俺だといまいち読みとれないんだよな。基本的に、俺の思考は庶民だ。資産家の金持ちとは思考回路が違う。特に父と相容《あいい》れないのは確実だ。

「夕飯どうしますか？　旦那さんの分も必要ですよね？」

「私のだけでいいわ。旦那は夜に仕事へ行くから」

シャワーを浴び終えて、髪を拭きながら尋ねてみる。旦那さんもいるのだから、いつか一緒に食べる機会もあるだろう。どんな人なのかは何となく予想できる。十二本家の中でも変わり者が多いことで有名な霜月家。俺としては積極的に関わりたいとは思っていなかったが、隣人となれば話は別だ。

「旦那さんは霜月家の人だったんですよね？」

「そうよ」

「うーむ」

「なんでそんな嫌そうな顔をするのかしら」

霜月家の噂を色々と聞いているからだよ。他の十二本家についても。比較的にまともなのは文月《ふみつき》かな。あそこは目立った噂を聞かないから。接触があるのは卯月《うづき》と長月《ながつき》なのだが、卯月は裏がありすぎる。長月は面倒臭い性格をしている。

「色々とあるからです。あっ、これ、私の連絡先です」

備えつけのメモ帳に書いて渡しておく。ご飯を提供するならば、予定を聞いておきたいからな。作っておいて無駄になるのは避けたい。食材は無駄にしないのが一番だ。

「ありがとう。琴音ちゃん、髪はちゃんと乾かしたほうがいいわよ」

「長くて面倒ですよね。その内、切ろうとは思っているのですけれど」

「駄目よ！　絶対に駄目なんだからね！　髪を切るのは私が許さないわ！」

すごく接近され、言われてしまった。そんなににじり寄る必要があるのだろうか。驚いて、俺のほうが仰《の》け反《ぞ》ってしまったのだが。

「そんなに綺麗な髪を切るなんてもったいない。私が丁寧にケアしてあげるから、切るのはやめてくれないかな？」

「でも、正直なところ、邪魔なのですよ」

「そこはなんとか我慢してくれないかな。ほら、今までだって、それで過ごせていたのだから」

彼女がそこまで言うのなら、少しは我慢してみるか。一か月経っても慣れなければ切ることにしよう。その時はなんとか茜さんを説得することになるが、しかたない。

「茜さんがそこまで言うなら」

「嫁が素直でよかったわ」

「あの、その嫁という呼び方ですけど。外では使わないでくださいね」

「大丈夫。中だけの呼び方だから」

茜さんには悪いのだが、信用できない。だって、霜月家の人と結婚するような人間なのだから。あそこは、自分にとって面白ければなんでもいい、というような人たちの集まりなのだ。絶対に職場でも俺のことを嫁と言いふらすに決まっている。

「うん、諦めよう」

「なにをかしら?」

茜さんは絶対に否定するだろうけど、感性で動く人になにを言っても無駄だ。以前の俺としても、骨身に染みている。あいつらを抑えるのに俺がどれだけ苦労したことか。その苦労を琴音の身で再度やりたくはない。

「琴音ちゃんにお願いがあるのだけど、サンドイッチをいくつか作ってくれないかしら?」

「承りました」

旦那さんの朝食だろう。俺に頼むということは、茜さんはやっぱり料理ができないのかな。別にサンドイッチくらいは普通に作れると思うけど。たまに地雷を仕込むのに使う場合もある。

「できましたよ」

「ありがとね。さて、それじゃ旦那も起きてくる頃だし、私は自分の部屋に戻るわ」

「それでは、またあとで」

時間は午前八時半。この時間までゆっくりしているということは、今日は仕事は休みなのだろう。俺もそろそろ準備しておくか。準備といっても制服を着て、身だしなみを整えるだけなんだけどな。

あとは、このあたりの地理を頭に入れておかないと。琴音もあまり把握していなかったようだからな。

「それじゃ、行きますか」

時間も近づいたので、学園に向けて出発する。歩いて十五分くらいだろうか。琴音の移動手段は車だったから、正確なところはわからないな。香織のこともあるし、できれば時間ちょうどに到着したいのだが、少し早めに出るか。早く到着したら、学園近くのコンビニで時間を潰すのもありだ。

「こうやって歩いてみると、色々とあるんだよな」

バイト先候補の喫茶店、スーパー、コンビニ、商店街。駅の方に向かえば、ショッピングモールもある。立地的にあのマンションは、相当な優良物件だと思う。価格がいくらなのかは知りたくないな。

「失礼します」

予定通りなら、十五分くらいで着きそうだったのだが。まだ体力に余裕がない。途中で休憩を挟んだから少し遅くなったか。早めに部屋を出ておいて正解だった。そして学園の職員室に到着したのだが、春休み中というだけあり、職員の数は少ないな。

「あの、お時間大丈夫でしょうか？」

見知った先生がいたので声をかけてみたのだが、俺の顔を見て疑問符を頭に浮かべているように見える。化粧をしていない俺は、そんなに誰なのかわからないのだろうか。

「すまん。あまり見覚えのない顔だったからな。春休みになにか用事でもあったのか？」

「アルバイトの申請書をもらいに来ました。それと住所変更の用紙も一緒に」

「なんだ、引っ越しでもしたのか。今、用紙を持ってくるからちょっと待ってろ」

本当に、俺が琴音だと気づいていない様子だな。一年の時の担任だったのに。琴音が色々と迷惑をかけた人たちの一人なんだけど。このまま気づかれないように振るまったら、問題なく用紙をもらえるのではないだろうか。でも提出した時にバレるよな。

「ほらよ、これが用紙になる。書き方は教えておいたほうがいいよな？」

「お願いします」

間違えて、もう一度家族に頼むようなことは避けたい。家族なのに、あまり関わり合いになりたいとは思わないんだよ。それにしても親切な先生だな。琴音が問題を起こした時、渋い顔をしていた記憶しかないのだが。

「それで悪いんだが、去年は何組にいたんだ？　一応担任に教えておく必要がある」

「担任は近藤《こんどう》先生です」

「俺か？　悪いんだが見覚えがないんだが」

「如月琴音です」

「そうか。如月か。待て、如月だと？」

そんなに驚いて俺のことを凝視しなくてもいいのに。そりゃ、見た目がかなり変わっている自覚はある。それに加えて、雰囲気も。初見で俺のことを琴音だとわかる人物は、あまりいないだろう。

「本当なのか？」

「学生証出しますか？」

顔写真はあてにならないけど。あれも化粧した顔を写しているからな。あとで撮り直す必要がありそうだ。誰が見るかはわからないが、一応は身分証明書みたいなものなのだから。

「いや、如月の名を騙《かた》ったところでメリットはないから本人なのだろうが。イメージチェンジしすぎだろ。この数日でなにがあったんだよ」

「色々とですね。身内の恥になるので喋りたくはありません」

琴音が自殺しようとしたことを、周囲に知られるのはまずいよな。昨日はそこまで考えて行動していなかった。それは反省すべき点だ。でも教えた相手は信用できる人たちばかりだから、大丈夫だと思いたい。

「無理に聞こうとは思っていない。だけど、如月がバイトするのはどうしてだ？」

「昨日からひとり暮らしを始めたので、お金を稼ぐ必要があるのです」

五万円でやり繰りするのには限界がある。なにより、仮に友達ができた場合、遊ぶお金も必要になる。遊びに誘われても毎回断ることしかできないというのは困る。お金のかからない遊びもあるが、それにも限度がある。

「如月が、ひとり暮らしだとっ！」

「そんなに驚かなくてもいいと思いますけど。家事についてはそれなりに知識がありますから」

「如月の言葉を全面的に信用することはできないな。お前が去年、なにをしたのか覚えているよな？」

「忘れてはいません」

生徒に対しても、教師に対しても、多大なる迷惑をかけたことはしっかり覚えている。

そんな俺のことを信用できないのはしかたない。だけど、どう説明しよう。へたに誤魔化《ごまか》そうとしても、かえって疑われるだけだろう。

「だいたい、バイト先は如月のことを知っているのか？」

「バイト先の娘さんがここの生徒なので、私のことはご存知でした」

「よくそれで了承したな。豪胆なことで」

でも、近藤先生も琴音相手によくこれだけ堂々とものを言えるよな。他の人たちは家柄のこともあって、琴音の機嫌を窺《うかが》うことが多かった。面と向かってこれだけ言えるのは、すごいことだと思う。

「おーい、琴音。大丈夫そう？」

「香織さん。案の定、難航しています」

香織が来るまでの時間稼ぎを考えていたけれど、必要はなかったな。職員室に入る前に連絡しておいてよかった。これで申請書をもらう目途《めど》が立ったかな。まさしく救世主現るだ。

「先生、大丈夫ですよ。琴音が働く場所、私の家の喫茶店ですから」

「お前ら、去年接点なんてあったか？」

「ありませんでしたね。出会っていたとしても、去年の私でしたら、友達になっていなかったと思います」

去年の琴音だったら、香織と出会っていたとしても嫌味を言ったりして嫌われていたはずだ。一般的な生徒と友達になるなんて、考えられなかっただろう。疑似的な友人になるなら卯月だけど、今年度は接触を避けようと思っている。今の俺だと絶対に反りが合わない。

「私の両親も、琴音を雇うことに同意しています。むしろ、雇わずに次の候補を探すのが大変だとも言っていましたね。教えること、ほとんどないみたいでしたから」

「如月に接客業が務まるとは思えないのだが」

「今の琴音だと大丈夫だと思いますよ。だって、これですよ、これ」

人を指ささないでほしいのだが。以前の琴音なら、これだけでも激昂《げっこう》のスイッチが入っていただろう。沸点が低いというより、他者を寄せつけないような感じだったからな。注目を集めるのが目的でもあったようだし。

「バイト先の家族が大丈夫って言うのなら、いいか。如月、面倒を起こすんじゃないぞ。ここまで言ってくれた橘《たちばな》の信頼を損なうようなことはするなよ」

「雇っていただける身なのですから、誠心誠意働くつもりです。迷惑をかけるようなことがあった場合は、私の責任なのですから、その時は潔く辞めます」

「本当にこれがあの如月かよ。もう別人じゃないか」

隣で香織まで頷《うなず》くのかよ。いや、中身は完璧に別人だから間違ってはいないのだが。問題児が真人間に変わったのだから、教師としては喜ばしいことのはずじゃないのかな。凄《すご》く複雑そうな顔をしているけどさ。

「それじゃ渡すが、ちゃんと両親の同意はもらうように。それがなかったら、許可なんて下りないからな」

「承知しています。それが目下最大の問題ですが、なんとかしますとしか、言いようがありません」

最初に、アルバイトをやる必要性について説明しないといけないよな。でも、そうすると仕送りの額を増やすとか言われかねない。なんのためにひとり暮らしさせたのか考えさせる必要がある。生活資金が増えるのは嬉しいが、それだと琴音の性格矯正という趣旨から外れるだろ。

「これは俺も、少しは考え直す必要がありそうだな。春休みの間に知ることができて、助かった」

「なにがですか？」

「今後のことだよ。正直なところ、如月に関しては、扱いに困っていた部分があったからな」

「それは自分でも把握していることですが」

「普段の行いもそうだが、如月の場合、成績も悪いだろ。へたしたら退学になるから、注意しておけ」

同じ学園に通っている、他の十二本家の成績は軒並み上位なのに、琴音だけは下から数えたほうが早い場所に位置していた。やればできる子なのに、他に理由があって勉強なんてしていなかったのだ。だから、やり方が間違っていたともいえるのだが。

「この春休みで挽回《ばんかい》するつもりです。結果は最初のテストで確認してください」

「そうさせてもらおう。ほら、申請書と住所変更届の両方だ。ちゃんと書いてこいよ」

やっともらうことができた。意外と時間がかかったのはしかたがない。これで香織が来てくれなかったら、もっとかかっていたことだろう。持つべきものはやっぱり友だな。

「ありがとうございます」

なぜか香織も一緒にお礼を言ってくれた。感謝するのは俺なのに。さて、これで第一関門突破だな。問題は次になるけど。次は俺だけで解決する必要があるから、助《すけ》っ人《と》は誰もいない。それでもやるしかないんだよな。

「それじゃ、私はこのまま喫茶店に向かうから」

「私は部活が終わったら帰るわ。それにしても口調がガラリと変わったけど、人前だと敬語のほうに変える必要あるの？」

「対外的なことだからしかたないんだよ。お嬢様でこの口調はまずいだろ」

「たしかにそうだけどね。でも、私には気を遣わないでよ。私はいつもどおりが好きだから」

「そうさせてもらう。それじゃ。またあとでな」

「うん。またあとでね」

それじゃ早速、喫茶店に向かいますか。特に寄り道する必要もない。無駄なお金を使わないようにするには、寄り道しないことが大事だ。欲しいものが増えてしまうから。

「店長。申請書、もらってきました」

「お疲れさん。俺のサインはどこに書けばいい？」

「こちらにお願いします。私は住所変更の方を先に済ませます」

お客さんはまばらだな。平日の午前中はこんなものなのだろうか。土日になると混むかもしれないが、人手が足りないようには見えないな。もしかしたら、本当にただの厚意で俺を雇おうとしているのだろうか。それだと心苦しいのだが。

「俺が書くのはこんなものだな。そっちはいいか？」

「私も書くべき場所は終わりました。実家に連絡を取ってみます」

どちらにせよ、働くことにかわりはない。厚意だろうと、それだけ余裕がある証拠。なら、今はそれに甘えるしかない。生活するためには、他人のことばかり考えていてもしかたないからな。

「もしもし、琴音です」

『咲子です。なんのご用でしょうか、お嬢様』

「お母様にお願いがありまして、お電話しました。お母様はご在宅中でしょうか？」

『まずは私がお聞きいたします』

「アルバイトの申請書にサインをお願いいたします」

『はい？』

すごく語尾が上がったような返事をされたな。それもしかたない。琴音が自分から働くなんて、誰も信じてはくれないだろう。なんの冗談だと思われているのかもしれないが、こっちとしては至って大真面目なのだ。

「あの、咲子さん？」

『琴音お嬢様ですよね？』

「はい。琴音です」

『奥様！　一大事でございます！』

あっ、咲子さんのキャパ超えたな。それだけ咲子さんにとって、衝撃的なことだったのだろう。俺としては、なんの変哲もない普通のことなのだが。だいたい、娘がバイトしたいと言うのを聞いて驚くような親がいるか？

『替わりました。音葉です』

「昨日ぶりです。お母様。それで、アルバイトの申請の件なのですが」

『仕送りの額が少ないというの？　いくら増やせばいいのかしら？』

「いりません。それよりもアルバイトの許可をください」

やっぱり仕送りの件だと思ってやがったな。しかも、あっさり仕送りを増やすと言いやがって。こっちが求めているのはそういうことじゃない。娘を成長させる目的はどこに行ったんだよと言いたいな。

『仕送りを増やせば、働く必要はないわよ』

「お母様が求めているのは、そういうことじゃないでしょう。なんのために私を実家から追い出したのか、考えてください」

『悪いのだけど、咲子をそちらに向かわせます。貴女になにがあったのか、確認する必要がありそうだから』

冷静に言っているつもりだろうが、若干声が震えているな。信じられないのか、娘が変わったことを喜ばしく思っているのか。俺にとってはどっちでもいい。今いる場所を伝えて通話を切ったのだが、店長が、すごく変な顔をしている。

「琴音。お前が連絡したのは実家なんだよな？」

「そうですよ」

「家族の会話には全く聞こえなかったのだが」

「私の家ですと、あれが普通なのです。一般的な家庭とはだいぶ違いますから」

あれが一般的だったら、家庭崩壊の家族がどれだけ多くなるのかという話だ。むしろ、琴音の家庭が崩壊していないのが不思議なのだ。双子の妹弟もいるのだが、あのふたりもちょっと変わっているからな。

「琴音が歪んでいた理由が、なんとなく想像できるな」

「家庭環境に問題もありましたが、それだけではありません。もっとも大きな理由は私にあったのですから」

琴音に対する家族の対応に問題があったのは確かだ。だけど、それ以上に琴音自身にも問題があった。琴音の願いが変わらない限り、彼女が普通の女の子になる可能性はなかったはず。だから家族にとっては、むしろ今の俺の方が異常に見えるのだろう。

「それじゃ、咲子さんが来るまで暇なのでお手伝いしますね」

「受理される前なのにいいのか？」

「お昼ご飯を提供してもらう代わりに、お手伝いするということにしてください」

「ちゃっかりしているな。それならいいか」

本当なら一旦、部屋に帰って昼食をとる予定にしていたのだが、咲子さんがいつ来るかわからない以上、喫茶店から動かないほうがいい。むしろ、部屋に呼べばよかったかな。でも、俺が働いている姿を見てもらったほうが、話は早そうだと思ったのだ。

「それじゃ、接客を頼む。客には、娘の友人が手伝ってくれていると説明しておくか」

「制服着ていますからね。変に思われてもあれですから」

「いや、コスプレ喫茶と勘違いされても困るからな」

その言葉に俺の方が固まってしまった。それはあれだろうか。今の俺の見た目だと、制服は厳しいということだろうか。いや、でも琴音はまだ学生なのだから、これはあたりまえの恰好の筈《はず》。制服を着ているのが普通なのだが。

「ほら、琴音。エプロンだ」

「はい」

納得はしていないが、深く考えるのはやめておこう。返答次第では立ち直れない気がするから。レジに関しては店長が担当。注文や片づけを俺が担当して、店を回していく。疑問に思ったことはすぐに確認。早く慣れるためにも、わからないことは少なくしたほうがいい。

「こちらに、琴音お嬢様がいらっしゃると伺ったのですが」

「いらっしゃいませ、咲子さん。こちらのお席にどうぞ」

かなり急いできたのだろう。恰好が侍女服のままだ。こういった外への用事だと、目立たないように着替えてくるのが普通なのだけど。そこらへんも頭から抜けるほど、衝撃的なことだったのだろうか。

「琴音お嬢様ですか?」

「そうですよ。そこに立たれたままですと、他のお客様のご迷惑になりますから、こちらへ」

呆然《ぼうぜん》と俺のことを眺めているのだが、入り口でそれをやられると、後ろが詰まってしまう。俺の用事なのだから、他の人たちに迷惑をかけるわけにはいかないだろ。

「本当にお変わりになられたのですね。まだ信じられない思いですが、大変喜ばしいです」

「ひと目見ただけでそう思うなんて、以前の琴音はどれだけだったんだよ」

「店長や沙織さんが、絶対に雇いたくないと思うだけの人物でしたね」

トラブルしかまき散らさなかっただろうな、あの頃の琴音なら。そんな人物を誰が雇うというのか。大金を貰えるとでもいうなら話は別だけど。

「これが申請書になります。こちらにお母様のサインをいただけますと助かります」

「承りました。旦那様でなくてもよろしいのでしょうか？」

「あの父が許可を下さるとは思っておりません。むしろ、サインしてくれたとしても、そのサインを見た瞬間に私が申請書を破り、捨て去りそうです」

「お嬢様。見事に反転したのですね」

それが正しいかな。父が大好きだった琴音に比べて、俺はあの父親が大っ嫌いだ。それこそ会った瞬間に殴りかかりかねないというほどに。琴音が酷くなる一方だったのに、あの父はなにも解決策を講じようとはしなかった。頑張っていたのは、いつも母の方だったからな。

「咲子さん。一服していってください。代金は私が持ちますから」

「いや、俺が奢《おご》る。琴音の関係者なら、今後のことも考えて、これくらいしておいてもいいだろ」

順調に話が進みそうだから、いくらかの出費は大丈夫だと思って誘ったのだが。店長に気を遣われたかな。なら、俺は咲子さんの珈琲のぶんも合わせて働かないと。その姿を咲子さんが見ていてくれれば、母を説得するための材料にもなるはず。

「本当に変わられたのですね。もしかしたら、これは夢でしょうか」

「現実です。それに、働くのは楽しいですよ」

お客がいなくなったテーブルから食器を片づけて、拭いていく。その作業を行いつつ、入店してきたお客さんの対応もしていく。もちろん、注文を聞くのも忘れない。午前中とは打って変わって、それなりに忙しくなってきたな。

「学生が働くのを楽しいとか言っても違和感しかないんだが」

「琴音お嬢様からそのような言葉が聞ける日が来るなど、思ってもおりませんでした」

元々は社会人なのだ。手に職を持っていないと落ち着かないんだよ。それに、仕送りが決まった金額、それも生活するのに困るようなものだったら、あたりまえの考えだろ。

「あまりお邪魔していてもしかたありませんので、私はこれで失礼いたします。申請書は明日にでも、美咲に届けさせるようにいたしますので」

「お母様によろしくお願い致します」

美咲は琴音の専属侍女だったな。よく、我儘な琴音の相手をしてくれていたと思うよ。

でも、咲子さんも納得してくれたのだから、許可をもらえるのは大丈夫だと思う。これで、色々と買い物の段取りが組めそうだ。この後は食品関係の値段調査だな。春休みの間にやるべきことは沢山《たくさん》ある。体力作りに勉強にと。サボッている暇はないのだから。

春休みの間に、やるべきことは色々とあった。地理の把握のために街を歩き回り、立ち寄るべき場所を探したり、買い物する場所を把握したり。その際に副産物として、護衛の人たちのあたりをつけることもできた。そして現在、ゲリラ豪雨に遭遇中。

「降水確率十%だったのに」

空も快晴。雨が降る気配《けはい》なんて微塵もなかったのに、突然の豪雨だった。屋根のある場所に避難する暇もなかった。幸い、雨自体はすぐにやんだのだが、おかげで俺はずぶ濡《ぬ》れの状態。

「おはようございます」

「おはよう。やっぱりというか、さっきの雨にやられたようね。まずはシャワーを浴びてきなさい」

裏口から入ったところで沙織さんと遭遇したのだが、どうやら自分の恰好は、ずいぶんと酷いものみたいだな。髪から雨水が滴り落ちるほど濡れているから、しかたないか。唯一の救いは、シャツが透けずに下着が見えていないことだな。

「着替えがないのですけれど」

「乾燥機にかけておくから、乾くまで香織の服で我慢してちょうだい。でも、下着はないから、店内には絶対に出ないこと。いいわね？」

いや、下着をつけていない状態で接客とかする気はないぞ。俺にだって羞恥心はあるのだから。

お言葉に甘えて、浴室を借りよう。今の状態では仕事ができるはずもないからな。しかし、香織の服とか、いったいどんなのを用意されるのだろう。でも、香織の服なら変なものはないか。

「シャンプーとか使っていいのかな」

遠慮していてもしかたないか。二つあるということは、ひとつは香織と沙織さん、もうひとつは店長とで分けて使っているのだろう。元の俺だったら店長のを使うのだが、流石に今は違う。あとでひと言謝っておくか。勝手に使うことになるのだから。

「酷い雨だった。中までぐっしょりじゃない。さっさとシャワーでも浴びないと」

ちょっと待て。今の声は香織だよな。今日は土曜日だから、部活は休みだと聞いていた。出かけていたけど、雨に濡れて一旦戻ってきたのだろう。いや、それよりも問題は、今の状況だ。なんで俺が浴室に入っていることに気づいていないんだよ。

「あれ？　なんで私のパジャマが置いてあるんだろう。母さんが用意してくれたのかな？」

察してくれよ。俺も今は頭の上が泡まみれで、動ける状況じゃない。急いで洗い流さないと。女同士だから大丈夫とかじゃない。なぜかわからないが、自分の裸を見られることに拒否感がある。

「あれ？　琴音が入っていたんだ。母さんもなにか言ってくれればよかったのに」

間に合わなかった。しかも洗い流して声をかけようと、入り口の方を向いた状態だったので、香織の全裸を見るはめになり、同時に自分の裸も香織に見られることになってしまった。そしてどうなったかというと、俺の頭の中は一瞬で混乱状態になってしまった。

「き、きゃぁぁ！」

「ちょ、響くから浴室で叫ばないでよ！」

自分の悲鳴で俺も耳が痛い。というか、なんで裸を見られただけで、こんなに恥ずかしがっているんだ。香織の裸を見たことに対してというより、自分の裸を見られたことに対する恥ずかしさが天井《てんじょう》知らずなのだが。これは琴音になった影響か。

「なんか、すごい悲鳴が聞こえたんだが、なにかあったのか？」

「父さんは来ないで！」

「店長は来ないでください！」

「来るな、馬鹿！」

女性陣からの総ツッコミに、店長はトボトボと店内の方に戻っていったな。足音的に。それで現在の俺なのだが、タオルで身体を隠してしゃがみこんでいる。心配になって近寄ってきた香織に顔すら向けられない状況だ。

「ちょっと、顔が赤いけど大丈夫？　雨で風邪《かぜ》でもひいた？」

「は、恥ずかしいだけだから。私は洗い終わったからすぐに出る」

「女同士でなにを恥ずかしがる必要があるのよ。ねぇ、母さん」

「自意識過剰。でも琴音の場合は、箱入り娘だという可能性が高いわね」

いや、冷静に分析しないでほしいんだけど。とにかく、早く浴室から脱出しないと。このままだと恥ずかしさで本当に熱が上がりそうだ。顔も真《ま》っ赤《か》に染まっているだろうし。

「ちゃんと流し終わっていないじゃない。まだ泡が残っているから、シャワー借りるわよ」

そりゃ、慌てて洗い流そうとしたんだから、泡が残るのはしかたない。それよりも、逃げ出す好機を逸してしまった。しゃがみこんでいるのは変わらず、なぜかその状態で洗われている。

「なんで、こんな長髪で毛先が傷まないのよ。腹立つわね」

「特になにもしていない私からは、なんとも」

「それが余計に腹立たしいわ」

そんなものなのか。男性だった頃は、髪なんて気にしたこともない。精々寝癖がついていないか、チェックするくらいだった。それは今も変わらない。というか、琴音の髪は殆ど寝癖なんてつかないな。

「それにしても、いつまで恥ずかしがっているのよ」

「こういうのに免疫がないから」

他人に裸を見られたことがないからだろうか。琴音としては。元の俺は、同性に裸を見られることを気にしたことなどない。だいたい温泉とかに行ったら、それこそ裸のつきあいになるのだから。

「本当に箱入り娘だったのね。ほら、終わったから交代よ」

香織から許可が出たので、浴室から出ていく。沙織さんもいつの間にかいなくなっていたので助かった。まさか、精神が琴音に引っ張られている部分があるとは思わなかった。なんか憂鬱になってきたぞ。

「なんでパジャマ？」

服を用意すると言われたはずなのに、置かれていたのはシャツとパジャマ。他に着るものも見あたらないので、着るしかないのだが。

脱衣所から出たら沙織さんと会い、さっきの場面を思い出して、また顔が熱くなってしまった。なんで琴音は、こんなに裸に対して免疫がないのだろう。

「リビングでゆっくりしていなさい。どうせ乾くまでまだ時間がかかるから」

「わかりました」

それなりに香織の家の間取りは把握している。春休みの間に、ずいぶんと香織の家族には厄介になっているからな。昼食を一緒に食べた頻度はそれなりに高い。二階にある各個人の部屋については知らないけど。そっちに足を踏み入れたことはないから。

「テレビもつけないで、なにを黄昏《たそが》れているのよ。それに、なんでパジャマ？」

「さっきのショックが抜けきっていないんだよ。パジャマに関しては知らない」

動揺した心を落ち着けようとしているんだよ。意外と厄介な性質をしているな、琴音は。

それに、やってきた香織の恰好はジャージだった。家の中だと、やっぱりその恰好の方が過ごしやすいのかもしれない。俺も似たようなものだし。

「それにしても、琴音は本当に以前とのギャップが大きいわね。あんなに慌てる必要もないのに」

「私だって、あんな風になるなんて思わなかった。一応は初めての経験だから」

家族に裸を見られたことはある。その時は、今回みたいに恥ずかしがることもなかったんだけど。やっぱりそこは、相手が家族か他人かで意識が分かれるのだろうか。

「なにか飲む？　父さんに頼むけど」

「それじゃ、珈琲」

喫茶店であることの長所だな。インスタントも悪くはないのだが、やはり店長が淹《い》れてくれる珈琲には敵わない。いつも休憩中に飲ませてもらっているのだが、本当にありがたい。紅茶はまだ一度も飲んだことがないが。

「はい、お待たせ。テレビはなにをやっているかな」

自分の部屋でテレビをつけることは、あまりないな。茜さんがやってくる時に一緒に見る程度だから。学園が始まったら、同級生と会話が弾まない可能性もあるが、そもそも同級生と会話できるようになるのに、どれだけ日数がかかるかわからないな。琴音は「ボッチ」だから。

『只今《ただいま》人気沸騰中のバンドグループ、イグジストについて特集しています』

「おっ、あたりだった。私、好きなんだよね。このグループ」

「へぇ」

俺が好きでよく聴いていたグループは、すでに過去の人になっている。だから、好みについても香織とはずれている筈だ。琴音はそっち方面に興味なんて欠片《かけら》もなかったからな。別に困ることでもないのだが、以前に趣味でバンドを組んでいたから、俺としては多少の興味はあるな。

『四人組のグループである、イグジストは』

「ぶっ！」

「ちょっと、汚いわよ！」

「ご、ごめん」

咄嗟《とっさ》に口を手で塞がなかったら、珈琲を噴き出すところだった。いや、それよりもテレビだ。録画映像で活動風景を流しているのだが、映っている人物たちについて、心あたりがありすぎる。

「この人たち、いつから活動しているんだ？」

「二年くらい前にデビューしたんだったかな。去年あたりに人気が出てきて、今ではいつもオリコンの上位に入るようになっているわよ」

「へ、へぇ」

あとで知り合いたちの近況でも調べてみようと思っていたが、まさかこんなに早く情報を仕入れられるとは思わなかった。それもテレビで。だいたい、あいつ等《ら》の就職先は一般的な企業で、場所もバラバラだったはず。なんでそれがバンドを組んで、メジャーデビューしているんだよ。

「琴音は聞いたことある？」

「いや、一度もないな。CDを買うような金もないから、余裕が出たらネットでチェックしてみるかな」

試聴だけはしておくか。すごく気になるからな。一応は作詞、作曲ができる奴《やつ》がいたから、オリジナル曲はあった。だけど、メジャーデビューできるほどのクオリティだっただろうか。

「琴音。乾いたわよ」

「わかりました。着替えたら店内に向かいます」

大きな疑問が生まれることになったが、今は気にしてもしかたがない。でも、あそこまで有名になったら会うこともないよな。とにかく、元気そうでよかった。そうなると、残りの気がかりは義母さんだけだな。

「接客に入ります」

春休みも今日で最後。春休み中にやっていたことなんて、バイトして、勉強しての繰り返しだった。特筆すべき出来ごともなかったかな。今日のが唯一のトラブルといえば、そうなる。家族の誰かがやってくることもなく、部屋にやってきた美咲は早々に帰って行った。あいかわらず無表情で、なにを考えているのかわからなかったな。

そして、やってきた決戦の日。学園の始業式。事前に香織とは連絡を取っており、別々に登校することにしている。香織はすごく不服そうだったけれど、しかたない。これからどうなるのか、俺にも予測できないのだから。

「なんか注目されているな」

今日は入学式も同時に執り行われる予定だから、新入生も多い。だけど、リボンの色で学年がわかるようになっているから、他の生徒たちから注目されているのは確かだ。見知らぬ生徒が現れたのだからな。いずれにせよ、あとで俺が誰だかわかるのだから、問題はその時だな。

「えっと、クラスはFですか」

「私も一緒みたいね」

「香織さん。忠告はしましたよね？」

クラス表を眺めていたら、隣に香織がやってきていた。周囲の耳があるので、言葉遣いは擬態しておく。初日は話しかけるなと言っておいたのに。忠告は無駄になるかもしれないとは思っていた。春休み中に香織の性格も、なんとなくだが理解していたから。

「どうせ、いつかは知られることなんだから、いいじゃない。遅いか早いかの違いよ」

「それはそうですけど。どうなっても知りませんよ」

「それにしても、琴音だって気づく人がいないわよね」

一緒に教室へ向かって進んでいるのだが、注目はされても、誰ひとりとして声をかけてくることはない。実は、気づいているのではないだろうかとも思ったのだが、どうやらそうではないみたいだな。以前の琴音に対する負の感情みたいなものも向けられてこない。

「時間の問題だと思いますけどね」

「今の琴音に慣れるのには、時間がかかりそうよね」

「限りなく別人の本人ですからね」

「合っているんだけど、わけがわからないわね」

これが言葉として、今の俺に一番合っているんだよな。問題となるのは、琴音が迷惑をかけた人たちがなにかをしてこないかどうかだ。家柄のこともあるから、おかしなことはないと思いたいんだけどな。誰かを巻きこむわけにもいかないから。

「到着したけど、あまり人がいないわね」

「それなりに早めに来ましたからね。席は自由みたいなので、私は端へ行きます」

「なら、私はその前の席にしようかな。隣は誰か新しい友達のためにさ」

その前に、俺が自己紹介したら、だいたいの人物が逃げていくと思うのだが。現に席に座ってから隣の席に座ろうとした人物が、俺の自己紹介で逃げて行っているのだが。これで連続何人目だろうか。

「琴音の悪名もすごいわね。これは私も予想外だわ」

「私はなんとなく予想していました」

悪名高き人の隣に、誰が好き好んで座ろうなんて思うんだよ。俺でもスルーするぞ。しかし時間は過ぎていき、席も埋まっていっているのだが、相変わらず俺の隣だけが空席。これは新たな友達作りも難航しそうだ。

「と、隣いいですか？」

髪型がおさげの、眼鏡《めがね》をかけた少女。どう見ても気弱そうで、自分から進んで俺の隣にやってくるような子じゃないと思う。香織と視線を合わせて、お互いに思ったことは同じだろう。人柱《ひとばしら》にでもされたのかなと。

「かまいません。私は如月琴音です」

「私は橘香織。とりあえず、南無」

拝むな。でも、これまでクラスの中を眺めていたけど、彼女に無理強いしているような人物はいなかったように思うんだよな。どちらかというと、覚悟を決めてやってきたような。それとも、クラスに入る前に、誰かに指示でもされていたのかな。

「相羽宮古《あいばみやこ》です。あの、香織さんは如月さんの友達なんですか？」

ストレートに聞いてきたな。取り巻きという関係ではなく、あくまでも対等な友達だから。他の人たちがどう思っているのかはわからない。だけど、こんなに親しく話している相手が琴音の取り巻きだと思うだろうか。

「春休みに知り合ったんだけどね。以前とのあまりの変わりように驚いたわけよ」

「関係性はこのようなものです。別にどっちが上とか下とかじゃありませんから」

「近藤先生の言った通りなんだ」

あの教師はいったいなにを吹きこんだのやら。近藤先生と会ったのは申請書をとりに行った時と、提出した時の二度だけだ。提出の時もそれなりに会話はしたけど、特になにかがあったわけではない。喫茶店ではなにをしているんだとか、勉強はちゃんとしているのかとか。

「以前の琴音のことを知っているんだったら、別人だと思ったほうがいいわよ」

「そのように思っていただければ私も幸いです。怖がる必要は一切ありませんから」

「本人がそう言っても信頼性はなさそうだけどね」

「そう言われてしまったら、私はどうすればいいんでしょうね？」

「さぁ？」

そこで疑問を投げないでほしい。なにをしていいのか一番わかっていないのは、俺なのだから。とりあえず、普通に学園生活をして、無害であることをアピールするつもりではある。それ以外になにをすればいいのかはサッパリだ。

「えっと、橘さんは」

「香織でいいわよ。さんづけも必要ないから」

「私のことも琴音でいいです。名字は好きじゃないので」

自分のことを大物だとは思っていない。偉いのは実家だから。琴音だってそれは理解していた。ただ、それを利用していただけなのだ。おかげで好き勝手できていたのだから、琴音の計画的には成功していたのだろう。

「香織は琴音さんと親しそうだけど、なにかきっかけがあったの？」

俺だけさんづけなのか。いや、それも無理はないか。十二本家の人間であることを知っているのだから、普通はそうなるのかもしれない。別に呼び捨てでも全く気にしないのに。不服そうにしていたら、香織に慰められたけど。

「実際に会話したのは春休みの最初かな。私も最初は警戒していたけど、次の日にもう一回会って、警戒する必要もないってわかったから」

素の口調で話したら笑われたからな。あまりのギャップに。学園では基本的に敬語で過ごそうと思っている。これくらいの擬態は必要だろう。一応はお嬢様なのだから。実家からは追い出されているけど。

「一緒にご飯食べたりもしましたね」

「裸のつきあいもあったわね。スタイルの良さとか髪質で殺意が湧いたけど」

「それは私のせいになるのでしょうか？」

「私が勝手に思ったことだけどね。母さんとも話したけど、同じ女性としては嫉妬するわよ」

俺だって好きで琴音の身体に入りこんだんじゃないのに。胸の大きさについては、俺にも思うところはあるけれど。なんで、あんな怠惰な生活をしていて胸が大きくなるのか。痩せたのは病院で少しばかり寝たきりだったせいもあるな。

「こうやって二人のことを見ていると、なんだか琴音さんが普通に見えるね」

「別に私は特殊な人間というわけではありませんから。どこにでもいる普通の人ですよ」

「琴音。それは無理があるから」

やっぱりそうだよな。十二本家の人間が普通の人であると言っても、誰も信用してくれないだろう。だけど、本人たちは特別だとは思っていない。ごく一部を除いて。だから護衛の人たちが苦労する時もあるのだ。

「でも、なんでそんなに変わったのかな?」

「それは、ちょっと説明できませんね」

「それについてはね。私の口からも言えないわ。琴音が覚悟を決めたら教えてくれるはずよ」

琴音が変わったこと以上に、噂が流れ出しかねないからな。安易に教えないことを春休みの間に決めたのだ。今のところ、知っているのは香織の家族。病院関係者と琴音の家族と侍女たち。そんなところだろうか。

「なんか怪しいね」

「かなり深刻なことですから。それに変わらないと、色々と困る状況に立たされているのも確かなので。去年のままでしたら、生活できないのですよ」

「たしかに、去年のままだったら父さんも雇わなかっただろうね」

「えっ？」

相羽さんが疑問の声を上げた。ちなみにクラスの全員がこちらを見ている。さっきから、聞き耳を立てていたのは気づいていたけどな。だって、今まで接点のなかった香織と普通に会話しているんだから、そりゃおかしいと思うだろう。

「現在、アルバイトしているのです。それも接客業を」

「えぇー！」

教室中が絶叫で満たされた。別に秘密にするようなことじゃないし。それに、春休みの間に喫茶店へ来てくれた学生もいたから、その内、噂として流れていただろう。これも遅いか早いかの違いでしかないのだ。

「どうしてそんなことになったの？」

「やむにやまれぬ事情がありまして」

「たしかに事情はあるわよね。それは別に言っても問題ないと思うけど」

「私としては、琴音さんがバイトしていることが信じられないんだけど」

クラスメイトたち全員が頷いているのが癪《しゃく》に障る。俺がバイトしているのが、そんなに信じられないのかよ。琴音がしていることに対しての反応なのは理解しているのだが。それが自分のことでもあるのだから、腹立たしい。

「そういう事情もありますので、新学期デビューしてみました」

「いやいや、私たちがついていけないんだけど」

「慣れるしかないと思うわよ。私はあっさり受け入れたけど」

香織が特殊というわけではない。あれだけ毎日顔を合わせていたら、嫌でも今の俺に慣れる。香織の家族との繋がりもあるから、俺としては、あの居場所がなくなるのは本当に困る。生活面でも精神面でも。

「というか、皆さん。身を乗り出して聞き耳を立てなくてもいいですよ。質問があれば、答えられる範囲でお答えしますから」

そう言った途端《とたん》に、人が集まりすぎたのにはビビったな。どこかの転校生じゃないのだから。好奇心旺盛なのはいいのだが、そんなに珍しいことなのだろうか。新学期になったら別人みたいになった人がいたら、気になるのもしかたないけど。

「なんか、心配する必要がなかったわね」

「香織さんのおかげだと思いますけど」

近くに友達がいるからこそ、他の人たちも話しかけやすくなっているのだろう。これが、俺ひとりだったら、怖がって誰も話しかけてはこなかったはず。友達ではなく、取り巻きみたいに見られていたとしても、結果は違うものになっていたと思う。

「とりあえず、頑張りなさい」

「協力はしてくれないのですか？」

流石にひとりでこの人数を捌《さば》くのは大変だと思うのだが。男子も女子も集まって、先程から矢継ぎ早に質問が飛び交っている。ひとりで対応するのには限界があるな。そもそも、俺は聖徳太子《しょうとくたいし》じゃないのだから、全部を同時に聞きとれない。

「少しは手伝ってあげるけど、琴音が答えてあげなきゃ意味はないわよ」

「それはわかっています」

状況の改善のためには、俺から喋らないと意味がない。以前と違っていることをアピールするには、絶好の機会なのだから。まだ疑っている人もいるかもしれないが、そうでない人たちには信用してもらいたい。

「なんの騒ぎだ、これ。誰か転校生でもいたか?」

しばらくして、今年《ことし》も担任となる近藤先生が来てくれた。こっちとしては待ち望んでいたぞ。質問がやむことなくて、俺の精神をガリガリと削っているんだよ。誰だよ、スリーサイズ聞きたかった奴。男子だったために、周囲の女子にボコボコにされていたぞ。

「原因は如月か。なら、納得だな。それより時間だから、席に座れ」

そこで納得されても困るんだけど。この扱いだと、本当に転校生みたいじゃないか。以前の琴音のことが忘れられているわけではない。去年のインパクトを早々に忘れられるほど、都合のいい頭をしている奴なんていないだろう。

「それじゃ、今日の予定を伝えるぞ。と言っても去年と同じだ。始業式と入学式を同時に執り行う。全校生徒は講堂へ集合。終わり次第、教室に戻り、今後の予定を伝えて終わりだ。勝手に帰ったりするなよ」

たまにいるんだよな、途中で抜け出す奴。以前の俺も例に漏れず。だいたいは悪友たちに引きずられるように連れ去られていたのだが。一番酷い時は、教室に戻った人数がひと桁だったなんてこともあった。教師にとっては悪夢の光景だっただろう。

「琴音さんが気を遣う必要はないと思うよ。なんか皆、受け入れている感じだから」

「全体的にノリが軽そうなクラスですよね」

もしかしたら、裏でなにかあったんじゃないかと思うほど、人選が整っている気がする。普通なら、疑ってかかる人間が少なからずいそうだとも思うのだが、先程の騒ぎで近寄ってこなかった人は全くいなかった。

「たぶんだけど、去年の琴音と直接接点のなかった人たちばかりが集まったんじゃないかな。遠目に見ていたくらいじゃ、噂程度しか聞かなかっただろうから。私もそんなものだし」

学園長も十二本家の人だから、気を遣ったりするような人ではなかったと思うんだけど。いずれにせよ、ありがたいとは思う。俺自身が気を遣う必要がないという意味で。

「それより、私たちも移動するわよ。皆、行っちゃったから」

「そうですね。そうしましょう」

香織と、そして相羽さんも一緒に移動するのだが、相羽さんは俺の監視役といったところかな。なにか問題行動を起こしたら、すぐに教師へ連絡するような役目のはず。それも、しかたないか。去年があれだったからな。

「それにしても、馬鹿げた広さですよね」

「私も最初はそう思ったわ。敷地も普通じゃ考えられないくらいだだっ広いし」

学園を一周りしたら、どれだけ時間がかかるかわからないよね」

全校生徒数は千人を超えている。充実した設備に、鉄壁なまでのセキュリティ。一般的な人たちも入学できるが、それは少数の金持ちだけが集まっても運営資金が集まらないとか、そんな理由からだったと思う。入学するのに必要な学力も結構高いのが、難点ではある。

「今年の新入生、十二本家の子は三人だったでしょうか」

「三年連続で入学してくるのは珍しいわね。琴音はどこの家なのか知っているの？」

「一応は。霜月、長月、水無月《みなづき》ですね。霜月が妹、長月が弟。水無月は一人っ子のはず」

そこらへんの情報は琴音も調べていたんだよな。あまり接触しないようにするつもりで。いくら琴音でも、同格の相手に喧嘩《けんか》を売るような真似はしたくないと思っていた。手を出したら、痛い目に遭うのは琴音だからな。色々な意味で。

「霜月なら問題ないいんじゃないかな。霜月先輩は穏やかな人だから」

俺からはなんとも言えないな。あそこの家は猫被っている人が多いから。あの姿が擬態でないとも限らない。もちろん、本当の姿である可能性も、ありえるが。生徒会長を務めている葉月《はづき》先輩なんて、霜月とは逆で、素を隠そうともしていない。

「長月さんの方はどうなのかな？　去年の琴音さんとは因縁がありそうだけど」

「面倒臭い性格はしていますね。積極的に私へ絡んできたのは、あの人くらいだと思います」

問題行動を放置できない性格をしていたからな。だからこそ、去年の琴音と衝突することが多かった。そのせいで、今の俺のことも相当に警戒しているはず。だから今年は、対立するようなことは避けたいと思っている。

「琴音。卯月はどうするの？」

「私から会いに行くことはないと思います。あちら側がどう思っているかはわかりませんが」

現状の一番の問題は卯月なんだよな。去年の琴音と接点があり、他の人たちからは友人だと思われている人物。だけど、そんなのは仮の姿だと俺は知っている。

「私たちは卯月が琴音の友人だと思っているけど。違うのよね？」

「違います。でも、しかたないと思っています。結局は自業自得なのですから。私のことで皆に迷惑がかからないように立ち回る必要はありそうですけれど」

卯月がどんな行動をしてくるかは予想できないし、友達を面倒事に巻きこむのも避けたい。だから、しばらくはひとりで行動しようと思っていたのだが、初日でそれが無理だと悟った。香織か相羽さんがいつも俺の隣についていそうだから。

「危ないと思ったら逃げてください」

「それは無理ね。私の性格的に」

「私は先生を呼ぼうと思うかな」

これだからな。願わくば卯月が近よってこないことを祈るばかりだ。無駄な祈りだとは思うけれど。それと、今気づいたのだが、他にも問題が発生しそうだ。講堂に入り、しばらくしてから、ある人からの視線を感じてしかたがない。

「なにが狙いなんでしょうね？」

壇上で挨拶している葉月会長。その視線が俺のことを値踏みしているというだけならいい。だけど、へたに接触してこられると大変なことになるのは、葉月会長だって理解しているはず。十二本家同士の接触は、厄介ごとしか生まないのだから。

「ままならないよな」

何ごとも思った通りに進まないよな。学園初日から、いい意味で予想を裏切られているから。せめて悪い方向に行かないよう、尽力するしかないか。前途多難だ。

第二話　来襲は波乱を呼ぶ

始業式から半月。これといって目立ったトラブルもなく過ごすことができた。始業式の時に意味ありげな視線を送ってきた葉月会長からもその後、接触が全くなかったのは意外だったけれど。あの人がなにもして来ないわけがないので、時期的にまだ早いということなのだろう。

「琴音、お願いがあるんだけど」

「報酬は？」

「ケーキセット三回分」

「なら受けましょう」

お願いされる内容については、テストに関するものだと見当はついている。そういう時期だからな。俺だって、その日のために春休みから準備していたのだ。香織はその様子を見ていたからこそ、俺に頼んできたのだと思う。

「二年になって最初のテストだからね。少しは気合を入れておかないと」

「でも、琴音さんの去年の成績は」

下から数えたほうが早かったな。だけど、俺には以前の俺としての知識がある。もちろん、俺は授業の全てを暗記していたわけではなく、成績も特に上のほうではなかったけれど、春休みの間に参考書を買って復習はしていたのだ。

「でも、私よりも頭がいいのは確かかね」

まともに授業を受ける気がなかったのだから、成績がいいわけがない。だけど、そもそものスペックが常人とは違うのだからな。それが十二本家の人間の基本なのだ。琴音もその例に漏れず、きちんと勉強していれば、知識の吸収量は計り知れない。

「私も成績を上げないと、問題がありますから」

「他の十二本家の人たちは皆、すごいよね」

相羽さんの言う通り、琴音以外の十二本家の生徒は軒並み成績上位者ばかり。その中で琴音だけが悪いのは、変に目立ってしまう。だから、ある程度の成績を維持する必要がある。俺は琴音のように生活するつもりは毛頭ないのだから。

「でも、琴音さんが急激に成績上がったら、変な噂が流れないかな」

「ありえるわね。教師を買収したとか」

「それについては、対策を立てようがありませんから、諦めるしかありません」

根本的なところから改善しないと、こればかりはどうしようもない。いつになれば解決するかわからない問題だけどな。普通の生徒として過ごし続けることで、時が解決するのを待つしかないか。俺にできることなんてそれくらいだ。へたに行動して裏目に出たりしたら、目もあてられないからな。

「あるいは、身体で誘惑したとかさ。琴音ならそれもできそうだけど」

「絶対にやりません！」

琴音になってから気づいたのだが、彼女はかなりの恥ずかしがり屋だ。自分の身体のことに関しては特に。その影響を俺は受けているのだろう。身体を貰い受けているのだから、しかたないことと思うしかないのだが。

「以前は顔がインパクト強かったけど、言われてみると、琴音さんはスタイルいいんだね」

そこまで胸に注目されると、すごく困るのだが。腕で隠すようにしたら逆効果だったようで、男性陣がこっちに視線を送ってきてしまった。思いっきり睨みつけてやったら、視線を逸らしてくれたけど。

「身体のことはいいのです。今は勉強の話をしていたはずですよね」

「私は問題ないかな。ちゃんと勉強していれば、平均点以上はとれる自信あるよ」

「私は部活との両立が難しくてさ。自分の部屋でやっていると、すぐ娯楽の誘惑に負けちゃうから」

「だから店内で勉強していたのですか」

バイトしていた時に、勉強道具を抱えて店内にやってきたのを見て、なにを始めるのだろうと思ったな。暇になった時に覗いてみたら、ノートを見ながら唸《うな》っていた。それに対して俺がアドバイスをしていたりしたら、こういう結果になったのだけど。

「でも、琴音さんが勉強できるのは、ちょっと信用できないかな」

知っている人たちは多いが、琴音の成績は悪かった。だけど、実際は琴音自身にやる気がなかっただけの話。俺自身が勉強へ本気で取り組んでみたら、知識の吸収力という点では優秀であり、生前は苦戦していた内容でも簡単に解けるほど。琴音の目的がなんだったのかは大体分かる。父から褒められるのを諦める代わりに、成績を悪くして叱られるのを狙っていたのだろう。考え方がおかしいのだ。

「琴音のノートを見ればわかるわよ。琴音の本気具合が」

書いて覚える。あとは気づいた点や、注意すべきことを書いていたら、ノートを二冊使用する結果になってしまった。今の授業でもそれは実践している。自分でわかればいいと思って書いていたから、他人には見難《みにく》いと思っていたのだが、香織には意外と好評だったな。

「見せてもらってもいいかな？」

「別にかまいませんよ」

先程の授業で使っていたノートを二冊取りだして、相羽さんに見せる。数学は特に公式を覚える必要があるから、それをいかに覚えやすくするか。そして応用問題をどうやって解くか。そこが重要になってくるんだよな。

「すごく色々と書いてあるけど、結構わかりやすいかも。というか、授業中によくこれだけ書けるね」

「本当よね。授業の内容を書いていて、自分で思ったことも書くなんて、とてもじゃないけど無理よね。むしろやる気が起きないわ」

やろうと思えば、合間に色々とできるんだよ。教師が黒板に書いている間とか、関係ない話を始めた時とか。

「よし。琴音の部屋で勉強会をしよう！」

「唐突に決めましたね」

「だって、琴音の部屋とか興味あるじゃない」

「それは、私もちょっと気になるかな」

今の部屋へ入れたことのある人物は、茜さんだけか。これほど早く、友人が訪問してくれるなんて予想外だけど、断る理由はない。別に見られて困るようなものも置いていない。

部屋の片づけだってやっているからな。

「私は構いませんけど、お二人はいいのですか？」

琴音と仲良くしていると知られれば、琴音のことを嫌っている人物たちが何かしらの行動を起こすかもしれない。あるいは、二人の友人関係に影響しないかも気になる。それを俺は心配しているのだが、二人にとっては些《さ》細《さい》な問題でしかないようだ。

「私なら大丈夫よ。返り討ちにしてやる」

「大丈夫ですよ。先生に相談するから」

相羽さんは近藤先生に、俺の行動を監視するように頼まれているのかもしれないから、先生は全面的に協力してくれると思う。香織はまだ、どのようなことが起こるのか分かっていないようだけれど、そこは俺がフォローするしかない。大切な友人を傷つけさせるわけにはいかないからな。

「部屋にお菓子とかないですから、帰りに買っていく必要がありますね」

「そのくらいなら私が買うわよ。言い出したのは私だし」

「私も出すよ。ちょっと勉強を見てもらいたくなっちゃった」

買い置きのお菓子なんて気の利いた物は置いていない。茜さんが勝手に置いていったものはあるけど、それに手を出すのは気が引ける。あの人なら、友人に出したと言えば、喜んでくれるとは思うけどな。金欠は辛いけど、これは俺の選んだ道でもある。

「それじゃ、行きましょうか」

琴音にとって、自分の部屋へ誰かを招待するのは久しぶりになる。それも随分と昔だけど。幼い頃、一緒に遊んでいた子以来だな。琴音は変化して以来、誰かと関係を結ぶことを拒絶していたから。

「んっ？」

変化とはどういうことなのか。何かに気付いたような気がしたんだけど、その何かはすぐに霧散してしまった。異常だと感じる前に、その感覚自体が消えてしまったので、自分でも訳が分からない。俺は何を考えていたのだったか。

「どうかした？」

「いえ、何でもありません」

首を傾《かし》げていると、それに目ざとく気付いた香織が声をかけてきた。でも、俺自身、何を疑問に思ったのかすら分からないので、曖昧に返事をするしかない。その後は、ありふれた世間話をしながら歩みを進めていたのだが、俺が住んでいるマンションが見えてきたところで、香織が声を上げる。

「もしかして、琴音が住んでいる場所ってあれ？」

「まさか、そんな」

「いえ、あれで合っています」

「マジか」

ひときわ目を引く高さがあるからな。世間の噂では、家賃も高いだろうと言われているけど、それほどじゃない。隣に住んでいるのは看護師の茜さんだ。高所得者じゃない筈なので、一般的なお値段よりも少しばかり高い程度なのではないだろうか。俺の場合は母が所有者なので、詳しいことは知らないんだよ。

「いらっしゃい」

「外側もあれだったけど、中はもっと凄いわね」

「一人で住むのには広すぎると思うよ」

「まったくもってその通りです」

掃除するのが大変ではある。でも、生前の俺は一軒家を一人で掃除していたから、苦ではない。琴音の実家では、美咲がいてくれたから楽だったけど、やっぱり俺の性には合わない。他人が働いているのに、自分が動かないというのは、なんか嫌なのだ。

「他の部屋も見ていい？」

「かまいませんよ」

他の部屋も見せたら、軽く引かれた。リビングだけでも広いのに、他の部屋まであるのだから当然だよな。俺だって最初はそう思ったのだから。

「琴音が令嬢だというのを思い出したわ」

「忘れないでほしいのですけど」

確かに転生して以来、令嬢らしいことなんて一切していないけどさ。琴音の知識で、どのようにすればいいのかは知っている。でもその為に必要となる資金も、俺の覚悟もない。庶民としての生活が身に染み込んでいるというのもある。慣れた生活スタイルから離れる気がないのだ。

「ほら、勉強しに来たんですから準備してください」

「琴音はどうするの？」

「飲み物の準備をします。何がいいですか？」

「それじゃあ、私は珈琲で」

「私は紅茶をお願い」

「承りました」

どちらもインスタントとティーバッグだけどな。高価なものではなく、一般的に売られているものだ。どうして、この部屋の初期装備に高級な珈琲や紅茶が含まれていなかったのだろう。あれば大事に飲んでいたのに。これだけ家電などを揃えてくれたのに、なぜ嗜《し》好品《こうひん》はないのかが分からない。

「琴音、誰か来たみたいよ」

「ちょっと出てきます」

俺の部屋を訪ねてくるのなんて一人しかいない。扉を開けると案の定、茜さんが笑顔で立っていた。今日は休みであると聞いていたから、俺が帰ってきた気配を察してやってきたのだろう。真面目に俺の部屋へ入り浸っているからな。

「もう、帰ってきたのなら教えてほしかったわ」

「ご飯の準備ができたら呼びますよ」

「私が言っているのはそういうことじゃないの。あら、誰か来ているの？」

「友達が二人ほど」

「あらあら」

笑顔を輝かせたのはなぜだろう。そして、どうして部屋の中へと入ろうとするのか。阻止しようとしたが、想像以上の強い力で押し返してくる。

「どうして邪魔をするの？」

「嫁発言されると誤解を招きそうなので」

割とマジで。香織なら、まだ笑ってすませてくれるかもしれないが、相羽さんは真面目に受け取りそうで怖い。誰かに言いふらすような真似はしないと信頼しているけれど、関係がぎくしゃくする可能性はある。席が隣なだけに、気まずくなってしまったら困る。

「琴音。大丈夫？」

そして、どうしてこのタイミングで、こちらの様子を見に来ようとしたのか。押し出そうとしている俺と、何としてでも部屋へ入ろうとしている茜さんは、客観的にはどう見えるだろう。

「隣人の佐藤《さとう》茜と言います。琴音ちゃんには、ご飯を作ってもらったりと、お世話になっているわ」

先制をして自己紹介したのは茜さんだった。最初に自己紹介してしまえば、ある程度、今の状態を誤魔化せる。茜さんの存在はすでに香織に知られてしまったのだから、俺と茜さんの攻防は意味がないな。茜さんの姓が霜月でないのは、旦那さんが霜月家を出たのが関係しているのかな。

「琴音の友人の橘香織です」

「同じく友人だと思っている相羽宮古です」

なぜ、そこで消極的になるのか分からない。俺としては、相羽さんも友人だと思っているけど。やっぱり壁はあるか。俺は言葉遣いがですます調だし、相羽さんはまだ俺の名前にさん付けをしている。この問題を解消するには俺から歩み寄るのが正解かな。でももうちょっと待とう。琴音についての悪い噂が収まってからじゃないと、面倒に巻き込んでしまう可能性がある。

「うんうん。友達ができて良かったね、琴音ちゃん」

「改めて言われると、恥ずかしいのですけれど」

「あー、もう可愛《かわい》い！」

　恥ずかしくて顔が赤くなった俺を、抱きしめないでほしい。それを見ている二人なんて目が点になっているぞ。さらに顔が赤くなってしまったのは、過剰なスキンシップの影響だろう。相変わらずテンションが高くて困るよ。

「うん。琴音ちゃんを堪能《たんのう》できたし、あまりお邪魔しても悪いから、私は帰るわね」

「晩御飯ができたら連絡します」

　そして、嵐のような展開を巻き起こした茜さんは颯爽《さっそう》と帰っていった。この惨状をどうやって処理しようか。とりあえず、呆然としている二人をリビングに戻すことから始めよう。

「なんというか、凄い人だったわね」

「常時あのテンションですからね」

「琴音さんの反応も予想外だったよ」

「私からしたら、琴音はいつもあんなものよ」

　女性同士の触れ合いに慣れていないから、赤面しやすいのが悩みでもある。あとは琴音特有の性格もあるだろう。以前の琴音は顔面武装していたから、ばれてはいなかったはずだけど。あれは一種の鎧《よろい》でもあった。

「それじゃ、勉強会を始めましょうか」

多少遅くなってしまったが、本来の目的を忘れてはいけない。各々が勉強道具を出して、まずは個人ごとに勉強を開始する。教科がそれぞれで違うのはしかたない。苦手科目は人によって違うからな。教えるのは俺だけど、俺に苦手科目はない。琴音としてのスペックを考えれば、どうしてこれで残念なお嬢様などやっていたのやら。

「でも、改めて部屋の中を見ると、生活感あるね。炊事洗濯も琴音さんが？」

「一人暮らしですから当然ですね。これでも結構得意なんですよ」

「家事能力は高いわよね、琴音は」

「それも、私からしたら意外な面だよ」

「去年があれで家事が得意とか、誰も思いませんよね」

あんな迷惑行動をしていた女性が、実は家事が得意ですと言ったところで、誰も信じないだろう。そんな暇があるのなら、自分の行いを振り返ってみろと突っ込まれるだけだ。俺だって同じ意見だからな。

「一人暮らしのほうが気楽なんですよね。実家は息が詰まりそうですから」

「家族関係が悪いのよね？」

「色々と複雑なのですよ。特に我が家は」

こんがらがりすぎていて、どうやって関係修復すればいいのか、全く目途が立たない。攻略する糸口はあるのだけど、実家へ近づけないから手の出しようがない。なにかしらのきっかけさえあれば、突破できるかもな。それよりも、我が身をどうにかしなければ。

「資産家の悩みみたいなもの？」

「違いますよ、相羽さん。単純に家族仲が悪いだけです」

あの父親を排除できれば、普通の家族へ戻れるかもしれない。本気であれの存在が如月家を歪《いびつ》なものにしてしまっている。それに拍車をかけていたのが琴音の存在だけど。こっちも俺から動くしかないか。

「それに、資産家のお嬢様にも悩みはあります。社交界とか出たいとは思いませんからね」

「美味しい料理が食べられるのに？」

「煌《きら》びやかで素敵《すてき》なドレスとか着られるのに？」

「幻想は捨ててください。そんな素敵で、面白い場所ではありません」

油断していると、どんな言質《げんち》を取られるのか分からない魔境だぞ。自分の発言には責任を持ち、下手な受け答えをしてはいけない。両親から離れたら、親しい人物以外とは会話しない。そして、会場の外へ出てはいけないなどと、色々と注意する必要がある。そんな場所で美味しく料理をいただけるはずもなく、緊張しっぱなしだ。全部琴音の記憶を参考にした俺のイメージだけどな。それでも、間違ってはいないと思う。いや、会話が目的じゃなかった。勉強しないと。

「脱線しましたね。勉強会の続きをしましょうか」

その後はお互いに分からない部分を相談したり、偶《たま》に会話を挟みつつ、当たり前のような時間が過ぎていった。少しは状況の改善ができたかなと思い、確かな実感を噛《か》み締める。次の日に、あのような予想外の出会いがなかったなら、平穏な日常はそのまま続いていたかもしれない。

次の日、琴音についての悪い噂が広まり、俺を見る人の目が厳しくなり始めてきた。気にしてもしかたないと分かってはいるのだが、精神的な負担はやっぱり感じる。それに、友人を巻き込まないためにも、なるべく一人で行動すべきだと思って、単独行動をすることにしたのだが。

「アリバイ作りをどうするかだな」

人気《ひとけ》のない場所で昼食をとることにしたのはいいが、仮にこの時間帯に問題が発生した場合、俺が無実だというアリバイは誰も証明してくれない。香織や宮古が傍《そば》にいるのであれば頼れるのだが、それは巻き込むことを意味している。

「悩んでもしかたない。今はそれより、ご飯だよな」

本日も快晴なり。昼食をパクパクと食べ、魔法瓶に淹れてきたお茶を啜《すす》る。うむ、本日の弁当も美味かった。残り物のあり合わせなのだが、食材を無駄にしてはいけない。本日も平和でなにより。そう思っていたのだが。

「予想外すぎて笑えないな」

相手の目的はわからない。キョロキョロと周囲を窺っている様子から、ただ昼食を食べる場所を探していただけかもしれない。というのも、俺の座っているベンチを確認したら、そのままこちらに向かってきたから。

「隣、いいですか？」

「どうぞ。私専用の場所ではないのですから」

脇に寄って、彼女の場所を空ける。持っていた弁当を食べ始めた様子を横目で確認しながら、残っているお茶を飲む。琴音と彼女がこうやって二人だけで会うのは初めてだな。琴音は彼女を避けていたし、彼女は琴音のことを知らないはずだ。そして周囲の誘導により、対面することは決してなかった。

「ずいぶんと凝ったお弁当ですが、お手製ですか？」

「屋敷の料理人が作ったんです。自分で作れればいいのですが、時間がとれなくて」

作ろうと思っている時点で思想が一般人。いや、資産家であろうとも作る人はいるか。彼女自身が厄介な存在なのではない。聞いた話では、彼女の家族が厄介であると。そして彼女に手を出せば、その家族が報復に動く。

「まさか、文月の方がここに来られるとは思いませんでした」

「人を捜していたのですが、中々見つからなくて」

「そうですか。それでは私は失礼します。どうぞ、ごゆっくり」

「待ってください」

厄介ごとへ巻きこまれる前に逃げようとしたのだが、止められてしまった。彼女が捜していた人物が俺であることは察したのだが、その理由が分からない。俺と彼女に接点はなく、狙われるはずなどなかったのだが。それとも、俺の知らないところで何かが起こったのか。

「私になにかご用ですか？」

「如月琴音さん。貴女に聞きたいことがあります」

聞きたいこととはなにか。琴音を糾弾するような内容でないだろうことは分かる。なら、なにを知りたいのか。そして俺は、その質問に答えられるのか。

「どうしたら、貴女のような素敵な女性になれるのですか？」

うん、答えるのは無理だ。あまりにも突拍子《とっぴょうし》のない質問に、持っていたお茶を零《こぼ》しそうになってしまったが、この衝撃的な質問に比べれば、そんなことは些細な問題だな。勢いこんで、こちらを覗き見るような体勢になっているのにも困ってしまう。

「貴女のことを見た瞬間に思いました。貴女こそ私の理想とする女性であると」

「それは見間違いだと思います」

元男性の俺が理想の女性とか、頭がどうかしているんじゃないのだろうか。やっぱり十二

本家の人間はおかしい。パッと見ても、彼女は十分に可愛らしくて魅力的だと俺は思うのだが。本人は何かを納得できていないのかな。

「それに、文月さんの理想とはどのようなものですか？」

これを聞かないことには前に進めない。もし、見当違いの理想を俺に求めているのなら、それを否定すればいい。そして思いあたる人物を紹介する。これで彼女の望みも叶うだろう。他人を巻きこまないのが信条だが、悪意のないものだったら、盛大に巻きこむのも俺の信条だ。

「かっこいい女性です！」

この子がそれを目指すのは、いくらなんでも無理があると思ってしまった。俺との身長差は目測で二十センチ程度。琴音が長身なのもあるが、この子が小さいのも問題だ。そもそも、かっこよさを求めても、可愛らしさが前面に出ている彼女とはベクトルが違いすぎる。

「それは外面でしょうか？　それとも内面でしょうか？」

「両方です！」

頭を抱えた俺は悪くないと思う。まず、紹介する人物が思いつかない。誰かを生贄《いけにえ》として彼女の気を引くことは無理そうだ。確実に俺のことをターゲットにしているのも最悪だ。なにより、彼女からは琴音に対する悪意が一切感じられない。無下に扱うのも気が引ける。

「それは難題ですね」

「そうなんです。私、クラスでもマスコットのように扱われていて。それで、如月さんがひとりで昼食をとっていると聞いて、昼の時間に捜していたのです」

よく見つけたな。そして、その行動力にも驚く。ここは学園の裏側。通常の移動経路では辿《たど》り着くまでに十分くらいかかる。俺は三分程度で辿り着ける経路を見つけたから、苦でもなかったが。それに、捜し回っていたということは、他の日には別の場所を捜したのだろう。恐れ入る。

「文月さんには、私がどのように映っているのでしょう？」

「凛《りん》とした佇《たたず》まい。落ち着いた物腰。周囲の視線をものともしない度胸。そのどれもが如月さんの魅力を引き立てています。私も自分の魅力を引き出せる女性になりたいのです」

それが文月のなりたい、かっこいい女性ということなのだろうか。別に俺は、そんなことを意識したことはない。ただ普通に過ごしているだけだ。

「私は私なりに生きているだけです。なにも意識せず、ただありのままに。文月さんも、そのように過ごされてはいかがでしょうか」

「私なりにありのままで、ですか。でもそれは私たち、十二本家の人間にとっては難しいことだと思います。周囲に期待され、そのようにあらねばならないのですから」

「違います。私たちは特別な人間などではないのです。ただ、特殊な家の生まれであるだけです。私たちが偉いのではなく、先祖の偉業がすごいのです。ですから、私たちがそんなことを気にする必要は、全くありません」

琴音がよく耳にする言葉を言われたので、否定してしまったが、周囲の望みにただ引っ張られるだけの人生なんて、ごめんだという俺の気持ちだな。それに、何人かの十二本家の人間たちには、そんな周囲の期待に応えようとする気など全くない。やりたいようにやっているからな。

「それに、去年の私は周囲の期待とは真逆の行いをしていましたからね」

「去年の如月さんがですか？」

本当に、去年の琴音のことを知らないんだな。彼女の理想とは全く違う行動をしていたのだから。なにかしらの情報操作でも行われているのだろうか。学生としてはありえないことだが、意外にもこの和名学園《わめいがくえん》では、情報操作などがあたりまえのように行われている。

「私は見本にはなりえません。それに、それは貴女にとってのありのままとは違います。自分の魅力を引き出せるのは貴女だけなのですから」

あたりまえのことだ。ただ、それを語っただけなのに、なぜだろう。キラキラとした瞳で見られるのは。

「やっぱり如月さんは素敵です！　私と友達になってください！」

面と向かって友達になってくださいと言う人を見たのは初めてだな。これを断ることは簡単だ。ただ、ひと言を彼女に伝えてやればいいのだ。だけど、これだけ純粋な目で見られると、すごくやり辛い。

「わかりました。その申し出を受けましょう。それと、私のことは琴音でいいですよ」

「それじゃあ、私のことは小鳥《ことり》と呼んでください！」

十二本家同士で繋がるのは大変よろしくないのだが、受け入れたのは俺の責任だ。どのような結果になろうとも、後悔はしない。だって、友達を家の都合で選ぶのは間違っている。

「また、ここへ来てもいいですか？」

「何度も言いますが、私専用の場所ではないのですから、遠慮する必要はありません」

学園の中は、いくら十二本家の人間でも私物化できるものではない。そのようなことをすれば、同じ十二本家の人間である学園長が許さないだろう。真面目な性格みたいだから、そこらへんは厳しいと思う。

「小鳥は本当に去年の私を知らないのですか？」

「噂を少々。でも、本人と会ってみないと、それが本当なのかは分からないじゃないですか」

鵜《う》呑《の》みにはしないで自分の目で確かめるタイプか。流されるままに行動するわけではなく、自分として一本の芯を通している感じかな。これで、どうして自分の在り方に疑問を持つのか。

「正直に白状しておきますが、去年の私は噂通りの人物でしたよ。誇張されているところもありますけど」

「でした、ということは。もちろん今は違いますよね？」

「理由がなくなりました。だから、一般的な普通の人間になろうかなと」

「十二本家の人間である限り、それは無理だと思います」

そうなんだよな。この肩書きが邪魔でしかたないんだけど、琴音が死ぬまで付きまとうものだから、諦めるしかない。たとえ本当に実家と絶縁したとしても、他の者たちが放っておくとは思えない。なにかしらの交渉材料にはなるだろうと考えるはずだから。

「だからこそ、私だけでも普通であろうと心掛けているのです」

心構えの問題でしかないけど、自分が特別だと思わないのが大事なのだ。俺の場合は、琴音の中に入り込んだ男性という特殊性があるけど、解決できない問題を悩んでいても無駄でしかない。

「意識改革をしていても、周りの反応は芳しくありませんけどね」

「でも、私みたいにちゃんと見てくれている人もいますよ」

いや、ちゃんと見れていないからな。俺のことを素敵な女性だと思っている時点で間違っている。俺の行動はどう考えても女性らしくない。それは自覚しているのだから。でも、自分が女性らしくないことを、訂正する気になれない。小鳥が反論してきそうだから。

「そろそろ休憩時間が終わりそうですね」

「それでは、また明日！」

元気に答えてくれる姿があまりにも可愛らしくて、軽く頭を撫《な》でておいた。見た目からしてどうしても年下に思えてしまう。確かに精神年齢は俺のほうが間違いなく上だけどさ。それでも琴音との外見的な違いが大きい。

それから数日、昼食は同じ場所で小鳥と一緒だったのだが、それ以外に誰かがやってくる気配はなかった。最初に悩んでいたアリバイ作りはこれで問題ない。証言者として十二本家の人間が味方だというのは大きいからな。ただ、この出会いが、ある人物を引き寄せることになるとは思わなかったが。

「やぁ、琴音君。ちょっと話をしないかい？」

「お断りしたいですね」

やって来たのは十二本家の人間であり、学園の生徒会長でもある葉月先輩。今日の授業が全部終わり、さっさと帰ろうとした矢先に現れたのだ。まだ帰り支度をしている生徒たちが騒然としている。予期せぬ来訪であったのは間違いない。

「そんな嫌そうな顔をしないでくれないかな」

「誰の所為《せい》でこんな顔をしていると思っているのですか」

厄介事を持ってきたのだろうから、俺だって表情を歪める。他の生徒だったら何かを期待するかもしれないが、去年、あれだけ横暴で迷惑だった琴音に接触してくるのなら、別の想像をするだろう。粛清に動いたとか。

「何の用ですか？」

「ここじゃ話せないから、場所を変えようか」

俺に拒否権はないんだろうな。ここで拒絶したら、悪い噂の信憑性《しんぴょうせい》が増してしまう可能性がある。どちらにせよ、生徒会長自身が動いたとなれば、加速度的に別の噂が広がるかもしれない。どう動いても悪い方向にしか転がらないな。

「分かりました。場所はどこですか？」

「生徒会室にしようか。あそこなら邪魔も入らないはずだよ」

席から立ち上がり、葉月会長のあとに続く。珍しい組み合わせなので、廊下を行き交う生徒たちが不穏な想像をしているらしいことが、雰囲気で伝わってくる。それに俺の機嫌が悪くなって表情を険しくしているのも、拍車をかける結果になっているか。

「ようこそ、僕の生徒会へ」

「勝手に私物化しないでください」

生徒会室に入ると、ある人物が目に入る。葉月会長の片腕で、生徒会副会長の木下《きした》先輩。落ち着きのある佇まいに、穏やかな表情。琴音よりも長い黒髪。よく一緒にいる霜月先輩と合わせて和名学園の撫子《なでしこ》コンビと呼ばれているのだったか。

「それで、私に何の用ですか？」

「ちょっとした世間話かな」

「事態を悪化させていると、分かっていますよね？」

「もちろんさ。今、出回っている君の噂は知っている。良くないものが多いから、僕が君に対して何かをすると思われているかもしれないね」

この、無駄に微笑んでいる顔を殴ってやりたい。思うだけで実行はしないけど。さすがに、生徒会長へ暴行したとなれば停学は間違いない。俺にだって、超えてはならないと決めている一線くらいはある。

「でも、そんなつもりは一切ないから、安心してほしい」

「この状況で何に対して安心しろと？」

「僕が噂を信じていないと証明しようか？　今年度、君が学園内で迷惑行為を全くしていないことは、こちらの調べで分かっている。そして、君の行動が去年とは違うものになっていることも」

そこまで調べておいて、いまさら俺から何を知ろうとしているのか。学園に対して迷惑をかけていないのは間違いない。普通に生活していれば、迷惑なんてかけるはずがないからな。だったら葉月会長の世間話とは何か。

「薫《かおる》。お茶をくれないかな。もちろん琴音君にもね」

「私はあなたの秘書じゃないのですよ」

愚痴をこぼしながらも、きちんとお茶を淹れてくれる木下先輩は優しいな。俺だったら絶対にやらないと思う。気になるのは、木下先輩以外に生徒会のメンバーがいないことだ。人払いをする必要があるということか。

「僕としては、君がどうして変わったのかに興味があるんだよ」

「それは生徒会長としてですか？　それとも十二本家の人間としてですか？」

「両方かな。きっかけがあれであったのは間違いないんだろうけど、どうしてそれで、君の心境に変化があったのかを知りたくてね」

あれという言葉と同時に、こちらの腕時計の部分を見たので琴音が自殺未遂を起こしたことを知っているのか。相変わらず十二本家の情報網は謎だ。一応は同格の存在であるのだが、それぞれで得意としている分野が違う。葉月ならば独自の情報網だろう。情報戦で葉月に勝てる家はない。

「ある人に対して、興味がなくなりました。これで分かりますよね？」

「本当に？」

「今では、その人を見たら殴りたくなるほど嫌いです」

俺の言葉に破顔して頷いているから、意味は通じたのだろう。木下先輩はよく分からないといったように頭を傾げている。十二本家、それぞれに抱えている問題はあるのだけれど、一般的にはあまり知られていないことだからな。俺だって自分の身になるまでは、十二本家の歪みなんて、知らない内容ばかりだった。

「それがきっかけで、ここまで変わるとは思わなかったよ」

「あれらの行動自体が気を引くためのものでしたから。やる必要がなくなったのなら、まともになるのが普通だと思います」

「変化が激しすぎて、こちらがついていけないよ」

問題行動の多かった生徒がいきなり更生したような行動をすれば、不思議に思うだろうな。裏があると思われるのはしかたないけど。だから沈静化するまで黙って待っているつもりでいたのだ。それを台無しにしたのが、目の前の会長でもある。

「私へ接触するきっかけを作ったのは、小鳥ですか？」

「彼女が君と親密になったから、僕としても大丈夫だろうと判断したのさ。直感的に判断するタイプだからね、彼女は」

「覗きは趣味が悪いですよ」

「必要な手段だと思ってほしいね」

実際に俺と小鳥の様子を覗いていたのは、葉月会長ではないだろう。彼が持っている情報部隊のメンバーのはず。生徒会長として忙しい葉月会長が、個人に対する注視活動などしていられるはずがない。それにしても、何で俺に興味を持ったのだろう。

「失礼を承知で白状するけど、君に関して色々と調べさせてもらったよ」

「自首してきてください」

「辛辣だね。大丈夫。僕は嫌味《いやみ》に慣れているから」

こちらの嫌味に対しても表情は変わらず。葉月会長の言葉に木下先輩が溜息《ためいき》を吐《つ》いている。自由なこの人の舵取《かじと》りは、さぞかし大変だろう。

「木下先輩。大変そうですね」

「それはもう。琴音さんが、このお馬鹿な会長の手綱を握ってくれませんか？」

「私にも無理です。自由な人を止めるには、初動をいかにして制するかです。私は、ぶん殴って強制停止させることをお勧めします」

「なるほど。参考にさせていただきます」

「僕の近くで、怖いことを言わないでくれないかな」

本人の目の前でこのような話をすれば、普通は抑止力になる。もっとも、これで葉月会長が大人《おとな》しくなるとは思わないけど。自分に対する被害を考えたとしても、メリットの方が大きいと判断すれば、行動を改めはしないだろう。

「話を戻すけど。琴音君が一人暮らしを始めて、バイトまでしていることは摑《つか》んでいるのさ。さすがの僕も、本当だろうかって疑ったよ」

「来店された記憶はないのですけれど」

葉月先輩みたいな強烈な人物が喫茶店へやって来たのなら、記憶に残っているはず。学園の生徒たちが何人か、来店していたのは把握している。でも、その中に葉月先輩がいなかったのは間違いない。なら、別の人物を使ったか。

「僕も忙しいからね。部下に探らせたよ。以前の君なら、喫茶店を乗っ取ったんじゃないかと考えるのが自然だけど、そんな様子は見受けられないとの報告を受けたよ」

「あそこは私にとって大切な場所です。そこへ何かをするのであれば、私は怒りますよ。それが十二本家であろうとも」

「そんなことしないから安心してほしい。そもそも、今の君が怒って行動したりしたら、僕にとって大きな脅威になりかねないからね」

葉月先輩の言葉に、木下先輩は目を丸くしている。彼女としても、俺が葉月先輩の脅威になるとは思っていないのだろう。俺だってそうだ。勝負を挑んでも勝てる未来が全く見えない。戦力不足が大きいな。やるなら実家の手を使わないと無理だ。

「以前の琴音君は脅威ではなかった。行動が稚拙だったからね。だけど、今の琴音君は冷静に物事を見て、どうすればいいのかを判断している。現状、我慢するしかないと思っているのも、行動を起こしても裏目に出るだけだと考えているからだろうね」

「そのとおりですけど、私は葉月会長と敵対して無事でいられる気がしません」

「冷静だね。それに戦力差も把握している。あとは精神的に強くなった。普通だったら潰れている可能性が高い現状を、なんとか乗り切っている。なおかつ、文月を味方につけた。ほら、こうやって言葉を並べてみると、強そうじゃないか」

「小鳥を利用しようとは思っていません。あの子を利用すれば、学園の一部層を敵に回すことになります。なにより、友人として今回の件にあの子を巻き込みたくはありません」

「薫。ここまで以前と変わることのできた女性を、君は知っているかい？」

「知りませんね。今の琴音さんからは、葉月会長と似た感じを受けます。あらゆる可能性について考慮し、何が最善であるかを選択している。ただ、会長と違うのは、利用するものを選別している点でしょうか。私としては、琴音さんのほうが好みですね」

葉月先輩は、利用できると判断し、状況の改善に役立てると思ったなら、友人でも家族でも利用するだろうな。手段を選ばないといってもいい。俺は、あとの関係を壊さないように将来を考えているといえばいいか。それに、小鳥を利用したら文月家がどのような行動をしてくるのか予測できないしな。

「葉月会長。嫌われていませんか？」

「はっはっは」

そこを笑って流すのは駄目だろ。木下先輩も否定しないのかよ。本当にこの生徒会は大丈夫なのだろうか。ここまで無事に活動できているのであれば、問題ないはずだけど。葉月会長にいいように振り回されているのが目に見えるよ。

「苦労していそうですね」

「生徒会へ加入してみますか？」

「遠慮しておきます」

去年、あれほど迷惑をかけていた存在が生徒会に加入しては、変な憶測が流れてしまう。今でも悪い噂が流れているのに、さらに燃料を投下してどうする。状況がますます悪くなる未来しか見えないぞ。

「並の生徒なら、即答で頷く場面のはずなんだけどね」

「いえ、葉月会長を先入観なしで見ているのであれば、妥当な判断です」

木下先輩の発言に、さすがの葉月会長も頬を引《ひ》き攣《つ》らせている。見た目も良く、学園を有意義な場所へと変えてくれている、面白くて頼りになる生徒会長。それが生徒たちの所見。実態はおふざけに全力を尽くして、それを有効に活用しているだけ。誰がそんな場所へ所属したいなどと思うものか。

「葉月会長の相手は面倒臭そうなので」

「実際そんな感じです」

「君たち、酷いね」

「それに、私が生徒会へ所属することには、反対意見が多いでしょうから無理ですよ」

「そこは、僕の権限をフルに活用して捻《ね》じ込むさ」

「真面目に実行しそうで怖いですよ」

冗談だろうけどな。今の状況で俺を引き込んで、葉月会長にメリットがあるとは思えない。せめて、現在の噂が沈静化してからでなければ実現しない夢物語。こんな簡単な結論を出せないほど、愚かじゃないはずだからな。

「目的は達成できましたか？」

「うん。今の琴音君を知ることはできたと思うよ。害はないし、様々な可能性について考えられるようになっている。だけど、懐に入れるには時期が悪い。なおかつ、君自身がそれを望んでいない。こんなところかな」

「でしたら、私は失礼します。買い出しに行かなければなりませんから」

「今日はありがとうねー」

本当の目的をどちらも告げないまま、俺は生徒会室を出る。外へ出てみれば、俺を心配していたのか香織と相羽さんがいた。その顔を見て、肩の力が抜けるのを実感したな。俺も緊張していたのが分かる。さすがに相手が悪かった。

「心配ありません。ただの世間話でしたから」

「世間話で生徒会室へ案内される？」

「あの会長ですからね。私たちには想像できないことをする人物ですよ」

「本当に何ともなかったの？」

「特に何もありません。冗談交じりに生徒会への勧誘を受けましたけど、本気じゃなかったはずですから。それに、私も生徒会に入る気はありません」

毎日買い出しして、晩御飯の準備をしなければならない。それにバイトもあるのだ。生徒会活動するのは時間的に厳しい。そこも葉月会長なら把握しているはず。

「頭の痛い問題が増えたのは間違いないけど」

今回の一件が、あとでどのような結果を生むのかについては、一つだけ分かっていることがある。その結果をあの会長は望んでいるはずだからな。その対価として、あとでこちらから何かを請求しても、文句は言わないだろう。貸し一つだ。

彼女が去って、肩の力を抜く。琴音君の機嫌を悪くさせていた僕に非があるのだけど、中々の威圧感だった。本当に、去年の彼女とはまるっきり別人だと思うよ。

「結局、如月さんは何も言いませんでしたね」

「気付いていたはずなんだけどね。彼女を餌として噂の発生源を特定しようとしていることに」

だからこそ、機嫌が悪かったとも言える。僕が生徒会室へ彼女を呼んだのであれば、その目的は二つ考えられる。一つは注意勧告か、粛清。もう一つは生徒会への勧誘。前者ならば噂を補強する材料になるし、後者なら噂を流している人物に危機感を与えられる。

「発生源が彼女を脅威として見ているのは正しい判断だよ。油断していると僕でも食われかねない。本人にそんなつもりが微塵もないとしても、ね」

「会長でもですか？」

「彼女は、僕と同じような策士タイプだと思う。最善とは何かを選択して、実行する。そのためなら、自分自身が犠牲になるのも厭《いと》わない。それに、友人を大切にしているのも分かった。恐らくそこへ手を出せば、たとえ僕相手であろうとも噛みついてくるね」

我慢はできるけれど、ある一線を越えた瞬間、全力で反撃をしかけてくる。その際の被害を思うと、頭が痛くなってくるよ。僕なら勝てなくもないけど、被害が甚大になりそうな予感がする。それも、下手したら僕の想定を上回るような被害が。

「きっかけが何であるかは知っているけど、それだけで、あそこまで変わるものかな」

「別人のようにも感じられますね」

「そう割り切ったほうがいいかもしれないね。敵対しないのが得策。できればこちら側に引き入れたいね。今の彼女なら、絶対に人気が出る。人を惹《ひ》き付けるオーラがあるよ」

「カリスマみたいなものですか。確かに去年の彼女を知らない下級生には、好感を与えているようです」

琴音君を嫌っていたり疑っているのは、主に同級生や上級生だ。下級生は去年の彼女を知らないから、今の変化した彼女の姿だけを見ている。理想的な先輩を演じているわけでもないのに、支持を集めているのは本来の彼女の性質ゆえなのかもしれない。

「さて、これで元凶はどう動くかな。できれば彼女の一線を踏み越えてくれると、こちらとしては狙い通りなのだけれど」

「裏ボスみたいな発言ですね」

裏で操っているのだから間違いないかな。でも、相手が一線を踏み越えたのなら僕が参戦できる条件が整う。琴音君と協力して悪役を懲らしめるのは面白そうだからね。彼女が期待通りの人物ならの話だけど。


次の日、いつもどおりに登校したのだが、学園に入った直後から視線を感じている。だけど、それは今までとは違ったもののような感じがする。昨日までは琴音を避けたり、危ないから遠ざかろうとするものだったのに、今日は、何があったのか気になる、といった感じかな。

「昨日の件だとしても、広まるのが早いですね」

誰かが意図的に広めたのは確実だし、誰がやったのかについても心当たりがある。葉月会長で間違いないだろう。目的は元凶への牽制かな。

「おはようございます」

「おはよう。凄い話題が出回っているわよ」

「それは何ですか？」

「琴音が生徒会から厳重注意を受けたとか」

「琴音さんが生徒会に勧誘されたとか」

「片方は違うのですけどね」

話していた内容は世間話に近いものだと思っている。お互いに相手を威圧するような世間話なんてごめんだけど。不機嫌なのを隠さなかった俺も悪かったが、小鳥のおかげで噂を否定できかけていたのに、新たな燃料を投下されたのだからな。

「でも、琴音の噂も着実に減っているわよね」

「あれは小鳥のおかげです。彼女が私と一緒でしたから、生徒から隠れて悪さをしていたという噂を否定してくれました」

「どういうこと？」

「私の行動を小鳥が監視していた。つまり、私が隠れて悪さなどをしていないことを彼女が保証してくれているのです」

琴音が悪さをしていなくても噂が広まっていたのは、一つの噂が数々の憶測で補強されていたからだ。私は見た、私が被害を受けた、私の友達から聞いたと冗談交じりなものが補強の材料。それに去年のイメージが合わさり、真実味を帯びていったものだから、どこまでも広がっていくのだ。

「噂は真実味があるほど消えにくいものです。逆に言えば、否定できる材料が生まれれば、呆気《あっけ》なく消えていきます。さらに、生徒会が私を呼び出した。注意にしろ、勧誘にしろ、生徒会が私に接触してきた。不確かな噂よりも、確かな信頼がある生徒会を信じるのは、当たり前のことです」

ならば、どうしてまだ完全には消えていないのかといえば、誰かが頑張って噂を流しているからだろう。だけど、同じような内容の噂は広まりにくくなっている。小鳥の影響、そして昨日の生徒会での一件が噂を否定する材料になっているからだ。

「十二本家の小鳥が隣で行動を監視している。生徒会も私の行動を注視している。これでも行動を起こそうとする馬鹿はいません」

「それは確かに」

「いくら去年の琴音さんでも、悪事を控えそうですね」

俺の言葉を二人とも素直に信用していることからも分かるように、生徒会と小鳥に対する信頼は大きい。それに、小鳥を敵に回した場合、保護者が黙っているはずがないのだから相手も手が出せない。さらに、生徒会が琴音に働きかけたのだから、身の振り方を変えないと自滅する恐れがある。相手は、さらに動きにくくなっただろうな。

「生徒会が琴音に支配されたとか、言われそうな気もするけど」

「誰がそんな妄言を信じますか？」

「いくらなんでも、無理な話だと思うよ」

「そうよね。琴音でも無理よね」

やるにしても、相手が悪すぎる。昨日の一件で、葉月会長がとんでもない人物であることは改めて察した。そして、現在の状況は、生徒会に利益が生まれるものだということにも気付いた。現状を、ここまで予測して動かれているのであれば、戦力不足のこちらでは、どうやっても勝てない。

「でも、どうして生徒会が動いたのかな？　去年は全然琴音さんに干渉してこようとしなかったのに」

「見極めたかったのでしょうね。私を」

同じ十二本家同士で争った場合、学園だけの問題ではすまなくなり、外部へと拡大する恐れがある。いくら実家と仲の悪い琴音でも、万が一を考えれば、葉月会長だって簡単には動けない。なら、どうして今回は干渉してきたのかといえば、やっぱり小鳥の行動が大きいのだろう。

「直感で動くタイプは、やっぱり怖いですね」

「小鳥ちゃん？」

「小鳥は、本能的な直感に従って行動する人物です。あの子が私を大丈夫だと判断したから、葉月会長が動く理由ができたのですよ」

去年の琴音なら拒絶していたであろう人物に対しても、俺らしく如才なく対応した。集めた多くの情報を元に、今の琴音なら大丈夫なのではないかと評価した結果が、昨日の一件へと繋がったのだろう。思いっきりの良さと、慎重さを併せ持っている生徒会長だよ。

「それに、今回の件は生徒会にも益があります。問題のある生徒へも対応してくれるのだと、生徒会への信頼度は上がることでしょう。もっとも、仮に問題が起これば本腰をいれて行動してくるでしょうけどね」

だからこそ、元凶は動きづらい。生徒会と対立するのは分が悪いと思っているはず。琴音対元凶が、いつの間にか生徒会対元凶に変わっている。俺としては、そこへ介入する気はない。このまま噂が消えてくれるのを望むだけだ。

「でも、琴音としてはこれで安心なんじゃないの?」

「それはどうでしょうね」

何事も起こらない平穏を、俺自身が望んでいるのは本当だ。ただし、元凶がこのまま泣き寝入りするとは思えない。必ず次の一手を打ってくるはず。対応はその時にでも考えるか。

さらに次の日。元凶の行動の早さに行儀悪く昇降口で舌打ちしてしまった。幸い周囲にいる生徒たちには聞こえていなかったみたいだけど。

「私に対して、ここまでやれる生徒は限られていますけどね」

下駄箱《げたばこ》に入れていた上履きが消えている。勝手に消滅するはずもないから、誰かに盗まれたと考えるのが妥当だな。変態的な趣味嗜好の人間もいるだろうけど、可能性が低すぎるので除外。この分だと教室でも何かをやられているかもしれない。

「おはようございます」

教室に入ると、俺の席へ人が集まっていた。ちなみに上履きは来客用のスリッパを借りてきた。素足で校内を歩き回るわけにはいかないからな。

「机に落書きでもされましたか？」

俺が声を掛けると、クラスメイトたちは惨状を見せてくれた。案の定、机には黒いマジックで誹謗中傷が書きこまれていたが、想定していたよりも少ないな。文章が思いつかなくて途中で止《や》めたのか。

「ここは、隙間なく書き込む場面ではないでしょうか？」

自虐ネタでボケてみたのに、誰も答えてくれない。一応、俺は大丈夫だとアピールしてみたのだけど。方法を間違えたかな。指先で文字を強くこすってみたらかすれた。どうやら水性マジックで書いたようだけど、ここは油性を使って消えないようにするものではないだろうか。やり方が甘いな。

「とりあえず、証拠は残しておきましょう」

スマホで写真を撮って画像を保存しておく。俺の行動に周りのクラスメイトたちが愕然《がくぜん》としているが、何かに使えるかもしれないじゃないか。でも、まあ、普通に考えたら、自分に対する悪意ある落書きを保存しようとしたりはしないよな。

「あまりにも気にしていなさすぎて、こっちが驚くわよ」

「今回の行動はある程度、予測していましたから」

悪い噂を流して評判を貶《おとし》めるのに失敗したのなら、直接的な行動をとってくるとは思っていた。噂を大々的に流そうとしていた元凶が、一つの失敗で諦めるとは考えられない。評判を落とすことができないなら、集団からの排除を狙ってくるだろうと。

「私と同じような目に遭いたくないのなら関わるな。それが相手からのメッセージでしょうね」

今日はまだ初日だから、効果としては薄い。だけど、これが連日行われて周りに広まっていけば、俺の周囲から人が離れていくかもしれない。なおかつ、便乗する輩が現れれば、自分たちの存在が隠れるのかもしれないと考えているか。

「基本的には、私が気にしなければいいだけです。金銭的なダメージはありますけど」

新しい上履きを買わないといけない。相手にとっては狙っていなかった効果だろうけど、バイトして生計を立てているこちらとしては、死活問題ともなりかねない。被害金額を考えると、気が重くなるな。

「琴音。本当に大丈夫なの？」

「別に、この程度でしたら平気です」

心配そうにこちらを窺ってくる香織には悪いが、元の俺としては経験済みのことだ。意味合いは違うけど。あの当時はクラスメイトたちが馬鹿をやった影響でこちらにも悪影響があり、その結果、クラスメイト全員が他の生徒から色んな恨みを買っていた。でも、黙ってやられている奴らじゃなかったけどな。原因を作ったのはクラスメイトの連中だったけど。

「ほとぼりが冷めるまで、大人しくしておきます」

ただし、見せしめで友人に手を出してきたりしたら、俺も黙ってはいない。報復行為を実行する。もちろん、相手のように裏側からコソコソとやったりせず、正攻法で堂々とだ。悪いのはどう考えても相手側なのだからな。

次の日には、机の上に一輪の花が挿された花瓶が置かれていた。生徒が亡くなった場合に置かれているあれだな。別に間違った方法ではないか。琴音は自殺をして死んだのかもしれないのだから。本当に死んだかどうかは、俺にも分からないけど。

「絶対にネタ切れになるのが、目に見えていますね」

「同じような手を使ってくるんじゃない？」

「最初のうちはなるべく趣向を凝らして、生徒たちの注目を集めようとしてくるはずです。この一週間を耐えられるかどうか、でしょうか」

「なんで琴音さんが冷静に分析しているのか、分からないのだけど」

あまりにも俺の様子が普段と変わらないから、クラスメイトたちもそこまで心配してはいない。居心地《いごこち》は悪そうだけど。俺に対する迷惑行為でクラスメイトを困らせたくはないけど、こちらから不用意に攻勢をかけることはできない。噂が再燃する可能性があるからだ。それも相手の狙いかな。

「ちなみに、耐えるのは、ネタが続くかどうかの相手の方ですよ」

「自分が被害者なのに凄い余裕ね」

「平静でいるのが大事ですから。悲しんだり、悔しくしていれば、相手が増長します」

「じゃあ、内面は穏やかじゃないと？」

「金銭的被害の請求はしたいですね」

「駄目だ、この子」

香織に思いっきり呆《あき》れられているが、本音を言えば、そこまで余裕があるわけではない。自分への被害はどうでもいい。琴音の去年の行いが、そもそもの原因なのかもしれないのだから。だけど、友達へ被害が飛び火するのは怖い。だから俺は大人しくしているのだが、やっぱりストレスは感じるな。

「でも、私にだって我慢の限界はありますよ」

「それが普通だからね」

普通に接してくれる友人の大切さは、琴音になって学んだことの一つ。一人だけで過ごすのはつまらないし、寂しい。琴音にとってはそれが必要なことだったとしても、俺にとっては耐えられないことだ。だからこそ香織と出会い、友人になってくれたのは本当に嬉しかった。だって、諦めて、覚悟を決めて一人で過ごすことにしようとしていた矢先のできごとだったから。だからこそ大切にしたいのだ。

次の日に、大切なのは友人だけじゃないと思い知らされたけれど。

「やってくれる」

体育の授業が終わり、着替えるために更衣室へ行ってロッカーを開けると、刃物で切り裂かれた制服があった。さすがに余裕もなくなって素の口調が出てしまったけれど、クラスメイトは俺よりも制服に目がいっていて気付かなかったか。

「大人しくしていても、調子に乗るものですね」

「琴音。先生に報告したら？」

香織の表情は怒りに染まっている。やり方が露骨になれば、俺の友人だって怒るのは分かっていたはず。それなのにここまでやるのは、相手にも余裕がなくなっているからか。それとも逆で、調子に乗ってきたのか。悪手《あくしゅ》だと気付いていないのかな。

「近藤先生には話しておきます。ですが、他の教師に頼るのは躊躇しますね」

学園のセキュリティは充実している。更衣室の扉には鍵がかけられているし、ロッカーも同様だ。普通にやってきて犯行に及ぶというのは不可能。ならば、どうやったのかといえば、合鍵かマスターキーを使ったと考えるのが普通だろう。

「ロッカーの鍵は授業中、生徒が預かっています。終われば教師が回収するのが決まりです。なら、考えられる可能性は一つ」

「合鍵を持ち出せる教師が加担しているというの？」

「恐らくは」

どの教師が協力しているのかは分からない。特定するのは困難だろう。信用できるのが、担任である近藤先生だけなのは、しかたない。琴音が迷惑をかけていたのは生徒だけでなく、教師も含まれていたのだから。これで、近藤先生が加担していたとしたら、もう誰も信じられなくなりそうだ。

このあとの授業は、体操服で過ごすしかない。幸い残りの授業は一つだけ。マンションに戻れば、控えの制服があるから明日に影響はしない。しかし、金銭的には大打撃だ。必要なものをポケットへ入れようと、保管していたものをロッカーから取り出そうとして気付いた。

「ない」

「どうかしたの？」

香織から話しかけられたけれど、それどころじゃない。慌ててロッカーの中を捜したのだが、求めていたものは出てこなかった。無くなっていたのは二つ。ひとつは財布。もうひとつが。

「腕時計が、ない」

沙織さんからもらった腕時計が、どんなに捜しても出てこない。切り裂かれた制服の中も確認してみたのだが、発見できない。どんな表情をすればいいのか分からなくて、香織の顔を見れば、かなり心配そうにこちらを窺っている。

「琴音。大丈夫？」

「あまり大丈夫じゃないです」

情けない顔をしているんだろうな。余裕を装っていた表情が完璧に剝がれてしまった。友人には手を出されていない。でも、大事にしていたものに被害が及んだ。琴音となって最初にもらったものであり、手首の傷跡を心配して、琴音のこれからを考えて渡してくれたもの。俺にとっては宝物といっても過言じゃない。

「母さんなら怒らないから」

「でも」

「私も一緒に事情を説明するから。だから、そんな泣きそうな顔をしないで」

そんな顔をしているんだ。自分の表情は鏡を見ないと分からない。考え方は冷静なつもりでも、他の部分では琴音に引っ張られている。去年の琴音は、ほぼ強がりと根拠のない自信だけで成り立っていたからな。

「ほら、先生の所へ行こう」

「そう、ですね」

いつまでもここに居ても、しかたがない。それは分かっているのだけれど、ショックが大きい。自分でも不思議なくらい気分が沈んでいる。元の俺でも、こんな状態は経験したことはなかった。当時は、騒がしい連中が心の支えになっていたのかもしれない。気付いても遅いのだけど。

「失礼します」

職員室を訪れて近藤先生を捜すと、いつもの席で何かの作業をしていた。捜す手間が省けて良かったのだが、先程のことを説明するのだと考えると、憂鬱になってくる。別に説明するのが面倒なのではない。思い出すとまた気分が沈んでしまうのだ。

「近藤先生。お話があるのですが」

「どうした？　それに如月はなぜ着替えていない？」

「実は、このようなことになってしまって」

切り裂かれた制服を差し出したら、近藤先生の表情が一変した。怒りの表情へと。何か思うところでもあったのだろうか。先程の状況を詳しく説明するにつれて、眉間へますます皺《しわ》が寄っていく。俺の考えは教えていないけれど、同じように、教師が加担していると思っているはずだ。

「盗まれたのは財布と時計だけか？　他にはないのか？」

　スマホと部屋の鍵は無事だった。それが分からないのだ。盗むのであれば、全部だったとしても不思議じゃない。なぜ、その二つを選んだのかが理解できない。部屋の鍵を盗まれたのであれば、さらに慌てていたと思う。

「悪いが、この件は預からせてもらえないか」

「私としても、事態を大きくしたいとは、まだ思っていません。それに、盗まれたものが無事に戻ってくれれば穏便にすませてもかまいません」

　近藤先生が加担しているとは思えないな。ここまで感情を表に出してまで怒ってくれる人が、関わっているはずがない。それに、ちゃんと生徒のことも考えてくれている。下手に今回の件が広まると、生徒たちが教師を疑うのは当然だ。学園内が疑心暗鬼となってしまえば、治安が悪化してしまうかもしれない。考えれば考えるほどに色々と悪い事態へと繋がりかねないのだ。

「もちろん、適切に然《しか》るべき処置はする。犯人は罰するのが当たり前だ」

「よろしくお願いします」

「如月のそんな面《つら》を見たら、こちらとしても頑張らないといけないだろ。酷い顔をしているぞ」

「すみません」

「如月が謝るな。お前に起こったことを考えれば怒るのが当然なんだ。そんな悲しんだ表情をしていたら、相手の思うつぼだろ。無理を承知で頼むが、空元気でもいい。耐えてくれ」

「分かりました」

「もちろん、早期解決をこっちでもお願いしてみる」

　信用するしかない。近藤先生が誰を頼るのかは分からないけれど。教頭なのか、学園長なのか。俺としては後者を願いたい。同じ十二本家であり、話を聞く限りでは、今回の事態を静観する人物だとも思えない。

「悪いが、次の授業は遅れる。もしかしたら、そのまま自習になるかもしれないと伝えてくれないか」

「伝えておきます」

　どうやら、このまま報告へ行ってくれるようだ。周りの人に頼ってばかりだけど、生徒としてこれ以上やれることはない。元凶と直接対決できれば一番簡単なのだけど、まだ確実な証拠がない。言い逃れできる状況で戦っても、煙《けむ》に巻かれるのが関の山。やるなら徹底的にやりたい。

授業は近藤先生が担当している教科だったけれど、本当に自習となってしまった。クラスの雰囲気も悪い。原因が俺であるのは分かっているけど、簡単には切り替えられない。寝て明日になれば切り替えられるかな。でも、その前にやるべきことがある。

「本当にすみませんでした」

授業が終わり、喫茶店へ赴いて、真っ先に沙織さんのところへ向かって謝った。あれは完全に俺の落ち度だ。体育の授業は球技だったので、ボールがぶつかって壊れるといけないと思い、外していたのだが、完璧に裏目に出てしまった。

「事情は分かった。別に怒ったりしないわよ。なんならもう一個あげようか？」

「いえ、あんな高価なもの、何個ももらえません」

「やっぱり、高いのは分かっていたのね」

分かる人が見れば、あの時計にどれほどの価値があるのかは理解できるはず。でも、一般的な生徒に分かるとは思えない。あとは、目が節穴な人物が適当に目についたものを盗っただけだとか。俺に対して被害をもたらしているであろう人物が、そんな感じだからな。

「思い出の品でもないし、できれば処分したいのだけど、弁護士の人から止められているの」

「なぜですか？」

「出所を知られるのはあちら側が困るらしいし、私へ他の品について交渉してくる奴がいるかもしれないって」

いったいどこから仕入れてきた品なんだよ。そして、そんなものを複数持っている沙織さんの正体は。疑問はいくらでも出てくるけれど、それを聞くのは憚《はばか》られる。謎のままに放置しておくのが賢明かな。

「今回の件に関して、琴音は気にしちゃいけない。悪いのは琴音じゃなくて、相手なんだから。むしろ怒ってくれた方が、こっちとしては嬉しいよ」

「私が怒ると、色んな方面に迷惑をかけるかと思っているのですけれど」

「そんなのを気にしちゃ駄目。自分の感情を抑え込むのは時と場合次第ではありだけど、今回の件は、どう考えても爆発して大丈夫よ」

いいのかな。過去にそれで大騒動に発展させた経験があるだけに、踏ん切りがつかない。それに、輪をかけて如月の権力もある。実家が手を貸してくれるとは思わないけれど、如月をコケにされたと知れば、報復に動くかもしれない。メンツは十二本家にとって重要な要素だからな。

「考えてみます」

「それが間違った方法なんだけどね」

感情的に動けと言われているのは理解している。それでも、後のことを考えるとどうしてもな。状況的に相手は徐々に詰み始めている。セキュリティが充実しているのは、学園案内のパンフレットにも載っている事実だ。だから抜けているとか、節穴だとか陰口を叩かれているのに。なぜ気付かないのか。

「じゃあ一手だけ使ってみます。状況の改善には役立つはずですから」

こんな状況になった一端を担っているのだから、手を貸してくれるだろう。本当なら生徒会、というか葉月会長に頼みたくはないのだが。別に貸し借りが発生するわけではない。ただ、大事になりそうで不安だから。

「感情は大事にしなさい。感情を抑え込み続けていたら、自分を見失う。心だって病むかもしれない。誰かに愚痴をこぼすなり、発散する方法を見つけなさい。もちろん、香織を使ってもいいよ」

「香織には、いつもお世話になっています」

「私が言いたいのは、遠慮をするなということよ。私も孝人も、琴音をただの従業員だとは思っていない。家族同然だと思っている。だから、もっと頼りなさい」

如月の家族とは最近会っていない。バイト先である橘家の家族と接している時間の方が圧倒的に多い。マンションに戻れば、嫁と呼んでくる茜さんがいる。家族が多いなと思うのだが、それだけ縁に恵まれているのだろう。俺がいつまでも暗い表情をしていたら、茜さんにも心配をかけてしまうか。

「でも、傷跡を隠すのはどうするの？　まだ長袖で見えづらいだろうけど、見られる可能性はあるんじゃない」

「安い時計でも見繕います」

通っている商店街には、時計店もあったはず。目的が傷跡を隠すためだから大きさを重視するだけで済む。女性として身に着けるのだから、デザインも吟味したいのだが、いかんせん金額的な制約が。

「ちょっと待っていなさい。使っていない時計がたくさんあるから、持ってくるわ」

「いえ、これ以上迷惑をかけるわけには」

「遠慮するなと言ったでしょ。それに、あくまでも貸すだけ。無事に時計を取り返せたら、戻してくれればいいわ」

それは、戻ってこなかったらあげると言っているように思えるのは、気のせいだろうか。高価な時計をポンポンと手渡されても恐縮してしまう。いくら働いても代金を払える気がしない。沙織さんがどうして腕時計をいくつも持っているのか、その詳細は知らないし、沙織さんも金額を知らないみたいだけど。

「はい、これ。こういった物は使ってあげるのが正しいことなの。観賞用に持っていても、道具だって寂しいでしょう」

「それでは、甘えさせてもらいます」

また高価そうな腕時計を持ってきたので、反射的に断ろうとしたのだけれど、有無を言わさず押し付けられてしまった。本当に処分したいと思っているのだな。これほどのものなら、コレクションとして保存していてもいいと思うのだけど。

「私は必要ないものを処分できる。琴音は必要なものが手に入る。一石二鳥じゃない」

「売れば、ひと財産になりそうな気がするのですけど」

「それができないから困っているのよ。弁護士の小夜子《さよこ》さんにまた相談しようかしら」

「は？」

「どうしたのよ。そんな鳩《はと》が豆鉄砲を食ったような顔をして」

いや、弁護士で名前が小夜子と呼ばれる人物に心当たりがありすぎて、度肝を抜かれたのだが。世間は狭いとはよく言ったものだ。まさか、沙織さんと義母に繋がりがあるとは。

「いえ、なんでもありません」

だけど、琴音としての俺には、義母とは面識も繋がりもない。聞かれても何も答えられる自信がないから誤魔化しておいた。不思議そうにこちらを窺ってくるけど、俺としての事情は説明できないしな。

でも、沙織さんが相談しようとしているということは、義母はまだ元気に現役を続けているのか。俺がいなくなった後の義母がどうしているか心配していたけれど、ちょっと安心したな。今度、様子でも見に行ってみるか。

「よく分からないけど、少し元気が出てきたみたいね」

「はい。沙織さんのおかげです」

少しの間だけでも笑顔が出せる余裕ができたのは、間違いない。本当に橘家にはお世話になってばかりだ。この恩は、従業員として頑張ることで返そうと思っている。だって、それ以外に俺にできることなんてないから。

「今日は仕事も休みでしょ。家に帰ってゆっくりしていなさい」

「少しくらいお手伝いしますよ。一人で部屋に居てもまた落ち込みそうですから」

「なら、すぐ眠れるようにこき使ってあげるわ」

「お手柔らかにお願いします」

無償で手伝おうと思っているのだけれど、給料にプラスするんだろうな。こういうところはきちんとしているんだよな。腕時計分ただ働きだと言われても、こっちは納得するのに。でも、それだと何日分の無償奉仕になってしまうことやら。

結局帰ったのは、いつものバイトの定時と変わらない時刻。幾分かすっきりとした気分で帰宅したのだが、茜さんには一目でいつもと違うと指摘されてしまった。

「嫁の顔を見れば一発で分かるわ！」

「どういう洞察力をしているのですか」

「それに、琴音ちゃんの悲し気な表情なんて、初めて見るんだから気付いて当然よ」

恐るべし、隣人の奥さん。結局洗いざらい喋ることになったのだけど、晩ご飯を食べ終わったところで唐突に茜さんがキレた。ビール瓶片手に。

「不満があれば堂々と正面から言えっていうのよ！」

「それが一番お手軽に済むんですよね」

「ネチネチと隠れながら嫌がらせするなんて、最悪よ」

「同じような経験があるのですか？」

「私の友達がやられたの。それで、私がブチキレて直接対決したのだけど。結果は、私も一緒に嫌がらせの対象になっちゃった」

そうなるよな。その可能性を恐れて、俺は香織に元凶であろう人物が誰かを教えていない。あの子も感情で動くと思うから。いくら俺が止めても、突撃していくのが目に見えている。だからこそ、俺だけで今回の事態を収めようとしていたのだけど、限界を迎えたな。明日には手を打とう。

「でもね、私が嫌がらせを受けていると知った、親戚の子が独自に動いちゃって。私と友達を救ってくれたのよね」

「何をしたのですか？」

「相手の周囲にバラされたくない情報を握って、脅したそうなのよ。小柄な子なんだけど、怖いことするわよね」

元の俺の知り合いに似た人物がいるので、反応に困ってしまった。いくらなんでも、まさかな。茜さんと俺の知り合いは年齢的にそれほど離れていないと思う。茜さんの問題に関わっていたとしても不思議じゃない。茜さんの年齢は、怖くて聞けていないけど。

「さすがに真似できませんね」

「琴音ちゃんなら、違う方法で事態を収めそうよね。多分《たぶん》、派手《はで》な行動をすると私は思うわ」

「どうしてですか？」

「十二本家の人間だからに決まっているじゃない」

やっぱりそういう認識なのか。元の俺自身は一般的な人間だと思っているけど、琴音が十二本家であるのは間違いない。だからこそ、大人しくしているはずがないと、誰もが思っているのだ。近藤先生だってそう思っているから、耐えてくれと言ったのだろう。

「でも、無茶しちゃ駄目よ」

「それは状況次第ですね」

「琴音ちゃんは、友達のためなら無茶しそうな気がするのよね。そこがまた、気に入っているポイントなんだけど」

「そんな場面、見せたでしょうか？」

「なんとなく思っただけよ」

素面《しらふ》で言っているのなら説得力があるのだけど、お酒が入った状態だと判断できないな。酔うとスキンシップが過剰になってくるから、俺としては困る。今も段々と俺へと近づいてきている。嫌な予感がするぞ。

「元気がない琴音ちゃんを、私が元気にしてあげよう！」

「ちょっ！　いきなり抱き着かないでください！」

「減るものじゃないからいいでしょう」

俺の精神がガリガリと摩耗していくんだよ。逃れようとしたのだが、ガッチリとホールドされて身動きが取れない。いつもはここまで酷くないのだけれど、今日は俺の様子がいつもと違うから、過剰になっているのか。おかげで、疲れ果てて、ぐっすりと眠れたよ。

そして次の日。色んな人たちのおかげで気分を切り替えられて登校できたのだが。また、俺の机の周りに人だかりができている。今度は一体なにがあったのかと机を覗き込んでみて、俺の堪忍袋の緒が切れた。それはもう盛大に。

「へぇ、そうきましたか。そうですか」

机の上に置かれていたのは、盤面に罅《ひび》が入り、時を刻まなくなった腕時計。もう一つの、盗まれた財布は見当たらない。だけど、財布はどうでもいい。あれには必要最低限の金銭しか入っていなかったのだから。それよりも、大事な腕時計を壊されたほうが重大だ。

「こ、琴音？」

「何ですか、香織」

「もしかして、キレた？」

「どうしてそう思いますか？」

「表情が消えているからよ」

どうやら、ドン引きされているようだ。香織も最初は憤怒《ふんぬ》の表情をしていたのに、俺を見た瞬間に怯《おび》えへと変わった。昨日は盗まれたことを悲しんだけど、今回は見せしめのように壊されたことに俺は怒っている。なにかしらの警告だとは思うけど、相手はやり方を間違えた。こちらを本気にさせたのだから。

「香織」

「な、何？」

「最初の授業。私は欠席します。近藤先生に伝えておいてください」

「どこに行くつもり？」

「学園長に直談判《じかだんぱん》してきます」

壊された腕時計をハンカチで大事に包み、教室をあとにする。後ろから引き止める声が聞こえたけれど、歩みを止めるつもりはない。ここからは俺の戦いだ。確実に勝つためには戦力を増やす必要がある。協力を求めるのは学園長だけではない。葉月会長にも犯人を追い詰める協力をしてもらう。

「学園長。如月琴音です。ご相談があります。入室を許可していただけないでしょうか」

「入ってくれ」

学園長室へ入ると、学園長は、なにかの書類仕事をしていたようだ。一旦、手を止めてこちらの様子を窺ってくるが、露骨に嫌な顔はしない。去年の琴音を知っているけど、今の俺をちゃんと見てくれているのか。

「何の用だ？」

「昨日、盗難事件があった報告は受けていると思います。そして、こちらが今朝《けさ》、私の机に置かれていた、盗まれた物の一つです」

ハンカチを広げて、包まれている壊された腕時計を見せると、学園長は眉をひそめた。盗まれた物が、壊された状態で発見されたのである。被害届を出せば警察が動く可能性だってあるのだ。それは学園の評判に関わる事態へと発展しかねない。

「被害届を出すつもりはありません。学園内で解決できるのであれば、それで結構です」

「よく見せてくれないか？」

これ以上壊れないようにと、優しく学園長へ腕時計を手渡す。俺が大切に扱っていると理解してくれたのか、学園長も丁寧に扱って検分してくれた。だけど、その表情はどんどん険しいものへと変化していく。

「本当に被害届を出さないのか？」

「本心ですが。何か疑問がおありですか？」

「これは大変希少な逸品だ。著名な時計職人が手作りした、世界に一つだけしか存在しない逸品。それを、どうして君が所有している？」

「バイト先の奥様からいただきました。別に強引な手段を使ったわけではありません。私の身を心配して、善意で譲り渡してくださったのです。ついでに言えば、盗難に遭ったと伝えたら、これを渡されました」

現在している腕時計を外して学園長に見せる。その際に傷跡が見えてしまったが、学園長ならば大丈夫だろう。これは俺の直感だけど、琴音が自殺未遂を行ったことは学園長も知っているはず。あの母が学園長に相談していないとは思えない。

「その奥様とは何者だ？　これほどの品を複数所持していて、軽々しく学生に譲り渡すとは思えないのだが」

「そんなに価値ある物ですか？」

「時価数百万。オークションに出せば、もっと高値が付くだろう」

頬が引き攣ったのが自分でも分かった。高価な物だとは思っていたけれど、そこまでのものだったのか。本当に沙織さんは謎だ。だけど、話が脱線してしまっているのも事実。俺がここに話をしに来た目的は、時計の鑑定ではない。犯人に報いるために、足を運んだのだ。

「学園長なら、誰が犯人なのか分かっていますよね？」

「昨日、近藤君から報告を受けて、廊下に設置されている監視カメラを調べさせた。授業中に更衣室へ侵入した生徒が誰かは特定している」

そこまでは俺の想定通り。不審者対策として、学園内の各所に監視カメラが設置されていることは知っている。これだけ広い学園なのだから、死角になる場所はあるだろうが、今回のような更衣室への侵入は、確実に捉えられているはずだ。学園案内にも、ハッキリとそう記載されているのだから。

「教師の特定はまだですか？」

「犯行に関わった生徒に自白させるしかないだろうな」

それが一番簡単な方法だろうな。基本的に、更衣室などのマスターキーは、どの教師でも持ち出すことは可能。合鍵の作製は、一度学園外へ持ち出さないといけないから、現実的にありえない。ただ、教師までもが監視カメラが何処《どこ》にあるかを知らないとは思えない。

「権力者が後ろ盾となって、守ってくれるとでも勘違いしているのでしょうか？」

「愚かにもほどがあるな。私を誰なのか忘れているのか」

権力者という立場なら、学園内でのトップは学園長だろう。皐月家《さつきけ》の三男ではあるが、十二本家の権力が限定的だけど通じない人物。そんな人を相手に喧嘩を売って、勝てるとでも思っているのだろうか。かつての琴音も人のことは言えないが。

「それで、君が望む結果はなんだ？」

「学園の規則どおりに罰してくだされば、それで構いません。もしも、私の力が必要だと感じているのであれば協力は惜しみません」

「ふむ。過剰な報復を願うものだと思っていたのだが」

「それでは結局、相手と同じことをしているようなものです。権力的にはこちらのほうが上ですけど。正直に申しますと、一発くらいは引《ひ》っ叩《ぱた》きたいです」

「それが普通だな。大切なものだったのだろう？」

「かけがえのないものでした」

金額的な価値の問題ではなく、お世話になっている人からもらった大事な品。それを壊されて、ここまで激昂するとは思わなかった。自分の感情が抑えきれないなんて、久しぶりだな。直談判のつもりで学園長室へとやって来たのだが、話していて熱が冷め、冷静になりつつある。学園長はちゃんと罰を科すと考えてくれているようだ。

「ちなみに、机への落書きも画像として保存してありますが、提供しますか？」

「もらっておこう。証拠は多いに越したことはない」

渡されたケーブルをスマホと繋いでＰＣへと転送する。ついでに被害物の詳細についても、手渡された紙に書いておく。財布の中身を一円単位まで書いたら若干呆れられてしまったけれど、覚えているのだからしかたがない。金銭管理は重要なのだ。

「やはり、時計だけが逸脱しているな」

「私も、それほど高価なものだとは知りませんでした。でも、どうして学園長はご存じだったのですか？」

「時計が好きだからだ。もちろん、使用する前提で集めている」

時計がたくさんある部屋で、ゆっくりとできるものなのか。俺だったら落ち着かないけどな。人の趣味はそれぞれだから、なにかを言うつもりはないが。俺も自分の趣味は否定されたくないからな。

「修復依頼を出しておく。君もそれでいいか？」

「どうか、よろしくお願いします」

それは、俺が一番望んでいる報酬だ。金額的な価値が下がろうとも、俺にとって大事なものであることには変わりがない。しかし、俺が進言しなくても事態は勝手に動いているんだな。まともな十二本家ならば、安心して任せられる。

「しかし、君は本当に変わったな。以前の君ならば、犯人が確定していなくても突撃していただろう」

「明確な証拠がないかぎり、私が負ける可能性もあります。勝つためには、万全の態勢を整えるべきです」

「確かにそうなのだが、違和感しかないな」

「私が訪れたのは、学園長に動いてもらうのが目的だったのですが。いらない心配でした」

「盗難被害があったのだ。学園側として動くのは当然だろう」

小さなものであったならば、無視される可能性だってある。だけど、現金の入った財布や、高価なものであれば、その限りではないか。時価数百万の腕時計をしている生徒がいるなんて、普通は誰も思わないけどな。俺は、腕時計の値段について気にしたら負けだと思うことにした。

「如月の奥様から出された依頼も、気にしなくていいかもしれないな」

「母がですか？」

「もしも、君の行動が変わらないようなら、処遇は私に任せると言われていたのだ」

それは、退学処分を与える許可を親からもらったようなものか。思い切った行動をしてくれているよ。多分、父には内緒《ないしょ》でのことだろう。娘が退学になったりすれば、家名に傷をつけることになるからな。

「そうならないよう、努めさせていただきます」

「問題はないだろうと思うが、それでも君の今後がかかっているのだと理解してくれ」

去年の琴音のイメージを緩和させるのが俺の目的なのだから、問題行動は起こさないつもりではいる。やりませんと確約できないのは、今回みたいな事態がまた発生するかもしれないからだ。俺以外への被害には容赦なく牙を剝《む》くぞ。

「授業はもう始まっているだろうが、そろそろ戻りたまえ」

「今回の一件。どうかよろしくお願いいたします」

学園長室を出て、教室へと向かいながら、今後はどのように動こうかと考える。俺も学園長もあえて口には出さなかったが、俺に対する危険性は上がったと判断している。噂の流れ始めまでは、相手の狙い通りの展開だったはず。それが崩れ始めたのは、俺と小鳥が一緒に過ごすようになってから。とどめを刺したのが、生徒会からの呼び出し。噂の鎮静化を葉月会長が狙った結果でもある。そのあと、すぐに起こった今回の事態。

「監視されているのだろうな」

俺が、どのような行動をしているのかを調べている可能性がある。噂が通用しなくなった後の動きが早すぎるのだ。俺が何をしていたのか知らなければ、もう少し粘っていたはず。そう考えると、学園長室へ行ったことも見られていたかもしれない。

「なら、警告を与えてくるはず」

もちろん、直接やってくるわけではない。遠回しになにかしらの行動を起こすと思っているのだけれど。それが一体何なのか。穏便な方法じゃないのは確かだろうが。いずれにせよ、俺の覚悟は決まっている。

「報いは受けてもらうぞ」

俺がやらなくても、学園長が勝手にやってくれる。俺にできることは、新たな被害を受けたら報告する程度か。友達へ被害が出たら、もちろん報告はするけど、俺自身も動く。確実に学園から排除するために。十二本家が三家参戦して勝てると思うなよ。

放課後に、保健室で目を覚ますことになるとは、予想していなかったけどな。

「意外と早いお目覚めね」

ボーっとする頭で何があったのか思い出そうとしていたら、近くに佐伯《さえき》先生が座っていることに気づいた。保健の先生なのだから、いるのは当たり前か。痛む頭と、それ以上の痛みを訴えてくる左足に、被害が大きなものであることを認識した。

「頭も打ったようだけど、意識は大丈夫？」

「少しぼんやりする程度でしょうか」

「病院に行って検査してもらったほうがいいわね。頭の怪我《けが》は自覚症状が少ない場合もあるから」

佐伯先生にできることは、簡易的な処置と診察くらい。本格的な検査をするには、やっぱり病院へ行く必要がある。まさか、退院してから一か月くらいで、また病院に行く羽目になるとは思わなかった。さて、何があったのか段々と思い出してきた。

「一人で行動したのが裏目に出ましたか」

放課後に用事があると香織や相羽さんと時間をずらして別れた。そして階段を下りようと足を踏み出した瞬間に背中を押されたのだったか。手すりに摑まろうとしたのだけれど、空を切ってしまってそのまま落下。その後の記憶はないな。

「誰がやったのか分かる？」

「顔は見られなかったですね。へたに身体を捻《ひね》って見ようとしたら、かえって危険でした」

「それもそうね」

前面から落ちたから顔を庇《かば》ったり、肩から落ちたりという調整が利いた。背面から落ちていれば後頭部を打って、今よりも怪我の状態が酷いものになっていた可能性が高いだろう。そこまで考えている余裕はなかったけどな。

「私を運んでくれたのは誰ですか？」

「生徒会の人たちね。悲鳴を聞きつけて駆けつけたみたいよ。その時には、犯人は逃亡していたみたいだけど」

「馬鹿な連中ですから、簡単に犯人は分かるでしょう」

監視カメラの存在を完全に忘却しているようだからな。普通に生活していたら、分からないように偽装はされているけれど。それでも、監視カメラがあることくらいは、考えるだろうと思っていた。それに、俺の記憶だってあるのだ。階段を下りる前に見たのは、とある二人組。他には、誰も近くにいなかったはず。

「あれは、卯月の取り巻きだったはず」

琴音が記憶している二人。それは、卯月と行動を共にしていた人物たち。そして、以前の琴音とも接触があった。だからこそ、記憶に残っているのだ。彼女たちが勝手にやったのではなく、卯月が指示したのだと思うけれども、ここまで過激な方法を選ぶだろうか。

「暴走しているのかな」

今まで俺は、被害に遭っても行動しなかった。それが彼女たちを増長させることになったのかもしれない。落書き、盗み、破壊までは学園内で処理できる案件だが、階段から突き落として怪我《けが》をさせたとなれば、重大性が増す。へたしたら、死ぬかもしれない危険性があったのだから。

「考え事の最中に悪いのだけど、家族には連絡しておいたわ」

「誰が来ると言っていましたか？」

「咲子と名乗った人が、慌てた様子ですぐに向かうと言っていたわね」

それなら、やって来るのは咲子さんか、美咲のどちらか。または、母がやって来る可能性もあるか。父は絶対に動かないし、誰かに指示をするとも思えない。あの父親は、娘が死んでも一切心を動かさないだろうからな。

「琴音君。大丈夫かい？」

「葉月会長。何の用ですか？」

「心配してやってきたのに、その反応は傷つくな」

嫌そうな表情でもしていたのだろうか。そんなつもりはないのだけれど。一応は責任を感じて、やって来たのだと思う。今回の騒動が発展したのには、葉月会長も関係している。生徒会が接触してこなかったら、まだ噂程度の騒ぎで済んでいたはずなのだ。

「ごめんよ。まさか相手が、ここまで過激な方法を取ってくるとは思わなかったよ」

「いえ、私にも想定外でした」

「僕の予想では、部下の暴走だと思っているけれど、琴音君の見解は?」

「私も同じです。彼女にここまでする度胸はありません」

すでに犯人を特定したといっても過言ではない。琴音の記憶にある彼女と符合する点が多いから。やるにしても一手足りないか、あと一歩踏み出せていないところや、最後には保身へ走って、躊躇してしまう点。十二本家の中でも凡人と呼ばれる所以《ゆえん》だな。優秀な兄に劣等感を持っているのに、超えようとする意志のない臆病者。だから卯月の出涸《でが》らしと呼ばれるのだ。

「元凶は卯月志津音《しづね》で間違いないでしょう」

「そうだろうね」

「でも、彼女が私を排除したい理由が分からないのですよね」

「今の君を見ていれば、納得するよ。敵に回した場合、厄介な相手になるのが分かるから」

「そうでしょうか?」

「それに、このままの調子でいって、君が変化したことを受け入れる人物が増えれば、卯月にとっては脅威になる。君なら次期生徒会長になっても不思議じゃないからね」

「やりたくもありません」

面倒くさい。それが正直な思いだ。一人暮らしで家事をして、バイトもしているというのに、その上、生徒会の仕事までしなければならないとなれば、確実に俺のキャパシティを超えてしまう。誰かに推薦されたとしても、全くやりたくない。

「君がそう思っていても、彼女は警戒しているのだろうね。僕としては納得するけどさ」

「納得されても困ります。私はただ、穏やかに生活したいだけです」

「十二本家の人間とは思えない発言だね」

穏やかさとは程遠い名家だからな。動けば誰もが注目する。学園内であれば、まだ生徒としての側面が大きいから、それほどでもないが。社会に出れば、その影響力は計り知れない。だから、自分の行動を、常にちゃんと意識していないといけない。

「それで、葉月会長はどうしてやって来たのですか？」

「僕も参戦しようと決めたのさ。学園で起きた傷害事件を、生徒会長として許せるはずがないから」

「それはありがたいのですが、具体的には何をするのですか？」

学園長へは、すでに報告がなされているはず。監視カメラを確認して、卯月との関連性も探っていることだろう。他にやるべきことはない気がするけど。処罰を言い渡す場に同席してくれるのであれば、こちらの本気度が伝わるだろうといった程度かな。

「僕の情報網を、甘く見てもらっては困るよ。卯月の行動は全て把握済みだよ」

「相変わらずの覗き魔ですね」

「変な言い方はしてないでほしいね」

把握しているのであれば、事前に防いでほしいというのが本音だ。もっとも、それをやってしまえば証拠もあがらず、卯月を処分できないというのは理解しているけれど。こちらは、おかげでかなりの被害を受けているのだぞ。主に金銭的な面で。

「この状態ですと、バイトは無理そうですね」

簡易的な処置で湿布が貼られているけれど、腫れているのがよく分かる。歩けるかなと思って地面に足をつけただけで、激痛が走った。顔を顰《しか》めたら、葉月会長と佐伯先生が心配そうに見てきたのだが、平気そうな顔はできそうにない。

「意外と重傷ですね」

「これは、茜に怒られそうね」

「どうしてそこで、茜さんが出てくるのですか?」

「私と茜は友達なのよ。近藤とも高校が一緒だったから、偶《たま》に飲みに行っているわ」

本当に世間は狭すぎる。それぞれの進路は違うのに、まだ繋がりを持ち続けているのはそれだけ親密な関係だからか。俺も、高校時代の友人たちとは比較的交友関係が続いていたほうだったけどな。もっとも、あの化け物どもの中では、俺の個性なんて埋もれがちだったが。

「だから、貴女のことも知っているのよ。茜のお嫁さん」

「言いふらさないでくださいとお願いしたのに」

「その話をもっと詳しく！」

「外野は黙っていてください！」

唐突に爆弾を放り込まないでほしい。目を輝かせた葉月会長がこちらに迫ってくるが、答える気は微塵もない。しかし、冗談で言っていると思っていたのに、本人は真面目に呼んでいたのか。それとも気に入った女性は全員嫁になるのか。怖くて聞けないよ。

「私からしたら去年の如月さんを知っているから、なにを馬鹿な話をしているのかと思ったわよ」

「どうして信じたのですか？」

「偶に茜から画像が送られてくるのよ。貴女とのツーショットとか、料理の画像とか」

まさか、ばら撒《ま》かれていたとは知らなかった。しかも、こちらが動けないのをいいことに、葉月会長にその画像を見せないでほしい。際どいものはないけど、俺の赤面画像ばかりなのは間違いない。だって、撮られた時の状況が、ほぼ抱き着かれている状態だったから。

「プライバシーの侵害です！」

「ほら、これなんて可愛く撮れていると思わない？」

「これはまた。今の琴音君とも全く違う印象を受けるね。陽気なお姉さんと恥ずかしがり屋な妹みたいな感じかな」

「やーめーてー」

冷静に分析しているんじゃないよ。なんでノリノリで俺の画像を葉月会長に見せるのか。それに、今のイメージと違うのは、学園ではある程度、演じている部分があるからだ。部屋ではほぼ素を出しているからな。

「こんな表情を学園内でも出せれば、人気は確実に出るだろうね」

「茜が嫁と呼ぶのも分かるわ。私もお邪魔したいくらいだけど、いいかしら？」

「教師が生徒の部屋へやってくるのは、まずいと思いますよ」

「私は茜のところへ遊びに行くだけ。茜がいる場所が如月さんの部屋であるのだから、しかたないじゃない」

「屁理屈《へりくつ》です」

「僕もお邪魔してみたいかな。十二本家の一人暮らしとか、興味があるね」

「変な噂が出回るので、本気で止めてください」

女生徒が一人暮らしの部屋へ男性である葉月会長を呼ぶのは、色んな意味で危険が多い。やってくるにしても、誰か女性も一緒じゃないと無理だぞ。その対策くらい、してきそうで怖いけどな。

「料理が得意だという報告は受けていたけど、これは本当に琴音君が作ったのかい？」

「一人暮らしで、外食ばかりだと出費が大きいですからね。自分で作ったほうが安上がりなのは、当然じゃないですか」

作った料理の画像を見ながら言っているのだろう。偶に茜さんが撮っていたのは知っている。まさかそれを友人へ自慢しているとは知らなかったけど。やっぱりあの人も十二本家の人間と結婚しているだけのことはあるな。考え方がおかしい。

「本当に琴音君は、去年のイメージを見事に裏切っているね。あの琴音君に料理ができるだなんて、誰が思うだろう」

「しかも、美味しいらしいわよ。なら、食べてみたいと思うじゃない」

「なんで佐伯先生は、葉月会長に私のプライベートを漏らすのですか？」

「茜から頼まれたというのもあるわね。学園で琴音ちゃんを守ってあげてと。だったら、如月さんの素敵な一面を見れば、イメージを一層改善するのに役立つと思ったのよ。学園の頂点にいる生徒会長が味方になってくれれば、上手くいきそうじゃない」

こんなに軽いノリでやってほしくはなかった。せめて、俺の許可を貰ってから行動に移してほしいよ。それに、見せた相手も悪い。どうして、悪ふざけがすぎる葉月会長に見せるのか。弱みというわけではないけれど、なにかに利用されそうで嫌なんだよ。

「琴音君には、家庭的な一面があるんだね」

「知っていたのではないのですか？」

「さすがに、部屋の中での情報までは知らないよ。そこまでやったら犯罪だからね」

一応は弁《わきま》えているのか。部屋に何かしらが仕掛けられていたら、通報してやるけどな。母が所有しているマンションだから、下手な手は打てないとは思うけれど。葉月会長だったら、ということで納得できてしまうのが怖い。

「琴音君が働いている姿も見たいと思ったけど、しばらくは休業かな」

「この足ですと無理です。お店に迷惑はかけたくありません」

「私も保健医として無理はさせられないわ。如月さんの状態は茜に筒抜けだから、止めなかったと知られると、何をされるか分かったものじゃないし」

その前に、俺へと怒りをぶつけてくるだろうな。無茶するなと言われた直後に、こんな状態になっているのだから。顔を合わせるのが気まずい。でも、部屋にいれば必ずやってくるのだから逃げようがない。

「佐伯先生の見立てですと、全治するまでどれくらいでしょうか？」

「最低でも二週間くらいかしら。重度の打撲だとは思うけど。やっぱり病院でも診てもらったほうがいいわ」

　ゴールデンウィークが潰れてしまう計算だな。喫茶店にとっては稼ぎ時の忙しい時期だというのに。唯一のバイトである俺が抜けた穴は、大きいかもしれない。香織も部活で忙しいだろうから、手伝える見込みはないいか。なにかいい手はないかな。俺に代わる代理を用意できればいいのだけれど、あてがない。

「駄目にされた制服や上履き代を稼がないといけなかったのに」

「そのくらいは、学園が補償してくれると思うよ。今回の件は、琴音君が被害者なんだからさ」

「それならいいのですけれど。学園長にはある一件を頼んでいるので、私からは言い出しにくいのですよね」

　高価な腕時計の修復を頼んでいるのだ。これ以上、金銭的な面でお願いするのは気が引ける。修復依頼だって国内でされるのか、海外に依頼するのかも知らされていないのだから、どれくらいの値段になるのか考えると怖くなる。こういったところは、庶民的なんだよな。

「学園長からしたら、大した金額でもないから大丈夫だよ」

「私からしたら、結構な出費だと思うけど。やっぱり資産家の感覚は分からないわね」

「同感です」

「何を言っているの。如月さんもそちら側の人間よ」

いやいや、俺の金銭的な感覚は佐伯先生と同じだぞ。日々の生活費を計算するだけでも、ため息が漏れてしまう庶民だ。そこの感覚だけは変わりそうにない。

第三話　和解から反撃は始まる

普通なら、階段から突き落とされるという犯罪被害に遭った後なのだから、沈痛な面持ちになっているはずなんだけど、なぜか三人で談笑しているのだから不思議だ。今回のことを、ここにいる誰も深刻な問題だと考えていない。実際、犯人は推測できているし、証拠も順調に集まっている。言い逃れできる術《すべ》を相手が持っているとも思えない。権力でのごり押しも通じないのだから、相手はすでに詰んでいる。

「如月さんの迎えは、いつ頃来るのかしら」

「我が家にも複雑なしがらみがありますからね。状況次第では自力で帰宅しないといけないかもしれません」

「如月家だからね。琴音君がまともになってくれて、大変助かるよ」

「いったい、どんな家庭環境になっているのよ」

家庭内に敵がいる状態だと思えばいいかな。父だけが敵だとしても、その力は強大だ。家族でも平気で切り捨てるような冷血漢。だけど、祖母にだけは愛情を向けるのだから、歪んでいるとしか言いようがない。琴音も人のことは言えないけどさ。

「琴音君は、父親が来てくれるのを望んでいるのかな？」

「あのクソ野郎なら、絶対に来ないでしょうね。むしろ誰も行かなくていいとか言ってそうですから」

俺にとって大っ嫌いな人物のことが話題になったので、多少言葉が汚くなってしまったな。葉月先輩の目が点になっている。以前の琴音と、あまりにもギャップがあるためだろうか。前の琴音ならば、絶対にありえない発言だからな。

「本当に違和感がすごいね。以前の君ならばありえない発言だよ」

「そうですね。以前とは真逆になっているのは否定しません。なぜ、あの野郎のことをあんなに愛していたのかは、今では全くわからなくなっています」

家族のことすら愛していないからな、あれは。愛情が向いている先は、ただ一人。祖母は、もう結構な高齢になっているはずなのに、その愛情が色褪《いろあ》せている様子は見られない。本当に如月家は業《ごう》が深い。

「ただ、お母様がこちらに向かっているとなると、結構な波乱を生みそうです」

「あれ？　琴音君の母親も似たり寄ったりじゃなかったのかな？」

「素を出した場合は、その限りじゃありません。むしろ、心配性な面が見受けられますから。へたをしたら、自ら制裁に出る可能性もあります」

これには、流石の葉月会長も表情が引き攣ったな。展開としては、それが一番起こってほしくないことなのだ。学生同士のいざこざなら学園内で対応できるが、十二本家同士の抗争になると、規模が大きくなりすぎて、どうにもならない。

「琴音君、ファイト」

「穏便に済むよう努力します」

俺だって、そんな結果になってほしくはない。でも、俺だけで止められる確実性はない。まずは、母と実際に会ってみないことにはなんともな。俺が退院してから、母とはまだ一度も顔を合わせていないのだから。

「でも、意外かな。琴音君がそれを知っていて、以前のような行動をしていたのは」

「私も、気づいたのは最近ですから。一人暮らしさせている割に、ずいぶんと過保護に扱われている感じがしましたので」

いい例が、過剰なまでの初期装備だ。あそこまで充実させる意味はないし、仕送りの件を連絡しただけで、向こうから増額しようかと言ってきたのだ。普通に考えて、それではひとり暮らしさせる意味がないではないか。

「やっぱり、琴音君のひとり暮らしは違和感が凄いね。実際に見てみないと信じられないよ」

「さきほど、画像を見せましたよね？」

「誰かが代わりに作ったものかもしれないじゃないか。侍女とかさ」

「私が保証してあげるわ。茜が嫁と呼ぶようなら、間違いないわ。そういうことに関しては、嘘を吐くような人じゃないもの」

気に入られているのは、嫁という発言で分かるけどさ。いったい、茜さんが嫁と呼ぶ人物は何人くらいいるのだろうか。気になりはするけど、聞いたら茜さんがへこみそうな気がする。愛が重いとかで別れられている場合だってあるだろうから。

「意外性の塊だね。今の琴音君は」

「去年の私しか知らない人にとっては、そうでしょうね。でも変わるしかない状況に立たされれば、誰でも変われますよ」

強制的なひとり暮らしをさせられたのであれば、意地でもなんとかしようとするだろ。俺の場合は事前知識と経験があったから、すんなりと順応できたのだが。なにも知らない状態だったら、最初が関門だよな。初期の金額だって決まっていたから。

「以前の君と一番変わったところは、やっぱり覚悟かな。前は言いなりのようにフラフラとしていた印象があったからさ」

「なにをしたら父の気を引けるのか、わからなかったからでしょうね。ですが、未練すらなく諦めましたから、色々と気が楽になったのが一番ですね。今の目標は一撃殴殺です」

「殺すのは、流石にまずいよ」

「言葉の綾《あや》です。私でも無理なことは承知しています。でも一発くらいは殴りたいですね。あのいけ好かない父の顔を」

それが琴音となった俺の最大の目標である。問題があるとすれば、父と出会う機会があるかどうかだ。母も、今の俺がこれだけ過激な思考をしているとは思っていないはず。義母さんなら俺がこういうやつだということを理解しているのだが。元の俺の憎しみの対象は、生みの母親だった。あれはクソ婆《ばばあ》でいいな。

「なら、いい機会だから聞いておこうかな。琴音君にとって、本当に許せないことはなにかな？」

「それは、私への対策のためでしょうか？」

「そうだよ。もちろん、それを盾に危害を加えたり、なにかを要求をするつもりはないよ。君にとっての許せないことを知りたいだけさ」

「大事にしている人物、そして大切な場所を傷つけられることですね」

それをやられたら、どんな手を使ってでも相手を叩きのめす。それは、俺にとっての絶対的な決まりごと。過去に、それで大暴走したことがあるくらいだからな。おかげで、それ以降はそんなことをしてくる馬鹿はいなくなったが。あれは周りにかなりの迷惑をかけた。

「もし仮に、僕がそれをやったらどうする？」

「十二本家相手でも容赦はしません。なりふり構わず、クソ野郎の手を借りてでも叩き潰します」

「やっぱりそこは如月家だね。思考が過激すぎる」

父だって同じだろうな。あれが大切にしている存在に危害が加えられたりしたら絶対に相手を許さない。血の繋がりはないが、そこだけは元からの俺にも似ているんだよな。母も、もしかしたら、過激さではそちらに傾いているのかもしれない。

「文月ともつきあいができたみたいだから、琴音君とは敵対したくないんだよね」

「言っておきますが、霜月家とも多少の縁はありますよ」

「えっ？」

やっぱり、こっちは知らなかったか。鳩が豆鉄砲を食ったような顔をしているのが面白い。葉月会長がこんな顔をするなんて、滅多《めった》に見られることじゃないからな。実際、茜さんの旦那さんとはまだ会っていない。でも、近いうちに会うことにはなるだろうな。

「うん。僕の聞き間違いかな。霜月と付き合いがあるという幻聴が聞こえたんだけど」

「隣人の旦那さんが元霜月家の人なので、近々会うことになると思います」

「最悪だ。よりによって霜月家となんて」

なにか、すごいショックを受けているな。別に知り合いになったところで、それでどうこうするつもりはない。それに相手は霜月だ。俺が振り回される可能性のほうが高いはず。茜さんにですら振り回されているようなものだからな。

「でも、学園では綾《あや》先輩とも凛《りん》さんともまだ会っていませんよ」

「あの姉妹と手を組まれたら、いくら僕でも手を出そうとは思わないよ。頼むから、綾の言うことだけは聞かないでおくれよ」

「彼女らの本性を知っている身としては、自分の心配をするだけで精一杯です」

「そう考えてくれているのだけが救いかな。あの自由主義の家は、本当に厄介だからね」

猫の被《かぶ》りようもすごいからな。外見上は本当に大人しく、なにかをしでかすような人たちには見えない。だけど、その本性は自由奔放に様々なことをしでかす問題児の集団だ。それを社交界で琴音が知ることになったのは、俺にとっても僥倖《ぎょうこう》だったな。

「琴音！　大丈夫⁉」

色々と話しこんでいたら、やっとお迎えがやってきたか。そして、予想通りというか、慌てふためいた母が息を切らして入って来た。これが母の本性。家ではあの野郎のせいで仮面を被っているような状態だったからな。

「大丈夫とも言い切れませんね。歩くのも困難な状態ですから」

地面に片足がつけないような状態だからな。だから、ずっとベッドに座って葉月会長と喋っていたのだ。一応、隣には佐伯先生が用意してくれた松葉杖《まつばづえ》を立てかけてあるけれど。これで骨に異常でもあったらどうしよう。

「誰にやられたか、わかる?」

「まだ判明しておりません。報復とか考えなくていいですよ。それは私達でなんとかしますので」

言っておかないと、真面目に報復行動に出そうな顔をしているからな。俺の言葉に葉月会長も頷いてくれているから、大丈夫だろう。十二本家同士の抗争だけは、なんとしても阻止しないといけない。家のためというより、俺のためにも。

「貴女がそう言うなら、私は我慢するわ。だけど、なめられるようなことだけはしないでちょうだい。それで相手が調子に乗ってしまったら、元も子もないわ」

「大丈夫です。こちらの布陣は盤石です。十二本家が三家ほど揃っていますので」

これには、流石の母も驚いているな。如月、葉月、皐月。この三家を相手にして勝てると思う阿呆《あほう》でもないだろう。へたしたら、陣営を見ただけで諦める可能性すらある。それはそれで面白くないいんだけどな。

「如月の奥様。必ずや勝利をお届けするとお約束いたします」

どこの騎士だとつっこみたかったけど、やめておいた。やっている本人が、なにか恥ずかしそうだったから。そう思うなら、やらなくてもよかったのに。だけど、母は納得してくれたようだ。そこで、母の後ろに付き従うように立っている人物に目がいく。

「美咲も来ていたのですか？」

「琴音が怪我をしたと聞いて、私一人だけでは不都合があると思ったの。咲子は家の方を任せないといけなかったから」

母も咲子さんも実家に不在となると、色々と不都合が生じるだろうな。主に、あの野郎関係で。周りが優秀だから、あの家はもっているようなものなのだ。そうでなければ、あれがどんな行動をするか、全く予想がつかない。へたしたら、祖母の所在が分かった途端《とたん》に、飛び出していくからな。

「それでは葉月会長。私は先に帰らせてもらいます」

「お大事にね。僕は生徒会室に戻って、もうひと仕事していくよ」

仕事を投げてきたんだな、この人は。副会長の木下先輩は本当に大変そうだ。一応は俺の心配をして、駆けつけて来てくれたのだとは思うが、これが変な噂にならないといいな。

俺と葉月会長の間に恋愛感情が生まれることは絶対にない。

「よく来られましたね」

「あの人が不在だったから、なんとかね。いずれにしても、美咲くらいは貴女の許《もと》へ送るつもりでいたわ」

「助かります。さすがにこの状態ですと、一人で病院に行くのには苦労しそうでしたから」

誰も来ないのであれば、佐伯先生の手を借りようとは思っていた。茜さんの友人であれば、俺を放っておくことはないだろうし。学園長だって、こちらの事情を知っているのだから許可を出してくれるはず。

「私が休みの日に、喫茶店へ来ていましたよね？」

「貴女が働いている場所がどのような場所なのか、知る必要がありましたから」

いかがわしい店だとでも思っていたのだろうか。それとも琴音が無理矢理《むりやり》雇い入れてもらって、好き勝手やっているとでも推測したのか。いらない心配だったけどな。それに、俺の働いている姿は、雇っている護衛からの報告で知ることができたはず。ただ、俺がいる間にやって来る勇気はなかったのだろう。ちなみに、来ていたと思ったのは勘だ。

「それにしても、本当にずいぶんと変わったわね」

松葉杖を使っているために、俺の歩行速度は遅い。母もそれに合わせてくれているから、ゆっくりと会話ができる。以前の琴音は母に対して刺々《とげとげ》しかった。そりゃ、愛している人の妻なのだから、しかたないだろう。

「呪いからは解放されていますので、ご心配いりません」

俺の言葉に、母どころか美咲まで立ち止まってしまった。そこまで驚くようなことなのか。父のために自殺未遂までしたのだから、当然とも言えるけれど。そこから思いっきり反転したのだが、信じてくれるだろうか。

「本当なの？」

「顔を見たら、思いっきりぶん殴ってやりたいと思っています」

「美咲、聞いた⁉　あの琴音が絶対に言わないことを！」

「奥様、落ち着いてください。もしかしたら、怪我のせいで混乱しているだけの可能性もあります」

「私は至って正常です。疑うようなら、美咲が隠しているお菓子の場所を、咲子さんに密告しますよ」

「大変失礼いたしました。お嬢様」

美咲の扱い方は琴音がよく知っている。よく躾《しつ》けられた犬のようなものだからな。適度な餌があれば、従順になってくれる。相談相手になってくれなかったのは残念だったが。

「やっと、本当にやっと、琴音がまともな方向に向かってくれて、母は嬉しいわ。これがあれかしら。怪我の功名？」

「怪我どころか死にかけていましたけどね」

怪我では済まない。実際に琴音は死んでしまったのかもしれない。代わりに琴音になった俺が、まともであったのが救いではあるが。いや、俺もまともとは言えないか。肉親を思いっきり殴りたいと思っている時点で。

「家族で味方がいるのは本当に嬉しいわ」

「双子は？」

「あの子たちは、私のことを味方だと思ってはくれているけれど、旦那に対してなにかするとは思えないわ。でも、琴音は違うのよね？」

「殴ってもいいのなら、私が父に対する切り札になりそうですね」

暴力以外にも、俺には縁がある。十二本家同士の繋がりが。話した感じでは、文月も葉月も悪い人物ではない。友人としてなら、つきあってもなんの問題もない。その程度の関係とはいえ、影響力はあるだろう。

「その社交性を、どうして今まで発揮できなかったのかしら？」

「興味がなかったからだと思います」

父以外に興味を持つことはなかったからな。派手な服装や化粧だって、要は父に見てほしくて、そして褒めてもらいたくてやっていたことだし。逆に言えば、今は全く興味がない。元々の俺が男だったからというのもあるけれど。

「どうして如月家の人間は、家族のごく一部にしか愛情を向けられないのかしら」

「ここまでくると、本当に呪いですよね。でも、解けた後は至って普通になりますから」

父の対象は母。祖父の対象は姉だったはず。普通の家族愛ならば、まだわかる。だけど、如月家の業は一般的な恋愛感情よりも大きなものになっている。歪んだ愛情ほど、何を仕出かすか分からない。だからこそ怒りの引き金となっており、それを理解している者たちは、誰もその部分に手を出そうとはしない。

「お祖父様《じいさま》とお祖母様《ばあさま》は今、どちらにいらっしゃるのでしょうね」

「旦那に見つからないように、海外を転々としているらしいわ。私もどこにいるかまでは、教えてもらえていないもの」

息子から逃亡している両親というのも、どうなんだろうな。本人達は海外旅行の延長だと思って楽しんでいるらしいのだが。そんなことをやれるのは、ごく一部の金持ちだけだ。一般の家だと絶対に実行不可能な手だよ。

「ひとつ言っておきますが、私は実家に戻る気はありません」

たとえ母の味方になろうとも、あの家に帰るつもりはない。大敵が住んでいる場所に、自ら進んで赴こうとは思わない。それが家族の住まう場所であろうとも。せめて学生として生活している間は、ひとり暮らしを楽しみたいと思う。

「お正月も？」

「お正月もです」

正月に祖父母が帰ってくるのは恒例になっている。そして、父がそれを楽しみに待っていることも知っている。なんで俺が父のために、その日だけ帰らないといけないんだよ。

そんなことをする義理はない。

「修羅場が見えるわ」

「勝手にどうぞ。私としては、お母様たちも避難することを推奨します」

「もっと酷いことになるわね。今年はどうしようかしら。私たちも琴音の部屋に行こうかしら」

「歓迎しますよ」

父へ対する嫌がらせとして。だけど、それを行うと祖父母もやって来て、さらに父も来そうだから、かなりの迷惑になりそうだ。俺や他の人たちにとって。正月は平穏無事に過ごせないことが確定したな。

「それでは、病院に向かうということで、よろしいでしょうか？」

「検査をする必要はあるわね。骨に異常があったら大変だもの」

「憂鬱です」

運転は美咲が行うようだな。なんでもやれるのが、美咲のすごいところだ。なのに、表情が一切変わらないのが欠点である。美咲の母親である咲子さんの、教育的指導によるものだと本人は言っていたが、いったい、なにをどうしたらこうなるんだろう。家族全員、そして実家にいる一同は慣れている。そして琴音本人も、それがあたりまえだと受け止めている。それにしても、如月家は家族以外にも異常者が多いのは、なぜだ。

「まさか、退院して一か月程度で、また病院のお世話になるとは思いませんでした」

「前回の時は本当に心臓が止まる思いだったわ。私も如月家の業の深さを甘く見ていたみたいね」

「お母様くらいですね。私の見舞いにやって来たのは。おそらく、途中で父から制止されたとは思いますが」

初日だけ見舞いにやって来たことは、茜さんから聞いていた。だけど、それ以降パタリと来るのをやめたのだから、なにがあったのか、簡単に推測することができる。行くだけ無駄だとか、さっさと死なないかとか、そんなことを言っていたのだと思う。

「初めて、あの人のことを引っぱたいてやったわ。部屋に閉じこめられる結果になったけど。それにしても、よかったわ。貴女が目を覚ました時にあの人がいなくて」

「お母様に先を越されるとは」

なんたる不覚か。家族の誰よりも先に、あの野郎をぶん殴ってやろうと思っていたのに。

俺がなにに対して悔しがっているのかを理解した母は、すごく複雑そうな顔をしているな。嬉しく思えばいいのか、暴力的になった琴音を残念に思えばいいのか。そんなところだろう。

「本当に、ずいぶんと変わったわね。残念な方向へ」

「個性だと思ってください。大丈夫です。自分の敵以外には、普通の対応ができますので。

ですが、敵に対しては一切の容赦をいたしません」

「結局は如月家なのね」

俺としては、元の俺として行動しているだけなのに、どうしてそれが如月家らしい行動だと勘違いされるのかが分からない。確かに俺は変わり者だという自覚はある。それがたまたま如月家らしさと合致しているということだろうか。都合がいいような、理不尽に感じるような。

「そういえば、気になることがひとつだけあります。双子はマザコンですか？」

母にべったりだった記憶がある。その記憶が正しければ、双子は母が好きなのでないかとは思うのだが、なぜか違和感がある。琴音や父みたく、異常な愛情を持っているようには見えなかったのだ。

「あの人にも、私に対しても執着している様子はなかったわね。だから、考えられる可能性はひとつだけ。今の琴音を見たら、きっと発症すると思うわ」

病気扱いなのが酷いな。重病すぎて、完治は難しいけど。あの子達にとって、残りの家族なんて琴音だけだからな。消去法でいけばそうなるか。

「私は、どうすればいいのでしょう？」

「貴女らしくしていればいいわ。どれくらいの影響があるのかは、まだわからないから」

それなら、琴音としてではなく、俺としての姿に慣れてもらう必要があるか。家族にまで演じている姿を見せるのは、違うと思う。だけど、俺の素を如月家の家族は受け入れてくれるだろうか。

「なら、まずは母さんに慣れてもらうことにしようか。今の私は、言葉遣いからして昔とは違うから」

隠しごとをしないのが家族だと思う。義母ともそんな約束をしていた。家族という芝居をする必要はない。俺としての家族ではないのだが、琴音の本当の家族だ。なら、今の俺にとっての家族ということで間違いない。そして、それに慣れる必要があるのは俺もだろうな。

「ずいぶんと本音を隠していたのね。でも、あの人の前では言葉遣いを戻してちょうだい。なにを言われるか、わかったものじゃないから」

「だろうな。如月家という名に泥を塗るような行為は許さない奴だから。歳《とし》をとっていくと、名の重みを実感していくのだろうか？」

特別な存在であろうとも、本人達は特に気にしていないのが十二本家なのだが、当主になってからは皆、名に恥じぬ行動をするようになっていると思う。家督を継ぐ気のない俺にとっては、どうでもいい話だが。

「でも、本当に嬉しいわね。琴音とこんなふうに話すことができるだなんて。以前なら、考えられなかったから」

「本音どころか、色々と隠していたからな。これからはなるべく、そうならないようにする。もっとも、これからも隠し続けることはあるけどね」

元の俺についてとか、今回の事件の首謀者に関してとか。前者は、言ったところで理解されるとは思えないから。後者は、学生同士でケリをつける案件だからというのが理由だな。へたに大人が出てくる場面でもない。もし、学生だけではどうにもならなくなれば、頼むことになるだろうが。

「それは、しかたのないことだわね。誰にだって、知られたくないことの、ひとつやふたつはあるものだから。でも、とりかえしのつかない事態になる前に、相談くらいはしてほしいわね」

「善処する」

もうすでに、絶対に言えない秘密を抱えているんだけどな。それ以外のことに関しては、なるべく秘匿することのないようにするか。そして、家族らしくつきあえるように、努力する必要がある。まあ、そこまで気を遣う必要はないだろうけれど。

「到着しました」

「なんで、ここを選んだんだよ」

たしかに、この街では一番大きくて、信頼できる病院であろうが、俺にとっては、面倒なことになることが確定している場所でもある。追及されたら、なんと言えばいいのか。

今日は昼勤のはずだから、必ずいるよな、茜さんが。

「病気などの場合は、いつもここをご利用でしたので。なにか不都合がありましたでしょうか？」

「いや、いい」

着いてしまったものは、しかたがない。時間も無駄にはできないからな。他の病院へ向かうとしたら、また時間が掛かってしまう。だけど混んでいないのかな。大きな病院であるぶん、患者数も多いような気がするんだけど。

「とりあえず、受付しておくか」

流石に、ここで出くわすことはないはず。もしかしたら、全く会わずに済むかもしれない。そんな淡い希望は、受付の人の言葉で綺麗さっぱり消し飛んだな。予想外の言葉で。

「あら、茜のお嫁さんじゃないですか。本日はどのようなご用件で？」

あまりの発言にコケて、受付のテーブルに頭をぶつけてしまった。俺はどうすればいいんだよ。訂正したところで、微笑ましく見られるだけのような気がするし。職場でも言いふらしているとは、予想していなかったぞ。

「琴音、どういうことかしら？」

後ろにいる母の顔を見るのが怖い。ひとり暮らしをさせたら、早速娘を嫁と呼ぶような人物がいるらしいことを知ったのだから、気になるのもしかたがない。俺だって、予想外の展開だったのだが。でも、どう説明すればいいものか。

「足を怪我したので、診察をお願いします」

とりあえず、スルーしておこう。どうせ、帰りの車の中で根掘り葉掘り聞かれるはず。ひとり暮らしで、俺がどんな生活をしているのか教えてあげれば、問題ないだろう。たぶん。

「お嬢様も隅に置けませんね」

「あとでボコりますよ」

なんか、恋に破れて諦めたと思ったら、すぐに次の殿方と付き合いを始めたような言い方に聞こえたんだよな。そこまで見境ないわけじゃないぞ。だいたい、茜さんは女性だ。普通に考えて、ありえない組み合わせだろ。

「お母様。一応言っておきますが、茜さんは女性です」

「貴女、そちらに趣味が変わったの？」

「違います！」

そこは全力で否定しておくぞ。同性と愛を育むつもりは毛頭ない。だからといって、男性と恋愛するつもりも今のところはない。琴音の精神的影響を受けているとはいえ、まだ男性としての精神が色濃く残っているのだ。そんな状態で、男に対する恋愛感情が生まれるわけがない。

「如月さん。順番となりましたので、診察室へどうぞ」

看護師に案内されながら診察室へ入った瞬間に、俺の動きは止まってしまった。だって、茜さんが待ち構えていたから。絶対に誰かから連絡が行ったんだろうな。心配してやって来たという割には、すごくよい笑顔なんだけど。雰囲気が怖いという違和感はあるけど。

「琴音ちゃん。どういうことなのかな？」

診察とレントゲンを終えて、症状についても説明を受けた。重度の打撲とのこと。骨には異常が見受けられないから、二週間くらい安静にしていれば完治するらしい。佐伯先生と同じ診断に安堵《あんど》したのだが、俺が退室する前に主治医が出て行ったのは、どういうことなのか。

「ちょっと、階段から落ちただけです」

「どういった経緯で落ちたのか、気になるんだけど」

残された俺たちと茜さん。いったい主治医になにを言ったら、こんな状況になるんだよ。普通ならありえない状況だろ。あと、詳しく説明しないと、茜さんが諦めてくれそうにない。かといって、どう説明をすればいいのか。

「学生同士の諍《いさか》いに巻きこまれた結果です。相手に対しては近日中に処罰が下る予定ですから、安心してください」

「私の嫁に怪我をさせるなんて、許せないわね。あとで保険医の静流《しずる》と、担任の近藤に連絡を取って、報復を」

「やめてください！」

なんで俺の周りには血の気の多い人ばかりいるんだよ。報復前提で考えているあたり、性質が悪い。それに母も、この人なら安心して琴音を任せられるみたいな笑顔になっているのが不穏だ。過保護も行きすぎると本当に危ないな。なんで俺が制止役に回っているのか。

「ただ、怪我をしたとなると、家事にも影響があるわよね？」

「それに関しては、美咲を琴音に預けていくから大丈夫よ」

足がこの状態だと、料理していても危ないからな。食器や料理を運んだりと、移動する必要があるし、足を使う行動は難しい。せめて、もう少し治るまでは。でも、美咲がいてくれるなら大丈夫か。基本的には優秀だからな。

「琴音のことを、これからもよろしくお願いします。茜さん」

「親御さん公認になっちゃったわね。琴音ちゃん」

もうカオスだ。あとで母に言っておくか。茜さんは既婚者であることを。嫁というのも言葉の綾だと思うからな。そのままの意味でとったら、絶対に駄目だ。茜さんのことを知っている佐伯先生とかは、そこのところを理解しているはず。

「これからどうなるんだろう」

今の問題に加えて、なぜか家族の問題も考えないといけないような気がするな。でも、俺としては今やれることをやっていくしかない。とにかく、こちらへ被害を与えてきた相手と決着をつけることを第一優先事項としよう。他の小さな問題には、ひとまず目を瞑《つむ》っておこう。

病院での診察と治療を終えて、向かった先は喫茶店。しばらく休まなければいけないと伝える必要があるからだ。もちろん、母さんも同席している。ついでに美咲も。メニューを見ながらスイーツを頼みたそうにしているけど、母さんの許可が出なければ駄目だからな。

「このような事情がありまして、しばらく休養が必要になりました」

「大丈夫なのか？」

「安静にしていれば、二週間程度で治る見込みだそうです」

「そうか。大変な目に遭ったんだな」

困ったような顔しかできなかった。本人があまり大変だとは思っていないから。確かに腕時計を壊されたり、階段から突き落とされたりと、碌《ろく》な目に遭っていない。でも、そのことを悲観するつもりはない。だって、俺は相手に勝つのだから。相手の思い通りに落ち込みはしないし、警告されても相手を恐れたりはしない。

「しかし、忙しい時期に琴音が戦線離脱するとは」

「やっぱり、ゴールデンウィークは混みますか？」

「今年は看板娘である琴音のおかげで、去年よりも集客がありそうだからな。琴音抜きとなると、厳しくなりそうだ」

いつの間に看板娘となっていたのか。店長の言葉に、母さんもニッコリと微笑んでいる。娘を褒められて嬉しいのだろうか。以前の琴音が褒められるような場面なんてなかったから、尚更《なおさら》なのかもしれない。

「それでしたら、レジ打ちくらいなら手伝います。私の担当していた分野は美咲が行うということで、どうでしょうか？」

「お嬢様。勝手に決められても困ります」

「一品頼んでもいいぞ」

「謹んでお受けいたします」

相変わらずチョロい。何にしようかなと無表情でメニューを見るのは、なんとかならないのかな。店長は心配そうに美咲を見ているし、母さんはいつものことかと知らぬふり。あとで咲子さんに報告されないのを祈ろう。俺も連帯責任で怒られそうだ。

「いいのか？」

「レジだけであれば、基本的に動きませんから。美咲もこう見えて万能ですから大丈夫です。笑顔は作れそうにありませんけど」

「侍女たるもの。どのようなご要望にも応えてみせます」

試しに笑顔になるよう指示したのだが、あまりにあれな表情だったので三人揃って微妙な顔になってしまった。あまりにもぎこちなくて、とても接客業が務まるとは思えなかった。それは美咲も感じたのだろう。入念に顔を両手で揉《も》み解《ほぐ》して、もう一度笑顔を作ってみせた。そこまでやらないと、まともな表情が作れないのかよ。

「一応はなんとかなりそうです」

「凄く心配なのだが」

「迷惑でしたら、拒否してもらってもいいですよ。私からの要望ですから」

「人手が欲しいのは事実だからな。琴音の推薦なら、大丈夫だと判断しておくか」

「お給料は私一人分でいいですよ。美咲には私から支給しますから」

「お嬢様。ただ働きは嫌です」

「ちゃんとスイーツを用意するから」

「やる気が満《み》ち溢《あふ》れてきました」

現金よりも、スイーツが重要だからな。今まで咲子さんから禁止されていたから、公認で食べられるというなら、やる気も出るか。琴音の相談役になってくれなかったのは、まともな感性を持っていなかったせいというのもあるよな。性格に難がありすぎる。

「琴音!」

和やかに談笑していたら、香織が慌てて駆けつけてきた。俺の様子を見て、心配そうな表情をしたと思ったら、怒りの形相に変わったな。相手が誰かを伝えたら、真っ先に突撃しそうな雰囲気を出している。やっぱり、松葉杖を傍に置いておくと重傷に見えてしまうか。

「誰にやられたの？」

「私にも分からない。恨みなら、色んな人たちに買われているからな」

「でも、琴音なら推測はできているのよね？」

「あくまでも推測だ。確実な証拠が揃わないと断定はできない。だから、早まった真似はしないでくれ」

「教えなさい」

「嫌だ」

「どうしてよ！」

「香織に危害が加わるのは、私が嫌だから」

俺の言葉に、迫って来ていた香織の動きがピタリと止まった。卯月へ香織が直談判しても効果はないし、返り討ちに遭ってしまうだけだ。俺と似たような目に遭わせるわけにはいかない。それで相手を特定できたとしてもだ。

「私の心配をしているの？」

「当たり前だろ。友達なんだからさ」

「自分がこんな目に遭ったのに？」

「自業自得な面もあるからな」

本当のことを言えば、葉月会長の影響が大きいんだよな。小鳥だけならば、噂は徐々に減っていく程度だったはずだが、葉月会長が動いたために、全く効力を失ってしまった。だからこそ、直接的な手段へと移行してきたようなものだ。だけど、それを香織に伝えても意味はない。卯月以上に葉月会長は手強《てごわ》い相手だ。

「それに、早ければ明日には解決する」

「なんで分かるのよ？」

「そういう風に段取りをつけたからさ」

「意味が分からないのだけど」

「朝、学園長へ報告しに行ったら、すでに証拠固めしている最中だった。事件として発展させるよりも、学園内で処理する流れで了承を取り付けたんだよ」

なんで学園長と直接交渉しているのよ、と香織の目が言っている気がするけれど、あえて流す。本来であれば、生徒会を通して学園長へと話を持っていくのが筋だろうな。頭に血が昇っていて、その過程をすっ飛ばしたんだけど。もしかしたら、葉月会長で話が止まる可能性だってあった。あの人だけでも今回の事態を片付けることはできるだろうから。

「あとは、葉月会長も独自に動いていて、学園長と足並みを揃えて相手を追い詰めるつもりでいるはず」

「なんで、琴音がそれを知っているのよ？」

「葉月会長とも協力関係だから」

「相手は詰んでいるわね」

まさしくその通りである。学園の権力者二人が揃っているのだ。相手に勝機などあるはずがない。俺だったら、面子《メンツ》を見た瞬間に諦めるだろう。こちらが正当性を説いても、力業で論破されてしまう。証拠の捏造《ねつぞう》だってやってのけるだろう。決して敵に回してはいけない二人だ。

「なんというか、琴音って鉄砲玉みたいな行動をするわよね」

「愚直に突っ込むという意味か？」

「もしくは、怖いもの知らず。学園長へ直接交渉とか、葉月会長の協力を取り付けるとか。普通なら、考えても実行しないわよ」

上司へ直接話を通すのは、社会人として慣れている。報連相は、仕事をする上でとても重要だ。その際に自分の考えを伝えるのだって、当然のことだからな。上司から無茶ぶりされて困るのは俺だけじゃない。同僚連中だって同じだ。

「考えなしで行動しているわけじゃないんだけどな。ちゃんと見通しを立てた上でやっているだけだし」

偶然の産物は色々とある。たとえば、他の十二本家と繋がりができてしまったこととか。あれは完璧に俺の想定外だった。小鳥となんて、今まで接点が全くなかったのに、どうしてか親しくなってしまったからな。普通にいい子だから、問題はないけど。

「葉月会長が一番の謎だけど」

「真面目に琴音を勧誘しようとしているんじゃない？」

「私に生徒会の職務が務まるはずがないだろ」

「事務作業とかはできるわよね？」

「それなりにな」

店長からの頼みでエクセル入力とかやっているからな。それらを扱うような仕事を生前やっていたから、慣れたものだ。偶に数字のミスを発見して手直ししたりもしている。だけど、それだけで生徒会の仕事ができるとは思っていない。

「私に興味があるとは、言っていたような気がする」

「好意を寄せているとか？」

「それはありえないし、私としても無理」

あんな無茶ぶりばかりしてくるような男性と、お付き合いしたいとは思わない。なにより、男性と付き合うとか鳥肌が立ってしまう。男嫌いではないけど、まだ心は女性になりきっていないのだ。そんな状態で普通の恋愛などできるはずがないだろ。

「琴音が恋愛感情を抱いたら、一途《いちず》になりそうね」

「今は、その話題は止めてくれ」

母さんが盛大にむせているから。やっと呪いから抜け出した琴音が、またその道へ戻ってしまうかと思って、ショックを受けたのだろう。大丈夫だ。俺としては、誰かと恋愛しようとは思っていない。もしかしたら、このまま未婚で一生を終えるかもしれない。

「明日の朝は色々な話が流れそうね」

「さすがに、悪いものは出てこないと思うけどな」

誰から見ても俺が被害者なのだから。誰かと言い争って、揉み合って階段から落ちたとかいうわけでもない。あの時間なら、まだ生徒だって廊下にいたはずだから、目撃者だっているだろう。犯人の特定は簡単にできそうだと思うのだけど、そこは卯月が手を回しているだろう。

「人の口に戸は立てられないだろうけどな」

「だからこその噂よね」

逆に、自分の首を噂で絞められるとは思っていないのかな。因果応報か。結局、巡り巡って自分へと返ってくる。俺もそれを実感したよ。ほとんど去年の琴音が原因だけど。それでも、琴音がやったことの責任は、全部俺が請け負わないといけない。それが、この身体を使わせてもらっている代償なのだろう。

「琴音が、このように友達と話している姿は懐かしく思うわね」

「えっ、琴音に友達いたの？」

「失礼な。小学生までは、一緒に遊ぶ友人くらいいたぞ」

相手が転校したので、疎遠になってしまったけど。ただ、香織も気づいたのだろう。それ以降は、友達ができなくなってしまったことを。可哀《かわい》そうな子を見るような目で、人の頭を撫でないでほしい。卯月を友達にカウントするつもりはない。あれとの関係は特殊なものだから。

「本当に仲がいいのね」

「一緒にいる時間が長いからな」

「学園では席が近いし、バイト先は私の家だし。これで仲が悪かったらお互いに気まずいわよね」

嫌いな人物と常に一緒なのは、息が詰まりそうだ。気にしないように努めても、ストレスは自然と溜まっていく。それをどうやって解消するかが、社会人としては必要になってくる。俺は、家事にストレスをぶつけたり、身体を動かすことで発散させていたな。

「決めました！」

「まだ悩んでいたのかよ。店長。注文いいですか？」

「今日の琴音はお客さんなんだから、遠慮するな」

やっと何を食べるのかを決めた美咲と合わせて、俺と母さんもそれぞれ注文する。俺と母さんは新作スイーツを。美咲は定番のショートケーキか。晩御飯前だけど、この程度なら問題ないな。しかし、母さんはこんなにゆっくりとしていていいのか。

「あの人が帰ってくるのは遅いと、予定を聞いているわ。あとのことは咲子に任せているから大丈夫よ」

「咲子さんだからな。問題が発生したら、すぐに連絡がくるだろう」

「お母さんは優秀です」

「そんな人が何をどう間違えたら、こんな娘を育ててしまうのか」

如月家も謎だが、咲子さんの家系も謎だよな。美咲みたいなレアケースが発生するのは、どの家庭でも起こり得ることだけど。それだけ子育ては難しいってことかな。こんな子に育ってほしいと願っても、子供は親の願い通りに成長していくわけではないからな。

「香織から見て、美咲の第一印象は？」

「変な人」

「美咲。それがお前のイメージだ。自覚しろよ」

「いえ、私がこのような姿を見せるのは、お嬢様が傍にいる時だけです。普段の私は常に真面目であります」

「母さん。私がいない時の美咲の様子は？」

「基本的には本人が言っているとおりね。甘味系を出した時には怪しい目をするけど、咲子が常に見張っているから動けないみたいね」

それが、どうして琴音と一緒にいる時は自粛しないのか。あれか、琴音なら、ご褒美としてお菓子をくれると思っているのか。確かにお菓子をやるからと言って、色々と頼んだ記憶はある。いいように利用できていたけど、それは美咲にとっても同じか。咲子さんに隠れたところで、ご褒美をくれるご主人様という認識かもしれない。

「お嬢様もチョロかったので」

「よし、ボコろう」

「琴音。落ち着きなさい。否定できない事実なのよ」

「前の琴音にそんなガードの甘さがあったなんて」

父親をネタにされれば、あの琴音ならご褒美くらい渡すだろうな。美咲の提案を実行して、成功した試しはないけど。咲子さんに叱られたとしても、美咲としては一時のご褒美で満足していたのであろう。確かに、こんな侍女じゃないと、以前の琴音とは付き合えなかったか。誰が人選したんだろう。

「私からしましたら、以前のお嬢様は扱いやすかったですね」

「お前に言われると腹が立つな」

「事実ですので」

否定できない事実を突きつけられて腹正しく思うけれど、反論できない。俺だったら美咲に利用されるなんてことはないだろうけれど。でも、それならそれで、美咲は地味に工夫してきそうだけどな。

「これと、しばらく同居しないといけないのか」

「えっ、美咲さんと？」

「足がこれだから、治るまで必要になるんだよ。さすがにこの状態で、家事は危険だからな」

「それもそうだけど。大丈夫なの？」

香織の前では駄目な面しか見せていないからな、美咲は。性格的に難を抱えているが、侍女としては優秀な部類に入るのだ。そんな人物じゃないと、十二本家で雇うわけがないからな。他の家の侍女はどんなものなんだろう。霜月の侍女なんかは、精鋭揃いな気がする。むしろ主人を拘束するなんてことまでやりそうだ。

「まだ、まともな方なのかな」

「これで？」

「これでも。他の家のことを考えると、そこの使用人たちがまともな感じが全くしない」

「事実ではあるかもしれないわね。もっとも、それぞれの家で必要とする人材が違うというのはあるわね。我が家なら性能重視。家族の暴走を止める抑止力として、使用人を必要としている場合もあるし、その家の得意分野を生かす為に使用人を必要としているなんて場合もあるでしょうね」

「葉月なら情報収集か」

「あそこは賃金がいいけど、凄く忙しいらしいわね」

容赦なくこき使っていそうだな。今回の騒動でも、色々と調べ回っているらしいけれど、それにだって使用人を使っているはず。学園内には配置できないはずなのだけど、学生として潜入させているのだろうか。探っても、発見できそうにないな。もう、普通の学び舎《まなや》だとは考えないほうがいいかな。

「十二本家は、やっぱり個性的ね」

「それには、私も含まれているのか？」

「当たり前じゃない。外見と口調は一致していないし、行動様式も特殊だしで、琴音以上に個性的な人なんて、滅多にいないと思うわよ」

それを言われると、言い返せない。外見と中身が同じじゃないから、特殊な個性だと思われてしまうのはしかたがない。でも、行動は特殊だろうか。俺としては普通に生活していて、事件には巻き込まれているだけだと思っているのに。

「私以上に個性的な連中は、他にもいるのに？」

「葉月会長とか？」

「あれ以上の存在が、学園にはいるんだよ」

言葉を濁したけど、これだけじゃ絶対に通じないだろう。だって、本人の擬態が完璧すぎて、周りの人たちにその異常性が全く知られていないから。知っているのは、十二本家の関係者くらいか。それも、全員が知っているわけではなく、その姿を見たことのある人に限られているかもしれない。実際、琴音がそのことを知ったのは偶然にであった。遠目に見ただけだから、半信半疑だったのだが、そのことを霜月先輩に知られてしまい、ちょっと脅されたんだったか。以前の琴音が怯えてしまう存在なんて、あの人くらいな気がする。

「そんな人がいれば、学園内で有名になっているはずだと思うけど」

「有名だぞ。誰とは言えないけど」

「有名なら、個性的なのは当たり前じゃない」

当然のように返されたけど、あれは別の個性だ。本性はもっと強烈だぞ。霜月先輩と交友のある人は大変だろうな。葉月先輩とはまた違った面で振り回されているはずだから。さすがに、脅した琴音には接触してこないと思う。というかそう願うぞ。

「琴音が交友のある十二本家は、誰なのかしら？」

「葉月会長に、文月小鳥。学園長とは今回の件で話し合った程度だけど、私としての印象は良かった。卯月とはお互いを利用し合う関係かな。長月とはいがみ合っていたけど、今の私としては無害。霜月は隣人の旦那さん。意外と多いな」

改めて数えてみると、十二本家の内、六家と関わりを持っていたのか。去年の琴音の時からの関係もあるが、それでも多いような気がする。同じ学園内で生活を共にしていれば、会うのが普通だ。でも、当時はお互いに会話もしない関係性でしかなかった。

「琴音。もう少し考えて行動してくれない？」

「私は別に、会うつもりはなかった。あちらから勝手にやってきたんだ。母さんとしても、私が十二本家と交友を持つのは反対か？」

「反対とは言わないわ。でも、十二本家同士が手を組むと、業界全体に様々な影響が生まれそうじゃない」

「学生同士の付き合いだから、そんな大袈裟《おおげさ》な話にはならないだろ」

「将来までその付き合いが続くと考えるなら誰もが想定する話よ。一家だけでも強大なのに、複数が協力する場合、一体何が起こるのか分からない。業界はそれを恐れているのよ」

それを理解しているから、それぞれの家は付き合いを持たないようにしていたのか。だけど、学園に所属している十二本家の連中はその考えには従っていない。興味のある対象が現れたのなら、どのような存在でも接触しようとする。ただ、自分たちの青春を満喫するために行動している。

「そんなの、知ったことじゃない」

「それが、貴女たちの考えなのね。でも、それが正しいわ。子供の青春を奪って、将来にいい影響を与えるとは思えないもの」

母さんが一般的な価値観の持ち主で良かった。ただし、それは普通の人間について言えることだ。能力的に逸脱している奴らが青春を満喫しようとしたら、事件は起こるものなのだ。そのことを元の俺は、身をもって経験している。あの馬鹿騒ぎが再びやってきて、巻き込まれるのだけは遠慮したいぞ。

「でも、琴音はもう手遅れよね。葉月会長には狙われていて、霜月先輩にだって、茜さんから連絡くらいいってそうじゃない」

一番の厄介な存在が、すでに俺をロックオンしている。茜さんの旦那と霜月家の仲は良好であったはず。むしろ、茜さんのことを霜月家が気に入っている感じかな。綾先輩と連絡先を交換していると聞いたから。だからこそ、茜さんが霜月先輩にどんな報告をしているのか、気になってしまう。病院での出来事からするに、確実に嫁だと説明しているだろうな。それを信じた霜月先輩の行動が、全く読めない。

「平穏な学園生活は、どこにいったのかな？」

「別に、霜月先輩ならいいじゃない。後輩として言わせてもらえば、素敵な先輩だと思うわよ」

暴露したいな、あの本性を。だけど、それをやってしまうと確実に来襲してくる。先輩どころか妹の方までやってきたら、どうやって対応すればいいのか分からない。学園に姉妹が揃っているというのも厄介だな。それに、足を怪我している状態だと逃げようがない。

「香織。いつかは知ることになると思うけど、心を強く持てよ」

「何でよ？　私を何に巻き込むつもり？」

「それは分からないけど。私と友人である限り、絶対に面倒に巻き込まれることになると思う」

「琴音が守ってくれるのよね？」

「最大限の努力はしよう。無駄だと思うけど」

「そこで諦めないでほしいわ」

「連中が相手だと、自信が全然ない」

冗談でも友達を辞めると言わないあたり、香織の優しさが良く分かる。琴音になって、最初に友達になったのが香織で良かった。最初に出会ったのは茜さんだけど、まさかあんな隣人になるとは思わなかったからな。やっぱり、最初の出会いって大切だ。

「琴音。友達との歓談を楽しんでいるところ、悪いのだけど。そろそろ帰らないといけないわよ」

「晩御飯の準備もあったな。そこは美咲に頼むけど」

「香織さん。娘とこれからもお付き合いしてもらえると、大変助かるわ」

「は、はい。友達として大事にします」

なんか変な言い方になっているのは、緊張しているからか。香織が琴音の母親と会うのは、これが初めてだからな。改まってお願いされるとは思っていなかったのだろう。こっちとしても気恥ずかしい。

「やっぱり、歩く姿が痛々しいわね」

「しばらくの我慢と考えるしかないな。それじゃ店長。連休中は先程話した通りで」

「分かった。負担をかけて悪いな」

「私の方が無理を言っているのですから、構いません。それじゃ香織、また明日」

「また明日ね」

喫茶店を出て、マンションへと向かう。母さんが同行してくれたのは喫茶店まで。マンションへは、俺と美咲のみで向かうことになっている。病院で茜さんには説明していたから、大丈夫だと思うけど。茜さんの性格なら余程のことがない限り、他人を嫌ったりないだろう。

「お嬢様。私の雇用条件に、一つ追加していただいてもよろしいでしょうか」

「却下」

「せめて、聞いてくれませんか？」

「母さんがいなくなった後に言われることといったら、一つしか心当たりがない。私が咲子さんに密告するぞ」

「知っているのでしたら話が早いですね。実は」

「却下」

なぜ、俺の言っていることを無視して話を進めようとしているのだ。それに、給料はちゃんと実家から出ているのだ。俺がご褒美を与える約束をしたのは、あくまでも喫茶店での手伝いをしてもらうため。それ以外は通常業務なのだからご褒美は必要ないだろ。

「言っておくけど。今の私に以前の手は通じないからな」

「お嬢様が逞《たくま》しく育ってくださり、世話係としては嬉しく思います」

本音は正反対だろうけどな。あれこれと俺が喜びそうなネタを考えているのだろうけど、今の俺と以前の琴音では趣味嗜好が違う。有効な手が出てこないのは当たり前だ。諦めてくれると嬉しいのだけど、美咲のしつこさはよく知っている。

「お願いします。一日一個のお菓子をください！」

「直球できたな」

美咲は運転中で、こちらへ顔を向けられないけれど、これが歩いている状態だったら腰を折り曲げて礼をしながら懇願してきただろうな。人通りの多い場所でそれをやられたら、俺も折れるしかないけど。さすがに目立って、俺が恥ずかしくなってしまうからな。

「一日一箱だけだからな」

「何気に増やしてくれるお嬢様が、大好きです」

一個という定義が曖昧だからな。本当に袋の中身の一個だと、さすがに可哀そうに思えてきてしまう。だったら思い切ってひと箱にしたほうが、美咲のやる気アップにも繋がるだろう。喫茶店の件で無理を言ったのだから、この程度はいいだろう。咲子さんに何かを聞かれても、俺は知らないとしらを切ろう。責任は美咲に全部被せてしまえ。

「日中はどうしているつもりだ？」

「部屋でゴロゴロさせていただきます」

「働けよ」

俺が学園へ行っている間、何をしているのか気になって聞いてみたら、侍女としてあるまじき返答をしやがった。確かに部屋の掃除とか洗濯が終わったら、やることはないだろうけど。もう少し本音を隠すということを知らないのか。

「奥様から、私の分で追加の仕送りをしてくださるとの、言付《ことづ》けを授かっております」

「美咲の体重が増えたら、私が咲子さんに叱られるんだぞ」

「連帯責任です。諦めてください」

娘が太らないように、あれこれと頑張っている咲子さんだから、体重管理には厳しい。そのことを、以前に美咲から愚痴られた覚えがある。実家から離れることで、その重圧から解放された美咲が好き勝手やるのが目に見えてしまう。なら、俺が美咲の体重管理をするしかない。どうせ暇になるのだから、やってやるか。

「私が美咲の管理をする。もしも太ったら、咲子さんに報告するからな」

「お嬢様。それだけはご勘弁を」

「だけど、私も鬼じゃない。太ったと分かっても、次の日にその分を減らせば不問とする」

「飴《あめ》と鞭《むち》の使い方が上手くなっておられませんか？」

厳しくするだけでも、ストレスが溜まる一方では、かえって太る要因にもなりかねない。だったら、甘さも必要だろう。へたにサボられても困るからな。俺の妥協点くらいは伝えておかないと。

「まさか、一人暮らしをしているのに侍女と一緒に生活することになるとは思わなかったな」

「普通ですと、これが当たり前なのです。お嬢様として生活していた人が、いきなりひとり暮らしなど、ハードルが高すぎます」

「それを実行した私の両親は、どうなんだよ？」

「人でなしです」

自分から進んでひとり暮らしをしたわけではなく、両親が勝手に実家から追い出したのだから、そう考えるのが普通か。母さんは色々と気を遣ってくれて、部屋の設備を充実させたのだろう。だけど、以前の琴音に料理ができたとはとても思えない。包丁すら握った覚えがないぞ。

「以前、お嬢様は料理を作ろうとされて、諦めましたよね？」

「本を見て、すぐに諦めたな。その後に隠れて調べていたけど」

嘘である。本を読んですぐに諦めたのは本当。美咲が想像する俺の料理とは、危なっかしく包丁を使って、なんとか作り上げた不細工なもののことだろう。それで、どうして隣人の茜さんが食事を共にしているのだろうと、疑問に思っているはず。実際は手馴れた包丁さばきで、普通に食事を作り上げているのだ。

「これからは毎日、私がまともな食事をお作りいたします」

「怪我が治ったらお払い箱だから、実家に戻れ」

「お嬢様に家事ができるとは思えないのですが」

「やってみたら普通にやれているんだよ。料理だって、普通に作れるようになったからな」

「相変わらず十二本家の方々はスペックがおかしいです」

それは言えている。元の身体と琴音の身体的能力の違いは確認してある。色々と試してみたからな。早朝ランニングも最初は辛かったけど、体力がついてきたら、距離を少しずつ伸ばせるようになった。護衛の人たちが死にそうな表情をしていたのは面白かったな。隠れている余裕が一切なくなっていたから。

「冷蔵庫の中身は好きに使っていいけど、考えて使ってくれよ。実家と違って、私は裕福じゃないのだから」

「なるべく節約を心がけるのですね。承りました」

絶対に分かっていないと思う。俺が学園へ行った後、テレビをつけてだらけている姿が想像できるから。母さんが追加の仕送りをしてくれるのだから、そこまで厳しくする必要もないんだけどさ。ただ、俺のストレスが溜まりそうな気がする。今まで一人でやってきたことを、他人に任せないといけないのだから。しかも、性格に難のある侍女を管理しないといけないとか。怪我人が心労を抱えてどうするんだよ。

第四話　勝利のためなら恐れない

昨日の夜は、美咲が疲れ切った表情を浮かべているのを初めて見たな。しかたのないことだとは思うけど。なにしろ、俺が入浴中に茜さんから嫁について延々と説かれていたのだ。こんなところが素晴らしい、あんなところが可愛いなどと力説されていた。俺は美咲に丸投げして、早々に自室へと逃げたんだけどな。

「お嬢様。あの方は確かに、十二本家と結ばれる人物でした」

「災難だったたな」

「凄まじいパワーでした」

捨てられた小犬のように、俺に助けを求める視線を送ってきていたけど、巻き込まれるのはゴメンなので、気付かないフリをしてしまった。でも、あの状態の茜さんに俺が近づいたら、ますますパワーアップされてしまうのが分かっていたからな。それだと、俺と美咲にとって、より一層不幸な事態になってしまうだけだろう。

「それじゃ、私が連絡してから迎えに来てくれ」

「決まった時間ではないのですか？」

「予定が定まっていないんだよな。今日、関係者に確認しておく」

「承りました」

あとで学園長に聞いておかないと。いつ頃、決着の場が整うのかを。そのイベントに、俺が同席する必要があるのかは分からない。俺としては、ぜひとも同席したいのだけど。ここまで被害を受けたのだから、相手が負ける瞬間をぜひとも見届けたいのだ。でも、俺が知らない間に全てが終わっている可能性もある。学園長室に寄るとしたら、放課後かな。

車を降りて昇降口へ向かう最中なのだが、注目されているのが分かる。やっぱり松葉杖を使っていると目立つか。治るまでの我慢だな。新しく買った上履きに履き替えて、教室へ向かう途中で、予想外の人物に声をかけられた。

「おはようございます。災難でしたね」

「おはようございます、木下先輩。何か御用ですか？」

「用というほどのものではありません。一言、謝りたくて。会長の暴走を止められなくて、すみません」

「木下先輩の所為ではありません。あの馬鹿が勝手にやらかしただけです。それに、私も生徒会には手を借りようと思っていたので」

「そう言っていただけると、助かります」

葉月会長を馬鹿呼ばわりされても苦情を言ってこないあたり、なんのことか心当たりがあるのだろう。珍しい組み合わせに、先程以上の注目を集めてしまっている。俺と木下先輩の接点なんて、ないはずだからな。実際は、葉月会長の所為で繋がりができてしまったのだが。

「足の怪我は酷いのですか？」

「二週間ほどで治る見込みらしいです。折れてもいませんから、大事ありません」

「馬鹿にはきつく言っておきます」

「それで懲りるような人じゃない気がしますけど」

「一時的には反省してくれます」

やっぱり気付いているんだな。俺が怪我をするきっかけを作ったのが、葉月会長だということを。さすがは副会長というべきか。

「会長からの伝言です。絶対に同席しようね、だそうです」

「何を楽しんでいるのでしょうね」

「本当に馬鹿がすみません」

なんだろう。木下先輩が、駄目な上司の尻拭いをしている部下のように思えてしまう。間違ってはいないけれど。被害者である俺が、相手の敗北の瞬間を間近で見られるのは、大変面白いイベントになるかもしれないが、葉月会長にとっては何が楽しいのだろう。

「私が楽しむ分には、何の問題もないのに」

「やっぱり怒っていますか？」

「葉月会長に対してはなにも。でも、相手には相当に怒りを抱いていますよ。大切なものを壊されたのですから」

「怪我ではなくて？」

「人によって、何を最も大切にしているかは違います。私は自分自身よりも、他の人や物を大切にしているようです」

元々、いじめを受けることなどは想定していた。今までの行いを振り返ってみれば、当然の仕返しだとすら思っている。それでも、我慢できないことはある。俺の身を案じて譲ってくれたものを壊されたのが、それだな。

「あの人が行動してくれなかったら、私が独自に動くつもりでした」

「先手を取れて、良かったと思います」

「私が動いた方が、大事にならなかったかもしれませんよ」

「絶対に首を突っ込んでくる輩を知っていますので。主に二人ほど」

「葉月会長は当然として、あと一人は？」

「霜月綾です」

ここで、その名前が出るのか。思わず足が止まってしまった。どうして、この事件に霜月先輩が首を突っ込んでくるのかが分からない。まだ、接点はないはずなのに。いや、間接的な部分ではあるか。茜さん、何を言ったんだよ。

「嫁の一大事だと訳分からないことを騒いでいましたから。私にも意味が分からなかったので、事情は聞きましたが」

「すみません。私の半同居人が、いらないことを言ったようで」

「如月さんは、綾の本性を知っているのですか？」

「以前に知る機会がありまして。今では後悔しています」

「災難でしたね」

木下先輩から今の話を聞いても、奴の本性を知らなければ、誰のことを言っているのか分からないだろう。それほどまでに裏表が激しい人物だからな。しかし、問題児の双翼である二人ともが介入してきたら、大惨事間違いなしだな。

「木下先輩。お願いがあります」

「綾の介入だけは、なんとしてでも抑えてみせます」

本当に頼りになる先輩だよ。最近はまともな人物と出会っていなかったから、感動してしまった。やっと、本当にやっと、普通に頼れる先輩が現れてくれたよ。葉月会長と霜月先輩に対する抑え役なのも大きい。完璧に抑えきれるとは思えないけどな。

「なにかあったら、相談に乗ってくれますか？」

「私で良ければ、いつでもどうぞ。お互いに似た事情で苦労しそうですから」

それは将来的に俺も、霜月先輩との問題に関わるということかな。俺が、霜月先輩に興味を持たれた原因は、間違いなく茜さんだ。茜さんが霜月先輩に俺を嫁だと紹介したのであれば、以前の琴音を知っている霜月先輩は興味を持つはず。だって、考えられない出来事だろうから。霜月先輩との未来を考えて、少しだけ溜息を吐いてしまう。

階段を上る際に、少しだけ手助けしてもらって木下先輩とは別れた。こういう気配りができるから、現在の生徒会は評判がいいのだろう。誰に対しても分け隔てなく接し、助けを求められたら応える。もちろん、裏がないか調査してからだろうが。

「おはようございます」

教室へ入ると、クラスメイトたちが、例外なく驚愕の表情で俺を見てきた。いきなり松葉杖を使って入ってきたら、こうなるか。事情を説明するのは面倒だけど、やらないと余計な心配をかけそうだ。とりあえず、身近な人から説明するか。

「改めて見ると、やっぱり重傷よね」

「不便ではありますけどね。さすがにまだ痛みは引きません」

「えっ？　何があったの？」

「階段から落ちました」

　正確には落とされましたなのだが、そこまで説明する必要はないだろう。それに、俺の口から元凶にやられたというのは憚られる。犯人探しをされてしまっては、無用なトラブルを生むかもしれないから。言わなくても、現場を見ている他のクラスメイトたちは察すると思う。

「手痛い一撃を食らいましたね」

「大丈夫なの？」

「二週間ほどで治る見込みです。骨に異常はないので、見た目ほど酷くはありません」

　何人かの安堵の溜息が聞こえてきたな。純粋に心配してくれる人がいて、本当にうれしく思う。思わず微笑みが漏れてしまったけれど、しかたない。だって、以前の琴音のことを考えれば、かなりの進歩だぞ。

「琴音も、そうやっていればイメージの改善なんてすぐだと思うのに」

「私が常に微笑んでいたら、嘘くさくないですか？」

「何かを企《たくら》んでいそうだよ」

　相羽さんの言葉が全員の答えになるな。常に微笑んでいても、それが本当に穏やかなイメージに繋がるとは限らない。その表情の裏で、いったい何を考えているのか分からないのだから。もしかしたら、物騒な思考をしているのかもしれない。あの霜月先輩みたいに。

「偶に出すからいいのですよ。こういうのは」

「本人が言うと、台無しだけどね」

そういえば、琴音になってからの俺は、学園で笑った覚えがないな。余裕のありそうな態度を取ってはいたけど、その内面は常に周囲を警戒するようなものだった。だって、去年の琴音のことを思えば、誰から喧嘩を売られても不思議じゃなかったんだぞ。短気で浅慮な琴音が大人しくなったのであれば、誰だって考えそうなことだ。事実、現在進行形でやられているんだけど。

「今日はまだ、被害がありませんね」

「昨日、あれだけのことをしておいて、まだやるつもりだと思っているの？」

「調子に乗った相手は、失敗するまで考えを変えないものです」

つまり、誰かに注意されるまで、その行動に変化は訪れないし、止めるつもりもない。それを生徒会が野放しにしている理由は簡単。証拠がザクザクと集まってくるから。人を撒き餌にするのも大概にしろと思うが、俺でも同じ方法を取るだろうな。だから、葉月会長に強く文句を言ってはいない。

「もう一度、階段から落ちたら入院になりそうですけど」

「物騒な考えは持たないで。今日は私か宮古がずっと、琴音の隣にいるからね」

「頑張ります！」

目撃者が身近にいる状況では、さすがに相手もしかけてこないかな。希望的な観測になるけど。相手はまだ、俺の怒りを知らないから、何かをしてきそうだという気もする。でも、葉月会長がその前に手を打ってくれていそうだ。

「それでは、これからやって来る人物を抑えてくれませんか？」

「誰よ？」

「あの子です」

「琴音さん！　大丈夫ですか！」

俺の学園内での知り合いは少ない。同級生で他のクラスの知り合いとなれば、一人しかいない。小鳥が教室へ駆け込んできたのを、クラスメイトたちは普通に受け止めている。何度か俺目当てでやってきていたからな。ある生徒なんて、意外と遅かったなという感想を零しやがった。

「見た目ほど酷くはありません」

「十分、重傷だと思うわよ」

「事実を言わないでください。香織。こういった場面では嘘も方便です」

小鳥を少しでも安心させることで、犯人へ突撃するのを防ごうと思ったのに。この子が暴走したら、いったい誰が止める役目を担ってくれるというのか。絶対、俺にお鉢が回ってくるだろうな。現状で、小鳥が一番懐いている人物は俺だから。木下先輩が霜月先輩を抑え込んでくれる役目ならば、俺が小鳥を抑える役目となっている。今回の事態への参戦を防がなければならない人物の、二人目だ。策士にとって一番困る存在は何か。予測できない行動をする有能な人物だ。へたしたら、整った盤面をぶち壊しかねない。それが味方であるとしても。

「小鳥。私の心配をしてくれるのは大変嬉しいのですが、今回は大人しくしていてくださ い。決着は、私自身の手でつけますので」

だから、相手を安心させるために嘘を吐く。別に、事態は俺が動かなくても勝手に解決されるのだ。問題があるとすれば、俺の発言が小鳥だけでなく、周囲の人間にも聞かれているること。俺が個人的に解決するという誤解を招きかねない発言だが、間違ってもいないので、いいだろう。小鳥が勝手に動いてしまうのが、一番困る。

「分かり、ました。我慢します」

「えらい、えらい」

本気で悔しそうな様子を見せるので、頭を撫でてあげることにした。以前にもしてあげたのだが、どうやら小鳥にとっては、落ち着ける行為のようだ。でも、良かった。これで対応を間違えていたら、小鳥が本気で動くところだった。

「琴音が、小鳥ちゃんの扱い方を心得ているのが意外だわ」

「私をなんだと思っているのですか？」

「琴音さんはいつも優しいですよ、香織さん」

俺としては、妹のように接しているだけ。元の俺にはいなかったけど、琴音には妹と弟がいる。でも、姉らしい行いなんて、全くしてこなかった。いつかは、この問題も解決しないといけないか。家庭の問題が多すぎて、段取りが大変だよ。まずは優先順位をつけないと。第一に現状の改善。第二に家庭内の問題解決だな。

「学園内での琴音と、プライベートでの琴音でイメージが違うのよね。だから、私にとっては違和感があるというか」

「その話を詳しく教えてください！」

なんか、昨日も同じような出来事があった気がする。小鳥が鼻息荒く香織に詰め寄っているけど、佐伯先生みたいなことにはならないだろう。香織に写真を撮られた覚えは、あるな。仕事している時とか、一緒にご飯を食べている時とか。遊びに行ったこともあるから、結構撮られている気がする。

「香織。私のプライベートの情報公開は、なるべく控えてもらいたいのですが」

昨日、色々と暴露された後なのだ。心の疲労をやっと回復できたのに、追い打ちをかけるようなことはしてほしくない。

「しかたないわね。それで、これが琴音の働いている姿なんだけど」

「香織！」

間髪入れずにスマホの画像を見せるなよ。俺の願いは届かなかったか。昨日の一幕について香織に説明していなかった俺も悪いけど。だって、色々と裏話があって話せないのだ。

「へぇ、琴音さんが笑顔で働いている姿ですか」

「香織さん。お値段お幾らで、画像を譲ってくれますか？」

「なんで買おうとしているのですか」

接客を笑顔でやるのは、当たり前だろう。なんだよ、仏頂面でお客と接しているとでも思っていたのか。そりゃ、学園でこんな表情をすることは少ないけどさ。愛敬を振りまいても逆効果だと思っているから。

「他には、こんな画像とか」

「ちょ！　それはアウトですよ！」

「あっ、ごめん。普通に間違えたわ」

画面をスワイプして、次の画像を表示したのだが、明らかに際どいものが出てきて、俺は焦った。すぐに次の画像へ切り替えてくれたのだが、一瞬だけ見た相羽さんと小鳥の顔が赤くなっている。

「琴音さん。随分無防備な瞬間があったのね」

「幾らでも払いますので、画像をください！」

「小鳥。落ち着きなさい」

表示された画像は、俺のパジャマ姿。雨に濡れて、橘家で服を借りた時のだな。問題は、下着も乾かしていたので、この時は着用していなかったということだ。さらに、借りていたパジャマのサイズが小さかったので、その、色々と身体の線が浮き彫りになっている。胸が苦しくなるからと、ボタンを幾つか外していたのもやばいな。

「両手でコーヒーカップ握って、視線を向けてくる姿は絵になると思うけど」

「髪を下ろしている琴音さんは新鮮でしたね。恰好があれでしたけど」

「私のパジャマだと、やっぱりサイズが小さくなっちゃうからね。あと、胸のサイズが明らかに合わない」

「そこは、諦めるしかないと思うよ。私たちが幾ら願っても、もう望めないよ」

「私なんて、こんな身長ですから。お二人が羨ましいです」

どうしてそこで、俺へと恨めしい視線を送ってくるのか。琴音のスタイルについては、俺にだって疑問がある。怠惰な毎日を送っており、食生活は豪華で、それなりに大食い。なのに、露骨に太ったりする様子が全くなかった。人体の不思議である。

「確かに、琴《こと》ねんのスタイルは反則よね。それよりさ、私にもさっきの画像見せてよ」

「皆川《みながわ》さん。唐突にやって来ましたね」

「クラス代表でやってきたよ。皆《みんな》も気になっているみたいだけど、ちょっと入り辛いようでさ」

「それは、なんとなく察しますけど」

このクラスの人たちは、以前の琴音と今の琴音の違いを、あまり意識していない。それでも、やっぱり近寄りがたい何かがあるのだろう。最初は、転校生みたいな感じで受け入れていたけど、今の状況だとな。俺に関わると、面倒に巻き込まれる恐れがあると考えているのかもしれない。まぁ、別に気にしていないけど。だって、本当のことだから。

「あっ、ちなみに呼び方が気に入らなかったら、普通にするけど」

「大丈夫ですよ。ちょっと慣れませんけど」

琴音として愛称をつけられたのは、初めてだな。違和感はあるけど、悪い感じではない。それに、散々陰口を叩かれていたことに比べれば、全く気にならない。むしろ、接しやすいと思われるのであれば、歓迎すべきだろう。許容できないものであれば、ハッキリと断ればいい。

「それで、話題になっている画像なんだけど」

「香織。絶対に見せたら駄目ですよ」

「これよ」

「香織の馬鹿！」

「なるほど。これは男連中には見せられないわね。えぐい威力をしているわ」

どうして止めてくれないのか。香織なりに、俺の身を考えての行動なのかもしれないが、こういった話題に対する免疫がゼロの琴音には、ダメージがでかい。なぜ、自分の恥ずかしい画像が公開されないといけないのか。香織の意図が全く分からない。

「今の琴ねんも、随分とレアだと思うけどさ」

「確かに、ここまで恥ずかしがっている様子は、学園じゃ見せたことがないわね。私は何回か見ているから慣れてるけど」

「香織さんが羨ましいです」

顔面真っ赤だろうな。顔が熱いのを自覚している。小鳥は何を羨ましがっているのか。やられてみたら分かるぞ。この羞恥に悶《もだ》える辛さを。小鳥が、同じような画像を撮られていたらどうなることか。隠れファンたちが、押しかけてくるだろうな。

「他の画像は普通なのね」

「あんな画像が幾つもあるわけないじゃない。琴音は無防備だから、そういう瞬間はあるけど、こっちの準備が間に合わないのよ」

無防備という意見には納得する。琴音になってから、それほど経っていないのだ。男性感覚でやってしまう場合があるから、失敗してしまうことが多い。すぐに気付いて慌てるのだが、それが香織にとっては無防備に思えるのだろう。でも、やっぱり慣れないんだよな。

「それにしても、学園での琴ねんと全くイメージが違うわね。こっちのほうが接しやすいかもよ」

「今の私は、駄目でしょうか？」

「駄目ってわけじゃないけどさ。琴ねんが去年と違うのはもう分かっているし。香織と宮古とも普通に接しているから、私たちも大丈夫だとは思っている。けどさ、やっぱり十二本家という肩書がね」

やはり、行き着く先はそこか。捨てたくても捨てられない名前。生徒でこれならば、親御さんはもっと気にするだろうな。橘家が特殊なのが、よく分かる。へたに友達の家に遊びにも行けないな。香織と相羽さんは全く遠慮しないで接してくれているのがありがたい。

「学園に在籍している十二本家の方々は、自分の凄さを全く意識していませんけどね」

「私も、十二本家であるという意識はありますけれど、そのことをあまり気にしてはいません。だって、皆さんと同じ一人の生徒ですから」

立場を気にして、自分の行動を縛っている人物はいないな。卯月は、家名を積極的に利用して、好き放題やっているイメージがあるけれど。あれだって、将来を考えての行動だろう。他の面子が違うのは、そこのあたりか。まだ、将来を考えるのは早い。学生として青春を楽しもうとしている。その意識の違いが、行動に表れている気がする。

「琴ねんと小鳥ちゃんを身近に見ている生徒は、分かっているんだけどね。やっぱり、あと一歩が踏み出せないのが大きいのよ」

「その一歩を思いっきり踏み込んできたからこそ、香織とは友人になれましたね」

「私生活の琴音なんて、お嬢様らしさが皆無だから、偶にそのことを忘れるのよね」

「部屋へ行った時も、外観は凄かったけど、中はごく普通だったのが印象的だったよ」

「私も、琴音さんの部屋に行ってみたいです」

「機会があれば招待します。ところで小鳥。そろそろ時間ですから戻ったほうがいいですよ」

朝のホームルームの時間が近い。名残惜《なごりお》しそうに去っていく小鳥に手を振りつつ、香織に釘《くぎ》を刺しておく。俺の痴態をこれ以上、公開しないでくれと。笑って流されてしまったけどな。この様子だと、他の人にも見せるかもしれない。だけど、俺のいない場所ではやらないだろう。半分以上は、俺をからかって遊んでいるのだという感じがするから。

「学園内で事件が起こっていることは、全員が知っているだろう。だけど、へたに首を突っ込まないでほしい。解決するのは、我々教師の役目だ。巻き込まれて怪我でもされたら大変だ」

朝のホームルームでの一幕はこんな感じで、近藤先生からそう注意された。特に、このクラスは俺の様子を知っているし、何が起こっているのかも察している。教師から注意されなければ、勝手に行動しそうな面子もいるからな。

「それと如月。放課後に学園長室に来てくれ」

「分かりました」

俺に近づいてきたので何かと思ったら、ただの伝言だったか。打ち合わせなのか、それとも場が整ったのかは分からない。行ってみてからのお楽しみとしておこう。悪巧みするのは嫌いじゃない。むしろ、楽しむべきことだと思っている。

そして授業が始まり、いつもどおりの一日が始まったと思ったのだが、やはり何も起こらないはずがなかった。始まりは俺と体育教師との会話。足を怪我しているからと見学を申し出たのだが、それを拒否されてしまったのだ。

「嘘を吐いてサボろうとするのは駄目だ」

「医師からは、激しい動きは厳禁だと言われています」

「それを証明できるものが、どこにある」

診断書を持ってこいとでもいうのか。どこの社会人だよ。それに俺の現状を見れば、体育ができないのは明らかだろう。去年の琴音でも、そこまでの小細工はしたりしなかった。普通に出席拒否していただけだ。

「どうしても、駄目ですか？」

「媚《こ》びを売ってきても、健康そうな奴を休ませるわけにはいかない」

媚びを売っているつもりなど、全くない。どう見ても怪我人である俺を、健康体だと言うこいつの目はどうなっているのか。去年の琴音には全く強気に出られなかったこの教師が、ここまで強く出られる理由は明白だな。卯月と手を組んでいるのに違いない。

「分かりました。着替えてきます」

ならこれ以上、何を言っても無駄だ。大人しく従うしかないだろう。一応、念の為にとジャージを持ってきておいて良かったか。しかし、卯月と手を組んでいるのが、この教師だけとは思えない。他にもいると考えるほうが自然か。

「くそったれが」

「琴音。口調が乱れているわよ」

「これは失礼」

決着をつけられるのだと思うことで、感情の抑制が利かなくなってきたか。しかし、まだ我慢する必要はある。感情を爆発させ、怒りを解放するのは、もうちょっと後だ。やるなら根こそぎ排除するか、それとも。

「見せしめになってもらうかな」

「だから口調。自分で決めたルールじゃなかったの？」

「そうでしたね。むしろ、私の今の言葉に突っ込もうとはしないのですね」

「こんな状況じゃ、しかたないわよ。やるなら徹底的にやりたいんでしょ？」

「学園の膿《うみ》を出し切ってやるつもりはありませんけど、学園長はそれを望んでいるのかもしれませんね」

教師が生徒と共謀して、嫌がらせを行っている。教育現場として許されない行為。それを学園長が許すとは思えない。これを機会に、教育者の見直しを考えていても不思議じゃないな。巻き込まれた教師は災難だ。

「琴音の協力者って、あの人も含まれているのね。相手、詰んでいるじゃない」

「秘密にしておいてくださいよ。ばれると面倒なので」

ひそひそと話しているから、周りには聞こえていないと思う。俺の口調が変わっていたのも、同じ理由でばれていないはず。本当に気をつけないと駄目だな。気持ちが緩んでいるのは間違いない。ちゃんと俺を見てくれている人がいる。それが、安心感を与えてくれているというのも原因かな。

「しかし、足を怪我した状態でバスケとは鬼畜の所業ですね」

「どうするの？」

「固定砲台となります」

普通に過ごしていても痛みを訴えてくる足で、動け回れるわけがない。へたに悪化させたら、茜さんに叱られてしまう。あれは精神的にダメージを食らうから、注意しないと。茜さんにとって俺が無茶をするのは、許されないことらしい。している自覚がない俺は、よく地雷を踏んでいる。

「その手しかないか。なるべくパスは回さないようにするから」

「皆川さん。ある程度は私にも回してください」

「どうしてよ？」

「教師が必ず文句を言ってきます。それを防ぐためにも、私自身が動かないといけないのです」

「その足で？」

「対策は打っておきます。目には目を。教師には教師をぶつけます。それまでの時間稼ぎですね」

更衣室での一件があったことで、更衣室の前には警備員が配置されるようになっていた。これで、盗難の心配はなくなったのだが、物々しさで生徒たちが警戒してしまっている。我慢してもらうしかない。俺としては、学園長の対応に感謝している。おかげで、信頼できる教師に連絡を取ってもらえるのだから。

「琴ねん。なんか吹っ切れた？」

「言われたのですよ。我慢する必要はないと。それに、私が我慢し続けると周りが心配するようなので。状況次第では私も対抗策を用意します」

なんでもかんでも琴音のやらかしを引き受けて、我慢し続けるのは止めた。今回みたいなケースなら、俺も攻勢をかける。その許可をもらっているようなものだ。もちろん、我慢する必要がある場面は必ずある。その切り替えをするのは当たり前。考え方が社会人として当然のものに変化しただけだが。

「逃げずに来たか」

「逃げる必要などありませんから」

勝ち誇った顔をしている教師に若干苛立《いらだ》つが、それも今だけだ。相手が反論できない状況を作り出し、この場所から俺が抜け出してやるよ。お前の思い通りになるとは思うなよ。

「琴ねん。いっくよー！」

ゴール下からの長距離パス。俺は相手ゴール前で待機しているので、パスを受けてシュートする役割しかない。左足が使えないので、これしかできない。教師からは、積極的に動けと野次《やじ》が飛んでくるが、一切相手にしない。シュートするだけでも痛みが激しくなってくるのだ。これで動いたりしたら、悪化するのは目に見えている。

「ナイスコントロールです」

さすがは現役バスケ部員。一歩も動かずにパスを受けて、そのままシュート。リングに当たってクルクルと回転しながら、ボールはネットを揺らす。やっぱり、足の痛みでコントロールが甘い。俺をノーマークにしてくれるクラスメイトには、本当に感謝しかないな。

「はい、そこまで！」

体育館の扉が、壊れるかと思えるほどの勢いで開かれて、佐伯先生が現れる。俺が呼んだ援軍。息を切らしてやってきた佐伯先生は俺を一瞬だけ睨み、すぐに視線を体育教師へと移す。これは俺も怒られるパターンかな。

「怪我をしている生徒を授業に参加させるなんて、何を考えているの！」

「どうせ仮病だろ」

「あの姿を見て、仮病だと思えるの？」

あまり動いておらず、そして、それほど時間が経っているわけでもないのに、俺は汗だくだ。主に痛みの所為で。表情に出ないように我慢しているが、それも限界が近い。

「怪我をしているのは本当よ。私が最初に診察したのだから、証明になるでしょう」

「証拠はあるのか？」

「これが診断書よ」

もちろんコピーである。更衣室を警備している人に佐伯先生を呼んでもらう際に、伝言を頼んだのだ。証拠がなければ相手は納得しない。だから、茜さんに頼んで診断書を送ってもらうようにと。佐伯先生ならば個人的な連絡先も、職場も知っているからな。多少時間が掛かってしまったのは、そのためだな。

「ちっ、好きにしろ」

「如月さん。行くわよ」

良かった。いらない一言を言うかと思った。忠告したことは、もう一つあった。へたに体育教師を刺激しないでほしい。佐伯先生まで巻き込まれてしまったら、茜さんに会わす顔がない。俺と卯月の決着がついたとしても、協力者の教師がいなくなるまでには多少の時間がかかる。その間に何かがあっても不思議じゃない。

「本当に助かりました」

「無茶し過ぎよ。そんな状態で動くなんて」

なぜか、車椅子まで用意されていた。遠慮せずに座る。ほとんど動いていないのに疲労感が凄い。そのまま移動して、やってきたのは更衣室。制服とか私物の回収があるからな。だけど、どうやらここで診察するようだ。

「やっぱり、腫れが酷くなっている」

「動かさないように注意していても、多少は踏ん張ってしまいますからね」

「湿布を新しくて、念のために包帯で固定するわ」

佐伯先生に全てを任せる。用意していた救急箱からてきぱきと道具を取り出して、治療してくれる。包帯を巻かれる際に多少痛みが走ったが、先程までと比べれば雲泥の差だ。心なしか痛みが引いたような気もする。

「でも、本当に私が学園長に報告しなくて良かったの?」

「それは私の役目です。でも、どうしてあの教師はあんなに強気に出られるのでしょう。十二本家の協力があったとしても、私も十二本家の人間です。やってはいけないことは、分かっているはずなのに」

「貴女が如月家から追い出されて、絶縁されたという噂があるのよ。家族から縁を切られたのであれば、何をしても影響はないと思っているのかもしれないわ」

「事実とは程遠い噂が流れていますね」

「私も昨日の現場を見ていなかったら、その噂を信じちゃうかもね」

慌てて駆けつけてきた母さんの姿を、佐伯先生は見ているからな。あれを見て、絶縁されたとは思わないだろう。でも、信憑性はあるか。俺が問題行動を起こしていないのは、実家から縁を切られ、十二本家としての権力を使えなくなっているからだとも考えられるだろうからな。だとすれば、今こそ、これまでの鬱憤を晴らせる絶好の機会だと考える輩は少なくないだろう。

「はい。治療は終わり。着替えを手伝う必要はある？」

「いえ、そこまでお手数はかけられません」

上着を脱ぐのは楽だけど、下は悪戦苦闘してしまった。やっぱり、椅子に座った状態で脱ぐのは大変だった。見かねた佐伯先生が、結局手伝ってくれる羽目になってしまったけれど。なんでも一人でやるのは無理か。人生妥協も必要だな。

「さて、これからどうしましょうか？」

「保健室でゆっくりしていきなさい。茜の昔話でもしようかしら」

「怒られますよ」

「嫁へ隠し事するのは駄目でしょう」

「その嫁というのを、私は認めていないのですが」

「貴女がどう思っていても、茜にとっては決定事項みたいなものよ。諦めなさい」

そこは、諦めたら駄目な部分だと思っている。俺自身が認めてはいけない一線。などと思っていても、茜さんが諦めてくれるはずもないか。妥協は大事だけど、俺が茜さんの嫁と自己紹介する未来はありえない。誤解が加速度的に広まってしまう。

「でも、やっぱり笑っちゃうわね。あの如月さんがお嫁さんだなんて」

「私自身が、そのように呼ばれるとは思ってもいませんでした」

以前の琴音なら、断じて認めようとはしなかっただろう。それこそ、呼ばれることすら強引な手段で封殺していたはず。小さな子供がよく言う、パパのお嫁さんになる、をずっと夢見ていたのだから。

「茜のお気に入りになったのが運の尽きね」

「出会いとしては良かったと思っています。お付き合いしやすいのも、理解していますから」

「それを聞くと、脈ありのように聞こえるわね」

「茜さんは既婚者なのですから、誤解されるのが間違っています」

「そうなのだけど。私はまだ、茜の旦那と会わせてもらっていないのよね」

それは予想外。てっきり茜さんならば、友人たちに自慢するために紹介しているものだと思っていた。それをしていない理由とは何か。相手が元十二本家の人間であることが、関係しているのかもしれない。

「そういえば、私もまだ会っていませんね」

「嫁に旦那を会わせるのは、気まずいのかしら」

「変わった言い回しですね。私には理解できません」

「理解したくないだけじゃないの？」

そのとおりだよ。そもそも俺と茜さんは同性だ。中身が男性であろうとも、外見は紛れもなく女性なのだ。それがどうして、茜さんと結婚しているという前提で話を進めないといけない。しかも、琴音の年齢はまだ十六歳。もう少しで十七歳の誕生日を迎えるけれど、年齢的な問題だってあるのだ。せめてもの救いは、琴音に婚約者がいないことか。仮にいたとしたら、俺が全力を以《もっ》て破談にしていたがな。

「如月さんに、好きな人はいないの？」

「いません。私が好意を寄せるような男性が現れるとも思っていません」

以前は父親が好意の対象だったけれど、俺としては、それを認めたくはない。それに、男性の誰かを好きになるとは、どうしても思えないのだ。男性が男性を好きなるのと同じだから。では、女性を好きになるのかと言われれば、それも違う。性別が曖昧すぎて、俺にも判断できない。

「いいお嫁さんになると思うのだけど」

「将来はあまり考えていませんね。一生独り身でも構わないと思っています」

「寂しいことを言うわね。私が言えることじゃないけど」

「佐伯先生は、結婚を望んでいないのですか？」

「私の理想は、私のお酒に付き合える人物であることなの。でも、どうやらそれが、かなりの難易度らしいのよね。茜と近藤がそう言っていたわ」

どんな酒豪だよ。茜さんだって決してお酒に弱いわけではない。半ば同棲《どうせい》しているようなものだから知っている。酔いはするが、潰れるような様子は見受けられなかった。そんな人が高難易度というのであれば、佐伯先生は正真正銘の化け物かもしれない。

「教室にも寄っていく？」

「必要ありません。鉢合わせしても面倒なだけですから」

「やっぱり、まだ相手が動くと思っているのね」

「忠告した覚えがありませんから」

杞憂《きゆう》に終わってくれればいいのだが、絶対に何かやらかしてくれるだろう。本当に証拠がゴロゴロと集まってくれる。被害は受けるが、確実な勝利を願うのならば、これも必要な犠牲だろう。被害者が俺なのも、耐えられる点だな。

「到着したわ。車椅子はまだ使う？」

「遠慮しておきます。そこまで重傷ではありませんから」

へたに生徒の不安を煽《あお》るのもよろしくない。朝は松葉杖を使っていたのに、どうして昼には車椅子を使うほどまで悪化しているのかと思われてしまうだろう。確かに悪化はしたけれど、自力で歩行できないほどじゃない。左足は使えないけど。

「お茶でも淹れるわ」

「保健室を私物化しても、いいのですか？」

「ほとんど常駐しているようなものだから、いいのよ。学園長からの許可ももらっているわ」

「よく、許可がもらえましたね。こういったのには厳しい人だと思ったのですが」

「あっさりとくれたわね。どうしてかしら？」

学園長にとって、なにかしらの思惑でもあるのだろうか。保健室は生徒がよくやってくる場所でもある。怪我をしたり、仮病でやってきたり。または、佐伯先生個人に相談しにくる生徒だっているかもしれない。だったら、少しくらい緩い雰囲気を作っても良いと考えたのか。あくまでも、俺の想像だけどな。

「それじゃ、今回の問題について少しだけ確認させてもらうわ。共犯者は体育教師で間違いない？」

「あれほど露骨にやられるとは思いませんでした。確定ですね」

他の生徒だって見ている前でやらかしたのだ。今更誤解だと言っても、誰にも信用されないだろう。こちらは足に湿布を貼り、さらには松葉杖まで使っていたのだ。体育の授業を受けたくないというだけで、そこまでする意味はないだろう。

「まだ、他にもいるとは思っています」

「推測では誰？」

「分かりません。でも、証拠が残っている可能性はあります」

「どういうことよ？」

「私に対する嫌がらせは授業中に起こっているものがあります。そして授業の最初には出席確認をされるのが通例です。ここまで話せば、分かりますよね？」

「なるほど。教室にいない生徒がいるのに出席していると記されていれば教師が黒。欠席と記されているのであれば、その生徒が容疑者の可能性がある。容疑者の生徒は監視カメラで確定しているから、後者は意味がないけど。前者の特定には繋がるわね」

他にも確認する方法はありそうだけど、俺には思いつかないな。一番手っ取り早いのは、卯月が自白してくれることだ。十二本家の卯月が後ろ盾になってくれているから、教師だって強気でいられるのだ。教師が生徒に頼ってどうするのか。

「見返りは何かしら？」

「生活の保障ではないかと。今回の件が明るみになれば、学園を辞職しなければならない。再就職先の斡旋《あっせん》。または生活費の支給など、見返りとして考えられる条件は幾らでもありえます」

「そこまでの権限が、あの子にはあるの？」

「十中八九、口約束であるのは間違いありません。契約書もないのですから、反故《ほご》にしても問題ないです。あくまでも個人同士の約束ですから、卯月家に被害はありません」

当主でもないのに、そんな約束を履行できるはずがない。それに、卯月家の次期当主はすでに決まっている。優秀な兄がいるのに、兄より劣る妹が当主になれるわけがない。あの兄だって当主になることを望んでいるのだ。そして卯月兄は、実の妹であろうとも容赦しない。うちみたいに、実家から追い出すような真似はしないだろうけれど、罰は与えるだろうな。

「利用されていると、気付かないものなのかしら？」

「ある意味で、十二本家という名前は信頼できるものなのでしょう。積み上げてきた実績が信頼の証《あかし》となる。偶にそれを利用する馬鹿もいますが。以前の私とか彼女とか」

「馬鹿であるという認識はあったのね」

「私が気付いたのは、最近ですけどね。夢から覚めたという表現が当て嵌《あは》まるでしょうか」

ずっと、叶わない夢を見ていた琴音は、どこかへと消えて、現実を知っている俺が入ってきた。琴音の代わりに人生を歩む。それは理解しているのだが、何をすればいいのかは、全く分からない。いまのところ、現状の改善だけを目的としているが、将来を一切見据えていない無計画ぶりだ。琴音としての生活に慣れてきたら、それも考えるべき課題だな。

「卯月は、どうして気付かないのかしら。自分が間違った方法を選んでいることに」

「意地でしょうね。もう、後戻りできない場所まで踏み込んでしまいましたから。謝っても許されない。助けてくれる人もいない。なら、間違っていようとも、悪足掻《わるあが》きであろうとも、前に進むしかないのですよ」

「如月さんなら、謝罪されたらどうする？」

「一発頬を張って終わりでしょうか」

「そっちの方が穏便に済みそうね」

終わり良ければ禍根を残さず。最良の結果は人によって違う。学園長の目的は教育現場の改革。葉月会長の目的は治安の維持。俺の目的は平穏な学園生活。あとは、腕時計の賠償くらいでいいか。

「でも、私にはもう、関係ない話になっちゃったわね」

「ほぼ、十二本家同士の争いですからね。でも、フィールドは学園ですから、外部からの影響はありません。学園長が超有利です」

「勝利確定の図式はできあがっているのよね。相手も白旗を上げればいいのに。そうすれば、まだ被害は少ないんじゃない？」

「いえ、被害に関しては変わらないでしょう。私が穏便に済ませても、卯月家としての負けにはなるのです。あの家が娘に対してどのような罰を科すのかは分かりませんが、この学園にはいられなくなると思います」

恥を晒《さら》した状態で、学園に残れるとは思えない。勝負を仕掛けたのは自分なのに、それで負けてしまうというのは、十二本家としての恥だ。勝利を摑みたいなら、万全の状態を整えておくのが鉄則。それなのに、あまりにも杜撰《ずさん》なやり方で、自ら敗北への道を突き進んでいる。

「私としては、もう勝敗に興味はありません。だって、もう詰みなのですから」

「誰から見てもそうよね。如月さんの布陣が完璧だわ」

別に俺がやったわけではないのだけれど。勝手に協力してくれるから、こっちはありがたく受けているだけ。おかげで勝てる見込みが立てられた。

「それじゃ、授業の時間が終わるまでまだあるから、約束どおり茜の昔話をしましょうか」

「約束した覚えはないですよ。私は座っているだけです。勝手に耳へ入ってくるので、私は関係ありません」

「かなり無理矢理な理由ね。もう、素直じゃないわね」

いや、俺が聞いたと知れば、茜さんなら表情を輝かせるだろうな。私の過去を知られちゃったとか言って、顔を赤らめそうだ。この程度であの人が怒るとは思わない。むしろ、暴露した佐伯先生が被害を受けると思う。

そんな感じで、佐伯先生による茜さんの暴露話を聞き流しながら、授業が終わるのを待った。むしろ、茜さんを学ぶ授業だったのかもしれない。なんだよ、その授業は、と俺自身が突っ込みたいわ。そして、佐伯先生に付き添ってもらいながら教室へ戻ってきたのだが、予想していた被害は見受けられない。そう思ったのだけど。

「こっちですか」

昼休みの時間となり、弁当を取り出そうとして、無くなっていることに気付いた。盗難被害二件目かよ。懲りないね、まったく。金額としては微々たるものだけど。賠償請求は、プラスチック容器代だけで勘弁してやるか。有り合わせとおにぎりしか入れていなかったからな。

「さて、昼食をどうしましょうか」

この足で購買まで買いに行くのは大変ではあるが、背に腹は代えられない。午後の授業を空腹で受けるよりはマシだ。松葉杖を摑んで席から立とうとしたら、皆川さんが親指を立てて、教室から凄い勢いで出て行った。何人かがそのあとに続いていったが、何をするつもりだ。

「琴音は大人しく待っていなさい。だいたいの事情は察したから」

「分かるものですか？」

「琴音さんが露骨にがっかりした表情をしていたからね」

意識はしていなかったけれど、そんな顔をしていたのか。昼食を食べられないのは残念だからな。相手は食のありがたみを分かっていない。社会人として働いていたら、飯を食えない場合だってあるんだぞ。

「琴音は、食に対してだけは素直だから」

「私はいつから、食いしん坊キャラになったのでしょうか？」

「最初からだったと思うわよ」

衝撃の事実である。俺の表情が面白かったのか、香織と相羽さん揃って笑いやがった。そんなに食いしん坊かな。確かに橘家でご飯をいただく時はいつも、おかわりをしていた様に思う。だって、美味しいのだからしかたないじゃないか。

「買ってきたぞー！」

「早かったですね」

値段を聞いて、お金を払うべく財布を取り出そうとしたら、香織に止められた。善意は素直に受け取っておけということか。でも、こういうのは貸し借りにならないのかな。請求された時だけ払っとけばいいのか。いつか借りを返せる日もくるだろう。

「よく、競争率の激しい焼きそばパンを買えましたね」

「激戦だったわ。距離のハンデは身体能力でカバーするものよ」

この教室は、他と比べて購買までの距離が遠い。授業が終了したのと同時に駆け出したとしても、狙いのものをゲットするのは至難の業だ。ほとんどは妥協して選ぶはずだけど、どのような手段を用いたのか。俺が購買へ行く機会はあまりないから、見当がつかないな。

「皆川さん。ありがとうございます」

「他の面々にも、お礼を言っておきなさい」

続々と俺の机に総菜パンや菓子パンが置かれ、数種類の飲み物まで用意されていた。昼食にしては豪華になってしまったな。それに、いくら俺でもこれだけの数を食べきれる自信はない。お持ち帰りは確定だな。むしろ総額幾らになるのだろうか。

「皆さん、ありがとうございます。えっと、お金は」

「お金はいいわよ。それよりも、私たちが願っているのは、こんな馬鹿な事件は、さっさと終わらせてほしいってこと」

やっぱり、クラスメイトに対する嫌がらせの現場を見せ続けられるのは応えるか。自分たちも被害を受けたくなければ、俺に関わらなければいいだけなのだけれど、それでは目撃者として罪悪感を覚えてしまう。それとも、俺が裏で何かをしているのを察しているのかな。

「分かりました。お願いしてみます」

「うんうん。やっぱり琴ねんが変わったのは大きいね。本当は皆、不安だったのよ。あの如月琴音と同じクラスになるのかと」

「それは、当然の不安です」

「初日に教室へ来てみたら、こいつ誰だ、みたいな感じだったじゃない。警戒していたのに香織とは親しそうに会話しているし、初対面の宮古とも普通に接していた。むしろ去年の噂は嘘だったんじゃないのかとも思ったよ」

「春休みの間に心機一転しましたので」

「あとは、それが本当の琴音の姿なのかと確認したくなるじゃない」

それが、あの質問攻めの真相かよ。あれは俺に対して探りを入れていたのか。もし、あそこで俺が激昂したりしていれば、蜘蛛《くも》の子を散らすように去っていき、その後一切関わり合いにならないようにしていたんだろうな。やっぱり、何事も第一印象が大切だな。

「二学年のマスコットである小鳥ちゃんが突撃してきたのには、驚いたけどさ」

小鳥が最初にクラスへやってきた時は、全員が目を点にしていたな。俺にとっては面白い光景だったし、小鳥は他の面々など眼中になかった。最初から俺をロックオンしていたからな。

「と、いうわけでこれは報酬の前払い。だから絶対に勝ってきなさいよ」

「何の報酬かよく分かりませんけど、報酬を貰ったからには、依頼は完遂してきます」

負けられない理由ができてしまったか。負けるほうが難しい戦いだけど。以前の琴音みたいに、考えなしの発言を繰り返していれば負ける可能性だって出てくる。そうなれば、学園長と葉月会長だって俺を見捨てるだろう。そんな馬鹿な真似をするつもりは一切ない。むしろそれが、卯月が狙っている展開なのだろうが。

「それでは、いただきます」

「食べながらでいいけど、琴ねんが勝てる確率はどれくらいなのかな？」

「私も知りたい」

「皆が気になっていることよね。そこのところ、どうなのよ？」

「えっ、十割ですよ」

当然のように言ったら、クラスメイト一同がキョトンとした後に大爆笑してしまった。そんなに変なことを言っただろうか。根拠のない自信ではなく、明確な理由のある事実を言っただけなのだが。

「それじゃあ、私たちは勝利報告を待つだけね」

「今の琴音に喧嘩を売ったら、その時点で負けだと思うわよ」

「香織。それはどういうことですか？」

琴音となってから、俺が何かをやらかした覚えはない。転生する前の俺を知っているのなら話は別だが、俺が本当は誰なのかは誰にも話していない。これからも教えるつもりはないけどさ。頭のおかしい人だと思われたくはないからな。

「印象的な問題かな。琴音なら何かをすると思えてしまうのよね」

「休み明けのテストで、いきなり上位にまで上り詰めたというのもあるよね」

「琴ねんのあれは驚いたね。去年なんて下から数えたほうが早かったのに」

復習と予習の成果が出ただけだ。あそこまでやって駄目だったなら、俺の頭はその程度なのだと割り切るつもりだった。ハイスペックな琴音の性能に助けられた部分が大きいのもある。以前の俺にだって、あんな点数は取れなかっただろう。

「そんな琴音が一方的にやられ続けるなんて、思えなかったのよ」

「行動を起こすまでが遅かったですけどね」

「それだって、考えあってのことでしょう？　私たちを巻き込まないように、裏で立ち回っていたとかさ」

「私だったら、やられたら、やり返す気満々だったよ」

「私なら、誰かに相談していたと思う」

「クラス同士の争いは望んでいませんでした。私の手で全部終わらせられれば、穏便に済むと思ったのですが」

相手が直接やってきたのなら、話は早かったんだけど。裏から手を回して嫌がらせをしてきたので、どうしても後手に回ってしまった。でも、相手が馬鹿で助かった。そのおかげで協力者もできたから。

「私は、はらわたが煮えくり返る思いだったわ」

「どうやって香織を宥《なだ》めようかと悩みましたよ」

本気で飛び出していきそうだったからな。琴音の人間関係から、おおよその当たりはつけていたのだと思う。だからこそ、なんとか止めたのだ。いくら香織でも、十二本家が相手では相手が悪すぎる。

「琴音には、もっとこっちの考えも分かってほしいわ。心配しているんだからね」

「それは、十分伝わってきています」

「だったら、頼ってほしいというのも伝わってほしかったわ。なんでもかんでも自分だけで抱え込もうとするのは、琴音の悪い癖よ」

確かに、香織に相談した覚えはないな。自分で何とかしよう。他の人を巻き込んじゃだめだという考えで固まってしまっていた。やりかたは他にもあったのかもしれない。そのことを考えようとしなかったのは、俺の失策か。

「分かりました。次があれば頼らせてもらいます」

「本当なら、最初から頼ってほしかったわよ」

ふんすと顔を逸らす香織の頬が、若干赤くなっているのは指摘しないでおこう。それよりも、俺と香織の会話を微笑みながら見ている二人のほうが、気になってしまう。

「何かありましたか？」

「いやー、微笑ましいなと思ってさ」

「琴音さんと香織は、本当に仲がいいと思っただけだよ」

クラスの中でも、俺の素を知っているのは香織だけだからな。俺としては心を開いているつもりだったのだけど、香織としては、やっぱりまだ距離があると思っていたのかもしれない。悩み事の相談ね。今抱えている悩み事といったら、これかな。

「うちの駄目侍女が本当に駄目なのは、どうしたらいいでしょうか？」

「琴音。それは私にも分からないわ」

あの馬鹿は初日から寝坊しやがったのだ。おかげで、怪我をしている俺が弁当を作る羽目になってしまった。だから簡素だったのだが。緊張感のある実家から抜け出せて、気が緩んでいるのだと思う。

「琴ねんの周りには、面白い人がいっぱい居そうだね」

「厄介な連中の間違いです」

もちろん、頼りになる人たちだっている。橘家や茜さん。今は母さんもその中に含まれている。その人たちのためにも、琴音が変わったことを証明しなければいけない。まずは、その邪魔をする奴を成敗することだな。

そして放課後を迎えた俺は、早期解決を目指すべく学園長室へと向かう。近藤先生へ伝言を預けたのならば、用件も教えて欲しかった。俺を呼び出した理由としては、今後の動向を伝えるか、決着を見届けさせるためかの二つしか思いつかない。弁当盗難の被害も、近藤先生経由で報告がいっているはずだから、俺から直接聞く必要はないはず。

「如月です。入室してもよろしいでしょうか?」

「入ってくれ」

許可を得て学園長室へ入ると、すでに葉月会長がソファーに座っていた。授業終了と同時にやってきたのは分かる。俺も同じだが、今だと歩行速度に差があるからな。片足が使えない状態だと階段も慎重に下りないといけない。

「それで、私を呼び出した理由は何ですか?」

「琴音君なら察しているんじゃないかな?」

「決着をつけさせるためですか」

動向を伝えるためだけなら、葉月会長が同席する必要はない。しかし早いな。俺の予想の一歩先を行かれている。そのことに不満はない。今回の事件を早く終わらせたいのは、こちらとしても願っていることだから。

「それなら彼女たちも」

「呼び出しをかけている。君の到着と時間をずらして来るように、伝えているはずだ」

それは良かった。立っているのも辛いので、許可をもらって葉月会長の対面に座らせてもらう。だけど、なぜか不思議そうに葉月会長がこちらを見ている。

「なにか？」

「僕の隣は嫌かい？」

「空いている席を埋めただけです」

「振られたな、葉月」

「まだまだ、これからですよ」

何の話をしているのか分からない。葉月会長は琴音に対して恋愛感情など抱いていないはず。会話した回数だってこれまで数度だけ。一目惚《ひとめぼ》れという線も否定できないけれど、この葉月がそんな感情を抱くとは思えない。

「裏は取れたのですか？」

「葉月の協力により、関係している教師は特定した。葉月は元々、独自に動いていたらしいからな」

「怪しい動きは察知していたからね。君が受けた被害を未然に防ぐことも可能だったんだけど、敵を徹底的に排除しようと考えたら、どうしても犠牲が必要になったんだよ。そこは、理解してくれるかな？」

「いずれ起こりうる可能性があったことです。今後のことを考えれば、妥当な選択ではないでしょうか」

規模が大きくなりすぎてしまったのは予想外だったけれど。琴音に対する嫌がらせは、いつかは起こると思っていた。去年の行いを振り返れば、当然だよな。だけど、教師まで参加するというのは完全に想定外。将来のことを考えるならば、まとめて排除するというのは有りだろう。同じことをやりそうな他の連中に対する抑止力にもなるしな。悪い噂はまた流されるだろうけれど、被害の程度を天秤《てんびん》にかけるならば、まだ今回のやり方のほうがマシだ。

「別に、僕たちは琴音君のために動いたわけじゃないけど。周りはそう思うかな。その仕上げは琴音君に頼むからね」

「どうして私が」

「生徒会や学園長が助けるべき生徒なのだということを、他の生徒たちに納得させるためさ。いつまでも過去に囚《とら》われず、今を見てもらえるように働きかけるのは、琴音君の役目だよ」

「それは分かりますが。どのような行動をしたら皆と良好な関係を築けるのか、私には分かりません」

だからこそ、普通に生活しているのだ。トラブルを起こさず、静かに過ごしていれば、去年とは違うかもしれないと感じてもらえる。その後に友人なんかを作れたらいいな、と最初は思っていた。香織の存在がいい誤算になってくれたよ。

「僕がマネジメントしようか？」

「止めてください。私の被害が甚大です」

「信用ないなぁ」

「いや、葉月を悪い意味で信用している発言だぞ」

絶対に頼みたくない人の筆頭だからな。勝手に俺のイメージが固定されてしまう可能性だってある。そこまでの嫌がらせはしないと思うけれど、俺に関する情報をどこまで握っているのかが分からない。そんな信用のおけない人物に我が身を預けるほど、俺は馬鹿じゃないぞ。

その時、扉のドアがノックされる音が室内に響いた。卯月達がやって来たか。先程までの談笑していた緩い空気が一瞬で引き締まる。ノックの音は戦闘開始の合図か。

「入れ」

俺の時とは随分と違う、厳格な声だ。相手を敵と認識しているのだな。俺も気を引き締めないと。油断して足元を掬《すく》われるわけにはいかない。卯月が狙うとしたら、俺の失策のはず。彼女はまだ、俺の本性を知らないからな。ここまで段取りを整えてくれた、学園長と葉月会長の足を引っ張ることも、あってはならない。

「私に何か御用でしょうか、学園長」

入室してきた三人は、室内にいる面子に衝撃を受けたようだったが、俺を見た瞬間に嘲笑するような表情になったのは当然か。過去の琴音しか知らないのであれば、学園長たちは俺を信用していないと思うはずだ。真実は真逆だけど。

「我々は如月の告発を受けて、君たちを処罰するために呼んだのだ」

「私たちは何もしていません」

代表者はやはり卯月か。他の二人は余計な情報をこちらに与えないために、黙っているよう指示されているのかもしれない。だけど、卯月の発言を聞いて、こちら側は揃って溜息を吐いた。学園長は正しく言ったのだ。処罰すると。何の証拠もなく、そんな発言をするわけがないだろう。

「学園の通路のあちこちに、監視カメラを設置しているのは知っているな？」

「もちろん存じております」

ポーカーフェイスが下手だな。思い出したような顔をしてから取り繕っても、もう遅い。社交界の場で言わせれば三流だな。あまりそのような場に現れないのは、卯月家から止められているのかもしれない。相手に言《い》い包《くる》められて、変な約束とか勝手に結びそうだしな。

「ならば、この映像について説明してもらえるか？」

学園長がノートパソコンのモニターをこちらに向けて、動画の再生を始める。最初に流れたのは、卯月が机に落書きしている場面だった。最初に自分自身が動いたのは、部下たちを安心させるためだったのか。それとも、自分ならば何をしても大丈夫だと伝えたかったのか。正確なところは分からないけどな。

「だから、悪口が少なかったのですね」

「貴女は黙っていなさい」

睨みつけられたけど、その程度で俺が黙るわけがないだろ。全く怖くないのだから。それでも、今は動画の再生を邪魔しないためにと、口を閉じることにする。なぜか満足そうにしている卯月が、不思議でならない。葉月会長なんて笑いを堪《こら》えているぞ。

動画の再生は続いていく。更衣室に侵入して俺の私物を盗んでいる様子。これは部下二人によるもの。階段から突き落とされた映像。こっちは三人勢ぞろいだな。卯月が何かを叫んでいるけど、音声までは録音できなかったか。

「ね、捏造ですわ。きっとその子が動画を加工したのです！」

あまりの発言に、俺は呆然としてしまう。葉月会長は爆笑しながらテーブルを叩き、学園長は額を押さえて溜息を吐いている。できるわけがないだろ。証拠の映像は学園長が握っているのだ。それを、どうやって俺が加工するんだよ。

「君は私を馬鹿にしているのか？」

「そんなつもりはありません！　学園長と葉月会長は、私よりも如月を信じるのですか？　彼女は去年、あれほどの悪事を働いていたのですよ」

「去年の彼女を忘れているわけではない。だが、それでも彼女は我が学園の生徒だ。その言葉を、まずは真摯に受け止めるのが私の役目だ」

「もちろん、裏はしっかりと取っているよ。僕たちも、利用されるのは嫌だからね」

半分嘘だと思う。勝手に利用されるのは嫌だろうけど、利用し合う関係ならばＯＫだろう。今回が正にそんな感じだし。葉月会長が俺を利用したからこそ、俺も葉月会長を抱き込もうと考えたのだ。その結果がこのとおり。

「それに、今の琴音君は去年とは違う。だからこそ君は、今回の行動を起こしたはずだよ」

「彼女はなにも変わっていません！　それは、周りの生徒だって言っていることじゃありませんか！」

「それは、ちょっと前のことだよね。今では、琴音君のことは、あまり話題にはなっていない気がするよ」

悪事を働いていたという噂は、すでに消えつつある。逆に、誰が俺に対して嫌がらせをしているのかのほうが話題に上っているな。生徒会が調査に動いているし、相手の行動が過激になってきたからだ。結局、卯月の行動は自分の首を絞めているのと同じだったのだ。

「君がいくら言い訳を並べようとも、ここに映っている行動は消えないよ」

「だから、それは彼女が細工したと」

「我が学園のセキュリティを甘く見ないでもらいたい。たとえ同じ十二本家であろうとも、そのようなことを簡単にできるわけがない」

学園長の言葉は正しい。この学園は皐月家だけで運営しているのではない。それぞれの十二本家が出資したりして成り立っている。そうでなければ、これだけの規模の学園を維持するのは無理だ。たまたま、今の運営を任されているのが、皐月だということでしかないのだ。

「彼女は如月家から追い出され、離縁されたのですよ。そんな生徒より、私に協力してくれるほうが正しい判断だとは思いませんか？」

いきなり話題を変えてきたな。ただの力押しだけでは、この場を逃げられないと思ったのか。しかし、俺が離縁されたね。どこからそんな情報が出てきたのか、気になるところではある。社交界を経由して、誰かから聞かされたのかな。全くの事実無根なのだが。

「私のところには、そのような情報は入ってきていないな。葉月はどうだ？」

「僕のほうにも、そんな荒唐無稽な話は入ってきていないね。琴音君に聞いたほうが早いよ」

「そうなのか？」

「私が実家から出されたのは真実ですね」

「ほら！」

「ですが、離縁されたというわけではありません。私を成長させるために、あえて一人暮らしさせているだけです。母とは連絡を取り合っていますし、現在は、怪我をした私を心配して、部屋に専属の侍女が配置されています」

本当に如月家から追い出され、縁を切られたのであれば、そんな対応はありえない。怪我をしたところで知らないふりをされているはずだ。それに、縁を切ったとしても、血筋の問題がある。仮に、双子の妹弟がどちらも死亡したとする。その場合、如月家の正当な後継者は、琴音しか残っていないことになってしまう。その可能性が僅かでもあるならば、琴音を取り込もうと、他の名家が動くはずだ。だけど、そんな様子は見られない。だからこそ、ガセネタだと判断できるのだ。

「凄いガセネタを掴まされたね。信じる君も相当だけどさ」

「追い出すよりも、僻地《へきち》で軟禁するほうが妥当ですね。下手に手を出されて、利用されたりしたら目も当てられませんから」

「琴音君のいうとおりだね。僕たちは、自分を偉いとは思っていない。だけど、過小評価もしていないよ。僕たちの身体にどのような意味があるのか、正しく理解しているさ」

だからこそ、十二本家は婚約する相手を慎重に見定める。相手にどのような目的があるのか。それとも単純に好意を寄せてきているだけなのか。婚約した場合のメリットは考えていない。ただ、デメリットだけを計算している。だって力を伸ばすのならば、自分の手で行ったほうが安全だから。下手に他人の手を借りる必要はない。

「それでは、被害の全額をお支払いします。当然、治療費も含めて」

力押し、権力の次は金の力か。凄まじくドヤ顔をしているけれど、卯月本人が動かせる額は決まっているはず。大金を動かすには、当主の承諾が必要になるのではないか。そもそも、大した額ではないと思っているのか。

「できるのですか？」

「馬鹿にしないでちょうだい。その程度の額を払えないとでも思っているの？」

「学園長。総額幾らになりそうですか？」

「一千万くらいか。ちゃんとした鑑定を行ったわけではないので、定かではないがな」

若干盛ってきたな。だけど、学園長の発言に目を丸くしているのは、卯月と彼女の部下たちだけ。こちらはすでに知っていることなので、驚きはしない。その額を動かそうとしたら、確実に当主に相談しなければならないが、卯月家が、そんな許可を出すとは思えない。

「ば、馬鹿をおっしゃらないでください。どこに、そのような金額のものがあったのですか！」

「本当に彼女の目は節穴だったのだな」

「僕も現物を見せてもらったけど、見た目じゃなかなか判断できないよね。でも、直感的に高価なモノだと思ったよ。何だろうね、品格が違うという感じかな」

感覚で感じたものは言葉にするのが難しい。裏に文字が刻印されていたから、それで判断できる人もいるかもしれないが、それだって知識が必要になってくる。興味がないのであれば、価値を判断するのは難しいか。俺も葉月会長と同じで、感覚的に高価そうだと思っただけだからな。

「一体、何の話をしているのですか？」

「君が壊した腕時計だ。あれは今後、確実に値が上がっていくものだろうな。コレクターにとっては垂涎《すいぜん》の的だ」

「ですが、購入時の金額なのでは？」

「それでもいいが、聞かないほうがいいと思うぞ。如月は連絡を取れるか？」

「可能です。保有者よりも、弁護士の方が知っていそうなので、そちらに連絡を取る必要がありますね」

沙織さんは全く興味がなさそうだったから、弁護士の小夜子さんに聞いたほうが確実だろう。義母が営んでいる弁護士事務所の電話番号は記憶している。琴音として連絡するのだから、俺だと思われる可能性は皆無だな。

「このようなものですと、時価よりも高く買っている場合がありますよね？」

「競り落とすとは、そういうことだからな。どのような手段で手に入れたかにもよるが」

沙織さんにとっては手放したいものだったのだから、オークションの可能性はない。だとしたら、誰かから譲渡されたものである可能性が高い。そして、それに絡んでいるのが弁護士の義母であるならば、一つの可能性が出てくる。相続だ。

「本当に連絡をしますか？」

「ふん。やってみなさい」

　相変わらず俺に高圧的な態度を取ってくるな。だけど、その表情に余裕は一切感じられない。自分が追い詰められているのは自覚しているのか。どうして彼女は、自分から傷口を広げるような真似を続けているのか。逆転できる目は残されていないのに。

『沖田《おきた》弁護士事務所です。どのようなご用件でしょうか？』

「如月琴音と申します。実は、橘沙織さんが所有していた腕時計を譲渡されたのですが、それを壊されてしまいまして。相手へどの程度の賠償を請求すればよいのか分からず、ご連絡しました」

『少々お待ちください』

　さすがは弁護士事務所。こちらの名前を聞いても動揺が見られない。だけど、事務所の中は大騒ぎだろうな。十二本家には専属の弁護士がいる。普通ならそちらを頼るはずだから、契約していない弁護士へ直接連絡がいくというのは稀だ。ビッグチャンスだと思うか、それとも厄介だと思われるか。義母なら後者だろうな。

『お電話代わりました。沖田小夜子です。如月家の方と聞きましたが、それでも担当案件を電話で軽々しく話してよいものではありませんので、ご理解いただけますでしょうか？』

これは、考えが足りなかった俺が悪いな。本物の十二本家かどうかも分からない相手に、顧客の個人情報を話せるはずがない。なら、聞き方を変えればいい。壊された時計の詳細を学園長から聞き、それを伝える。そして、相手にどの程度の賠償を請求できるかを尋ねる。

『把握いたしました。盗難及び破損した状態での返却ですね。類似例となりますが、その腕時計となりますと二千五百万円ほどかと』

あまりの金額に絶句してしまった。冷汗が頬を伝ったが、それだけで学園長と葉月会長には伝わったのだろう。卯月も何かを感じ取ったのか、表情が強張《こわば》っている。修理額の倍以上の金額ともなれば、誰だって焦る。

「分かりました。参考にさせていただきます」

『もし、当方の力が必要となりましたら、ご遠慮なさらずお申しつけください』

「私の一存では決められないので、改めて検討させていただきます。それでは失礼します」

久方ぶりの会話は、これで終わってしまった。いつも通りの義母で安心したな。名残惜しくはあったけれど、今の状況を的確に説明できる自信がない。それに、周りには他の面々もいる。さすがに正体をばらすには、不都合が多すぎる。

「購入時の金額は聞けませんでした。ですが、類似例での提案でしたが、二千五百万円くらいだそうです」

「中々のコレクターだったようだな」

「そんな高価な物を身に着けている琴音君も相当だね」

「私は価値を知りませんでしたから。今後は保管方法を考え直します」

肌身離さず身に着けているのが最善か。預けるにしても、信頼のおける人物じゃないと駄目だな。問題はやっぱり体育の時間か。球技の場合はどうしても壊す危険性があるからな。佐伯先生にでも預けておこうかな。

「それで、貴女にはこの金額を払えるのでしょうか？」

「ぜ、全額ではないのよね？」

「時計としての機能が停止するまで壊されているのですから、全損扱いではないでしょうか。仮に全額ではなくても、半額以上は確実に請求しようと思います」

俺の判断だけでは、幾ら請求すればいいのか分からない。だけど、少なく見積もっても、そのくらいはいくだろう。示談に持ち込むとするならば、間に誰かを入れる必要がある。たとえば義母みたいな弁護士とか。金額があまりにも大きくて、社会人だった俺でも判断できない。

「賠償請求するか、処罰を受け入れるか。どちらを選んでも構いません」

「処罰を受け入れます」

悔し気に、絞り出すような声で処罰されることを選んだか。これで、こちらの勝利は確定だな。でも、やっぱり判断が甘い。こちらはまだ、処罰の内容を伝えていないのだ。もしかしたら、お金で解決しておいたほうが良かったかもしれないのに。

「それでは、処罰を言い渡します。そっちの二人は停学。期間は学園長にお任せします。卯月は転校が妥当でしょう。本人の為にも」

「琴音君は優しいね。その程度でいいの？」

「別に禍根を残すつもりはありませんから。それと、そちらの二人に忠告しておきます。手を出す相手は、きちんと見極める必要がありますよ」

想像していた処罰よりも軽いものだったことで安堵している二人だったが、俺の言葉に首を傾げる。本当なら、退学処分となっても不思議じゃない案件だったのに、この程度で済んで安堵しているのだろうが、彼女たちの行動は、報復された場合どうなるかを一切考えていないという無謀なものであったことを、気付かせる必要がある。

「学園では人の目も多く、学園長が治安維持のために動いてくれています。ですが、学園から一歩外へ出たら、その治安維持機能は働きません。自分の身は自分で守る必要があるのです。相手が外部の人間を雇った場合、貴女たちに身を守る術は有りますか？」

俺の言葉に、起こり得る未来を想像したのだろう。顔面蒼白《そうはく》になっている。いくら卯月に命令されたからやっていたのだとはいっても、自分達は大丈夫だというのは根拠のないもの。二人に卯月の護衛がついているわけではない。外で何が起こったとしても、守ってくれる人はいないのだ。その事を自覚してほしい。

「これに懲りたら、誰かに嫌がらせをするのは止めてください」

俺の言葉に、首を必死に縦へ振っているから、理解してくれたのだろう。半分脅しみたいになってしまったが、起こり得る未来なのだ。相手が一般的な生徒でも可能性はある。

誰にどのような繋がりがあるのかは分からない。意外な一面を持っているというのは、誰にだってあることだから。

「やっぱり、琴音君は優しいよ。普通、そんな忠告なんて必要ない。因果応報だよ」

「でも、更生させる機会を与えることは必要です。私がそうだったのですから」

誰にだってチャンスは与えられるべきだ。そうでなければ、どうやって失敗を挽回すればいいのか分からない。やってしまったことが無くなるわけではないが、それでも、二度とそのような行為をしないという姿勢を見せて欲しいのだ。

「それでは、そちらの二人は退室してもらって構いません。正式な処罰の連絡は学園長から追って連絡があるかと思います。構いませんね、学園長」

「それでいいだろう。よろしい。君達は退室してくれ」

深々とお辞儀をして、早足で学園長室から退室していく二人を見ながら、残されて震えている卯月の今後を考える。転校するとしても、どこに行くのか。今回の案件はあくまでも非公式なものであり、普通であれば情報が流れる心配はないと思う。だけど、噂というものはどこで流れ始めるか分からない。いきなり転校していった卯月に対して、学園内では様々な憶測が流れるだろう。

「さて、あとはこれの処理ですね」

「そうだね。これの扱いは慎重に決めないとね」

「学園長。先方には連絡済みなのですよね？」

「抜かりない。すでに了承は取りつけている」

これで会話が成り立ってしまうのが恐ろしい。俺はあくまでも推測で話しているだけ。あれをやっていたほうが良くないかと。なのに学園長はすでに手配を終えているという。俺以上に万全の態勢を敷いているのはさすがである。争いたくないな、こういう人とは。

「な、何の話をしているの？」

「卯月家へ、貴女の処罰について相談していたという話です」

「勝手にこちらで事を進めたりしたら拗《こじ》れそうだからね。もちろん今回の件については、詳細をまとめて送ってあるよ」

絶望的な表情をしている卯月だけど、こちらも段取りが重要になってくる。勝手に処罰を遂行した場合、卯月本家と争う可能性が出てくる。俺達が恐れている事態はそれなのだ。

「全く、勝手な行動をしないで、ちゃんと当主を通してくれないと困るよ」

「十二本家同士が抗争を勃発させたら、経済が混乱してしまいますからね。正式に宣戦布告してくれませんと、実家とのやり取りが面倒なんです」

「事実だが、お前達相手を煽るな」

経済界で強い力を持っている十二本家同士が争った場合、その関連企業も間接的に関わることになってしまう。企業間の取引に不都合が生じるのは当たり前。裏でどのような動きが発生するかは元社会人の俺にも予想できない。俺は下っ端《したっぱ》の社員だったのだから。

「私は事実を言っているだけですよ」

「僕は十二本家としての自覚を持ってほしいだけですよ」

「私だって持っているわよ！」

「お前ら、喧嘩するな」

先程までの緊張感はどこへやら。騒がしくなり始めた室内に、学園長の溜息が漏れる。

真面目になるべき時には、しっかりと自覚を持って行動するけど、それ以外では力を抜く。メリハリは大事だからな。それに、確認すべきことはまだ残っている。

「関連している教師は、体育教師以外に確認できましたか？」

「盗難被害のあった授業から推測して確認したところ、当たりだった。抜け出している生徒がいたにも拘《かか》わらず出席扱いにしていた教師がいたのだ」

「それは卯月君の指示かな？」

「欠席したと知られると、容疑者に上がると思うじゃない」

卯月の発言に、こちらの三人は呆れたように溜息を吐く。溜息の数が多いな。まだ何が悪いのか分かっていないらしい卯月は俺を睨みつけてくるが、いつになったらその反抗的な態度は収まるのだ。

「もっと、こちらの裏をかいてくれないとつまらないよ」

「分かり易《やす》すぎますね。そもそも、私へ喧嘩を売るような態度を取る生徒は限られていますから、特定も容易です」

「好き放題言っているな、お前らは」

琴音が如月家から離縁されたという噂は、学園内には流れていないのだから、あのような露骨な嫌がらせをしてくるのは、同じ十二本家の人間以外に考えられない。それは誰もが思うことだろう。

「それで、どうして私を標的にしたのですか？」

「実績が欲しかったのよ。学園を牛耳ることができれば、私だって兄に負けていないと証明できるじゃない」

「私とは関係ないと思うのですが」

「貴女を蹴落とし、長月さえ抑えてしまえば、私が生徒会長になれるはずだったのよ」

「無理ですね」

「無理だよ」

「無理だな」

否定の三連発に、さすがの卯月も膝から崩れ落ちた。泣きそうになるのを必死に堪えているようだが、決壊一歩手前だな。卯月が生徒会長になれる可能性は確かにある。だけど、その前提条件となる他の十二本家に勝つことが、そもそも無理だ。俺はいいとして、あの長月を相手にして勝つのは難しい。あの琴音ですら接触したくないと思っていた相手だぞ。

「長月さんに勝てるわけがありません」

「根が真面目な奴だからね。しかもしつこい。相手が完全に更生するまで立ちはだかり続けるような人物だよ。今回の件だって、彼が知ったら乱入してくる可能性があったね」

「被害者が如月であったのが救いだったな。彼はまだ、如月が変わったことを知らない。だから介入していいものかどうか、迷ったはずだ」

だからこその早期解決か。下手に長引かせれば、長月が参戦してくる可能性がある。これ以上十二本家が関わってしまえば、面倒な事態に発展してしまいかねない。本当に今回は、協力してくれた面子に助けられているな。未来がどうなるか考えられる人物が対処してくれていなければ、更なる波乱が待っていたかもしれない。

「この学園。結構な危険性を孕《はら》んでいませんか？」

「それを自覚している生徒は、限りなく少ないだろうな。ほとんどの生徒は、規模の大きな学園程度だとしか思っていないだろう」

それなりに倍率が高い進学校だというくらいに、最初は思っていた。だけど、中で問題が起きた場合、生徒の親同士が揉めることで、企業間戦争に発展してしまう可能性があるのだ。社長令嬢や、御曹司《おんぞうし》なんかも普通に通っているからな。その中でも、とびっきり厄介なのが十二本家だけど。

「本来であれば、十二本家同士が問題を起こすのはご法度だ。逆に、問題の解決へと動くべき存在なのだから」

「抑止力的な存在ですか」

「そうだ。それなのに、十二本家が率先して問題を起こしてみろ。他の生徒達が真似したらどうなる?」

「地獄絵図ですね」

「僕も、さっさと逃げ出したくなるよ」

子が揉めれば、親に波及して、それぞれの会社の仲が悪くなる。それが連鎖的に起これば、経済に大打撃を与えてしまう。最悪なシナリオはこんなものか。実際には、そこまでの事態には発展しないだろうが。親だっていい大人だ。どこまでやっていいのかは弁えているはず。それが分かっていない馬鹿が、目の前にいるのだけれど。

「よく、胃が痛くなりませんね」

「もう慣れた。それに、ここまで面倒な問題が発生したのは、私が着任してからだと初めてだな」

学園長が赴任してから何年が経っているのだろう。その間に十二本家同士で揉め事が一切なかったとは思えない。しかし、程度としてはいずれも軽いものだったのだろう。それに、それぞれが互いに接触するのを避けている節もあったからな。問題は起こりにくいか。

「卯月の悪かった点でも、並べてみますか？」

「稚拙な行動だな」

「杜撰な計画じゃない？」

「視野の狭さですね」

「好き勝手言ってくれるわね」

挙げればキリがないくらい、出てくるからな。噂を流すところまでは上手くいっていたけど、その後が駄目だった。俺と小鳥の出会いは予想外の出来事であったから、計画の変更を余儀なくされたのだろうけれど。それにしても、監視カメラの存在を忘れていたり、証拠を残しまくったり、指示をミスしていたりとボロボロすぎる。

「如月の交友関係が意外過ぎて、どう立ち回っていいのか分からなくなったのよ」

「それは言えているね」

「率先して関わってきた人物が、何を言っていますか」

「だって、事態を収めるには琴音君と接触するのが一番だと思ったんだよ」

「それが却《かえ》って、問題を大きくしたのを自覚してください」

「終わり良ければ全て良しと言うじゃないか」

「過程を犠牲にするのは好きじゃありません」

「揉めるな」

卯月そっちのけで俺と葉月会長の応酬が過熱しそうだった。学園長が止めなければ、ずっと言い争っていそうだったな。だけど、葉月会長はそれを楽しもうとしていた感じもする。こんな風に会話できる存在が欲しかったのかもしれない。十二本家と対等に話せる存在は少ない。木下先輩は例外と呼べる存在だな。

「それで、卯月の転校先はどうする？」

「こっちで勝手に決めていいのですか？」

「先方からはそう言われている。こちらで決めたほうが娘の為だろうと託《ことづ》かっている」

「それでは、アガサリーヌ一択ですね」

「琴音君も鬼だね。でも、それが彼女のためかな。あそこでなら、いい経験をたくさん積めるだろうからさ」

俺としては、絶対に行きたくない場所だがな。あそこは、去年の琴音ですら好き勝手できないようなところだから。ここことは違い、生徒同士の抗争が後を絶たない。もちろん、表立ってやっているわけではなく、裏で策略を練り、相手を蹴落とそうとしている。派閥も存在しており、誰がトップなのかを日々決めているらしい。派閥間の序列もあったんだっけか。ちなみに女子高のはず。

「十二本家というネームバリューがあるから、派閥を組むまでは楽そうですね」

「その後が大変だと思うよ。スパイだって確実にいるだろうから、疑心暗鬼にならないのが肝心かな。もちろん疑うべき相手を正しく見極める能力も必須だね。あとは相手の思惑をどこまで利用できて、裏をかけるか。知略が必要になってくるね」

「もう、学び舎としての体裁がありませんね」

「社会勉強にはなると思うよ」

「卯月をあまり脅かすな」

でも、事実なんだよな。無事に卒業できれば立派な策略家になっていることだろう。もっとも卯月の場合、最初の一か月で憔悴《しょうすい》し切ってしまうのが目に見えている。琴音だって行く可能性があったんだからな。真面目な話、そんな場所へは絶対に行きたくない。

「き、如月さん。温情は?」

「あるわけないじゃないですか。馬鹿ですか」

「これでも琴音君は怒っているんだからね。落としどころとしては、こんなとこかな」

「少々甘いとは思うがな。本人がいいのなら私からは何もない」

頭を下げて地面を見つめている卯月は、何を思っているのだろうか。でも、これでこちらの完全勝利は確定だな。もう反論する気力すら残されていないようだ。やり過ぎたとは思わない。こちらは精神的にかなりの被害を被ったのだ。学園長が言うように、甘いかもしれない。それでも妥当な判断だとは思っている。どうせいなくなる人物に対して、これ以上やってもしかたないだろ。

「それでは、これで事件は解決したということで、よろしいでしょうか?」

「それを決めるのは僕達じゃないよ。琴音君次第だからさ」

「如月が今回の結末でいいと言うのなら、異存はない」

それならば、結末はこれで決定だ。俺としても他に望むものはない。これで、少しは平穏な学園生活を送れるようになるかな。そう思って肩の力を抜く。やっぱり多少は緊張していたか。今回の結果次第では、学園から去るのは俺だったはず。負けられない戦いだったのは間違いない。

「僕としては、今回の結果は少々予想外だったかな」

「そうですか?」

「去年の琴音君だったら、もっと過激に動いて、卯月君をとことんまで追い詰めると思っていたからさ」

「学園から去る人に、そこまで追い打ちをかけたりはしません」

ガバッと顔を上げた卯月の表情には、恐怖が浮かんでいた。そんなに心配しなくても、これ以上何かをするつもりはない。だいたい俺の後ろ盾は、学園長と葉月会長だけだ。卯月にこれ以上絡んでこられたら、不利になるのは俺だ。余計な恨みを買う必要はない。

「卯月はもう帰ってくれて構わない。処分についての正式な通告は、後日改めて行う」

「し、失礼します」

早足に去っていった部下と違って、フラフラと頼りない足取りで学園長室から出て行った。ショックは大きいか。楽勝だと思っていた相手に、完全敗北したのだから、心中察するよ。でも、こっちだって負けられなかったのだ。新しい人生を始めたばかりなのに、また生活環境が変わるのは、勘弁してほしい。

「呆気なかったね。もう少し歯応えが欲しかったかな」

「私としては、今回のような事態はもう金輪際ごめんです。腕時計の分は別にしても、金銭的な面での被害が甚大でしたから」

「補償はする」

「それは、私が勝てたからです。もしも負けていたら、全てを失っていたのですから」

「そこは君の腕の見せ所だよ。負けないためにはどうすればいいのか。今の琴音君なら色々と分かっているはずだよ」

「後手に回っていた自覚はありましたけど。状況を利用して、手札を増やし、相手を罠《わな》にかける。私にやれることといったら、そんなところでしょうか」

「それで十分だよ」

事前準備ができるのであれば、やれることは増える。しかし、今回は相手の出方を確認する必要があったから、何もできなかった。証拠を集めるためには、被害を発生させないといけない。それに、今回勝てたのには偶然の要素が多い。学園長に、葉月会長。それに影響のあった小鳥の存在。それらが全部繋がってくれたからこそ、勝てたようなものだな。

「琴音君も、やっと十二本家らしくなってきたね」

「私がですか？」

「勝つためには手段を選ばない。十二本家同士の立場を守る。他にも色々とあるだろうけど。去年の君は、痛々しいまでに自分を追い込んでいたように思えたからね」

そんな風に思われていたのか。確かに自分の評価を貶《おとし》めるのが目的だったけれど。受け取り方は人それぞれか。もしかしたら、葉月会長は琴音の目的を理解していたのかな。如月家の業を知っているのであれば、その可能性はある。

「私はやりたいようにやっているだけですよ」

「そのやり方が、十二本家らしくなってきたんだよ。そういう変化は、無自覚に行動に表れるものだからさ。綾を思い出してごらんよ。世間の評価と、僕達の評価では、かけ離れたものがあるじゃないか」

それは言えている。でも、俺は本当ならば十二本家の人間ではない。ただの一般庶民だぞ。その行動が十二本家らしいと言われても、納得できない。琴音の影響を受けているとはいえ、そのとおりに動いているつもりはない。俺の生まれも関係しているのかな。俺自身が自分の出生を知らないから。

「私としては、まともな十二本家が増えてくれて助かる」

「なんか、僕がまともじゃないように聞こえるんですけど」

「自覚しろ、葉月。お前がまともなわけがない」

「それは納得しますね」

「琴音君も酷いな」

その微笑みの裏側で、何を考えているのか分からないのが不気味でならない。俺ですら、勝負を挑むのを躊躇《ためら》う存在だよ。そんな人のことをまともだなんて、思えるはずがない。平穏へは確かに近づいたかもしれない。だけど、厄介な存在に目をつけられてしまった可能性も否定できない。

こうして、一連の事件は終わりを迎えたのだが、新たな不安の種が生まれてしまったように思えるのは、どうしてだろう。何かに巻き込まれそうな予感がする。

第五話　誕生日はＧＷに

学園長室での一件の次の日。教室で勝利報告を行ったら、歓声が上がった。やっぱり、皆が望んでいた結末はこれなんだな、と実感した。それから数日が経過して、現在にいたるのだが。

「暇だ」

ゴールデンウィーク初日。朝のトレーニングはまだできないので、柔軟体操だけで済ませる。朝食の準備は美咲がやってくれる。手持ち無沙汰で珍しくテレビをつけたのだが、外出先の特集を組まれているものばかり。旅行気分を楽しめるかと思ったのだが、空《むな》しくなったので消した。

「暇を持て余すのは苦痛だな」

「お嬢様。まだ朝ですよ」

連休初日の朝だというのに、俺はすでに飽きていた。喫茶店のバイトも、初日はゆっくり休めと言われてしまったから、本当にやることがない。出かけようにも、足が完治していないからな。だいぶ痛みは引いてきているから、連休中には治ると思うのだが。

「私達は連休だけど、茜さんとか病院関係者は、普通に仕事なんだよな」

足が治っていたとしても、遊びに誘える人物は少ない。学園の友人なら香織に相羽さん。最近仲良くなった皆川さんあたりか。でも、怪我人と一緒では、変に気を遣われるだろうから、俺が遠慮してしまう。

「この連休でも働いている人はいるというのに、この駄目侍女は」

「お昼まで仕事がありませんので、充電時間です」

当たり前のように言いやがって。確かに朝食の片付け、洗濯、部屋の掃除まで完璧に終わらせている。他に用事も思いつかない。だからといって、侍女が堂々とソファでだらけていていいのだろうか。いや、駄目だろ。

「足りない食材は何だったかな」

「お嬢様。私にも休憩は必要だと思われないでしょうか？」

「働いている時間よりも、休憩時間のほうが長いだろ」

暇なので、参考書を開いて勉強でもするか。美咲を弄《いじ》っていても、早々に飽きてしまう。

琴音になる前の俺は、なるべく良い成績を維持しようとしていたから、勉強は苦痛ではない。好成績を維持しようとしていた理由は、義母に迷惑を掛けたくなかったのと、教師達への防衛策。だからこそ、暴走してもお咎《とが》めは軽かったといえる。

「本当にお嬢様は、真面目になられましたね」

「去年の成績が悪すぎたからな」

琴音になってからの最初のテストは上々。あとは、これを維持しないといけないのだから、真面目に勉強するのは当たり前。陰では色々と言われているようだけど、そんなの俺が知ったことではない。努力した結果であると誰にも認められるようにならないと、琴音が本当に変わったとは認識されない。

「そのご様子ですと、午後も予定はなさそうですね」

「何かあったか？」

「いえ、何もありません」

予定云々《うんぬん》前に、誰からも誘われないのだから、しかたない。俺が足を怪我していることは、学園では周知の事実だから、気を遣われている。もちろん、自作自演だという噂もある。それに対して香織が激おこだったのは嬉しかった反面、宥めるのが大変だった。

「お嬢様は、本当にお忘れなのですね」

「だから何を？」

「いえ、何でもありません」

そこまで言われたら、俺だって気になる。勉強するために集中する必要があるのに、駄目侍女はその邪魔をしてくる。普通ならば即刻クビになる駄目さ加減なのだが、仕事が優秀だから、まだ首が繋がっているのだろう。あとは咲子さんのおかげかな。

「誰か来るの？」

「何のことでしょうか？」

「私の頭が以前のままだと思っているの？」

父のことしか考えていなかった琴音とは違う。美咲は俺に対してヒントを与え過ぎた。俺の予定を聞き、午後も部屋にいるのかという探りを入れてきた。なら、誰かの来訪予定があるということだろう。しかも、俺に秘密で。だったら、候補なんて一人しか思いつかない。

「母さんか」

「今のお嬢様に、下手なことは言えませんね」

「お前の口が軽いのが悪い」

琴音の知り合いは少ないので、当たりをつけるのは簡単だ。悲しい事実だが、今は置いておこう。これからの頑張り次第で、知り合いは増えていくかもしれない。良いものも悪いものも含まれてしまうだろうけど。そこは俺次第だな。

「それで、母さんは何でやって来るんだ？」

「そこは。お嬢様を心配してだとは考えないのですか？」

「そんな都合のいい頭はしていない」

たとえ家族であろうとも、疑ってかかる。確かに母さんは信用できる人物ではあるのだが、その裏にいるのはあのクソ親父だ。油断していると、俺でも捕まりかねない。海外出張でもしてくれないものか。

「旦那様でしたら大丈夫です。今は海外へ飛んでおります」

「祖父母が見つかったのか？」

「奥様がポロリと漏らしてしまったので」

故意犯だな。父が仕事を放棄してでも祖母を追いかけるのは、家族なら誰でも分かる。そんな手を使ってでも俺に会いに来るからには、何かしらの理由があるはず。だけど、その理由を俺は知らない。

「自分のことに無関心なのは変わりませんね」

「一生懸命、現状改善に努めているつもりだけど」

「では、社交界での地位回復をいたしますか？」

「そっちをやるつもりは微塵もない」

俺にあの世界は合わない。豪華な料理には興味あるけど、それ以上にあそこへは近づきたくないのだ。琴音として経験しているのだが、社交界には様々な思惑が渦巻いている。心休まる暇もなく、他人の心の内を常に読まないといけない。下手な言動は自分の首を絞める結果になるからな。

「化粧品だって、減っていないご様子ですし」

「才能がからっきしだから、諦めた」

「せめて、化粧水くらいはお使いください」

「面倒」

「茜様に頼んでおきます」

「いきなり最終手段を使うのは止めろよ！」

女性らしさが皆無の俺に、化粧品の使い方は分からない。試しにネットで調べた通りにやってみたのだが、再びあの顔になりそうだったから止めた。琴音としての欠点だったのかと思い知ったな。しかし、茜さんに頼まれると俺は拒否しきれない。押しが強すぎるのだ。

そんな感じで、勉強の合間に美咲と会話をしていたら、あっという間にお昼を迎えた。母さんがいつやってくるのかは、頑《かたく》なに喋ってくれないのが気になる。

「来たか」

昼食を取り終えて、再び勉強していたら、インターホンが鳴った。母さんはこの部屋の合鍵を持っているのだから、鳴らす必要はないのだけれど。ある意味で律儀な人だな。

「いらっしゃい、母さん」

「えっ？」

ドアを開けて母さんに一声かけると、どうしてか驚いた表情を向けてきた。サプライズでやって来たつもりなら、協力者が駄目すぎるのだ。咲子さんなんて、何かを察したかのように眉間に皺を寄せている。これはお仕置き確定だな。

「いらっしゃいませ、奥様。それにお母さん」

「美咲。ちょっとこちらに来なさい」

首根っこを摑まれて、美咲は咲子さんに部屋の奥へと連れて行かれた。お仕置きの様子を見せないように配慮したのだろうが、連れて行かれる美咲の雰囲気は、助けを求める子犬のように思えたな。悪いのは美咲だけど。

「それで、今日はどうしたんだ？」

「本当に分からないの？」

「何が？」

「今日は琴音の誕生日じゃない」

しばしの思考の後に、やっと思い出した。確かに今日が誕生日だったな。琴音が誕生日を最後に祝ってもらったのは随分と昔のことだったから、完全に忘れていた。元の俺の誕生日と記憶が混同していた部分もあったな。毎回、誕生日のたびに馬鹿騒ぎしていた記憶しかないけどな。

「十七歳の誕生日、おめでとう」

「あ、ありがとう。まさか、そのために来てくれるなんて思わなかった」

「琴音が変わったと思ったからこそ、誕生日祝いをやろうと思ったのよ。それに、様子も見ておきたかったから」

何か気恥ずかしいな。照れて母さんから視線をそらしていると、咲子さんがテーブルへケーキを置いて準備を始めた。部屋の隅では美咲がぐったりしているけど、誰も突っ込まないな。ケーキを見た瞬間に目を輝かせたけど、美咲が食べられるとは微塵も思えない。

「このケーキって」

「琴音が働いている喫茶店のものよ。喜んで用意してくれたわ」

あとで感謝を伝えておかないと。俺が誕生日を忘れていたから、知っているのは家族くらいか。誕生日について、香織から苦情を言われそうな気がするけど、本人がこれだからしかたない。素直に謝っておこう。

「本当なら、あの子達も連れて来たかったのだけど」

「あれがどんな行動をするか、分からないからな」

「今回は様子見ね。家族なのに、一体何をしているのかしら」

身内に敵がいるのは、想像以上に厄介である。こちらの行動を縛られてしまうから。あちらにはこちらの行動が筒抜けであり、こちらはそれを常に気にしていないといけない。あいつがそこまで気にかけるとは思えないけど。警戒するに越したことはない。

「うん。美味しい」

「良かったわ。琴音の幸せそうな顔を見られるなんて、いつぶりかしら」

「なんか恥ずかしいのだけど」

「娘の幸せを見るのが母の喜びよ」

色々と吹っ切れたように思えるのは、やっぱり琴音が自殺未遂をしたことが原因だろう。常に父の顔色を窺っていた頃とは違う、強い意志を持った一人の母親が俺の目の前にいる。だけど、それは遅かった。目の前の娘の中身は、実は別人なのだから。

「琴音が変わってくれたのだから、私も勇気をもってあの人に立ち向かうわ」

「大丈夫なのか？」

「使える手は何でも使うわ。お義母様の手を借りてでもね」

あの父に対する最終兵器が祖母だよな。祖母のいうことならば、全面的に賛成するのが馬鹿親父《おやじ》の特徴。業の深すぎる如月家だけど、だからこそ対策は講じやすい。問題となるのは、祖母の協力を取り付けられるかどうか。そこは母さんに任せるしかないな。

「本当に変わったな」

「娘が自殺しようとするなんて悲しすぎるし、何より不甲斐《ふがい》ない自分自身を許せなかったのよ。だから、これからは罪滅ぼしを兼ねて頑張ってみるわ」

「頑張り過ぎて、危ない目に遭わないでくれよ」

「どこまで踏み込んでいいのか分からないけど、そのくらいの覚悟は持たないといけないわ」

母さんが家から追い出されたら、誰が双子を守ってくれるのか。追い出された俺よりも、下の双子達を心配してほしい。俺の未来は未確定であやふやだけど、あの子達は、いずれ如月家を継がないといけないのだ。どちらを優先すべきなのかは、分かりきっている。

「第一優先は琴葉《ことは》と達葉《たつは》にしてくれ。あの子達の将来が、私としては心配だから」

「私は琴音のことも心配なのよ」

「それでもだ。以前の私みたいに、道を踏み外すような事態にはなってほしくない」

琴音はもう後戻りできない。周囲の信頼を失うのは簡単だけど、取り戻すのはとても大変だ。それを俺は実感している。いくら良い行いをしても、以前の行動で疑われてしまう。それでも、誰かは今の琴音を見てくれていると信じて、行動するしかないのだ。その結果は確かに今へと繋がっている。

「琴音がそう言うのなら。でも琴音だって、私にとっては大事な娘なのよ」

「それは理解した。今更の話だけどな」

もっと早くから、琴音が母さんの心配を感じ取ってくれていたのなら。そして、母さんがもっと早く父親と対決するだけの勇気を持ってくれていたのなら、自殺なんてしなかったかもしれない。もしもを考えれば、いくらでも可能性は生まれるけれど、全部が遅すぎた。

「そうだったわ。誕生日プレゼントを忘れていたわね」

「十分すぎるほど貰ったと思うけど」

母さんの決意が、俺にとって最大のプレゼントになっている。これ以上何かを貰っても、喜びはしても感動はしないだろうな。琴音として誕生日プレゼントを貰うなんて、いつぶりだろうか。俺の趣味とは絶対に合わないものだと思うけど。

「特上和牛セットを持ってきたわ」

「本当にありがとうございます！」

やったーと片足でぴょんぴょんと飛び跳ねて、喜びを精一杯表現してしまったが、後悔はない。すでに初期装備の食材は使い切ってしまっている。しばらく牛肉なんてものは口にできないと思っていた矢先にこれなのだから、本気で嬉しいぞ。今日は豪華な晩ご飯だ！

「そこまで喜んでくれるとは思わなかったわ」

「中身を見てもいい？」

「いいけど、普通よ」

種類を見ておかないと、晩ご飯の献立を決められないからだ。せっかくだから、自分の誕生日ということで滅多にやらないものにしたい。焼肉、すき焼き、しゃぶしゃぶなんかもいいな。どれにするか悩むな。

「よし、すき焼きにしよう」

中身を確認して献立を決めると、メモ帳に必要な食材を書いていく。冷蔵庫の中に入っているものだけじゃ足りない。ここまで覚悟を決めたのなら、少々の出費は大目に見よう。むしろ迸《ほとばし》る食欲を止めることなんてできない。

「美咲！　お使いへゴー！」

「精魂尽き果てているのですが」

「私が何を言いたいか分かるよな？」

「喜んで行ってきます！」

なぜか目と目で通じ合ってしまった。ケーキを食べていた俺を恨めしそうに見ていたのだが、ご褒美をちらつかせたら乗ってくれた。扱いやすいのはいいのだが、美咲の将来が少しだけ心配になってしまう。他の職とかに就いたとき、大丈夫なのかな。

「橘一家に言われた通りね」

「店長とか？」

「他の方々も。琴音は、食べ物なら何でも喜んでくれると言っていたわ」

俺はどれほど食いしん坊キャラだと思われているのだろうか。間違ってはいないけどさ。俺にとって一番の幸せは、美味しいものを食べている時だからな。だからこそ自分で料理をしているというのもある。自分で作ったものなら、美味しくても不味《まず》くても自己責任だ。

「今だと服やアクセサリー。化粧品を貰っても扱いに困るからな」

以前の琴音は、化粧があれで恰好も派手だった。俺の趣味とは全く合わないのに、そんなものを貰っても嬉しくない。それよりも、形の残らない食材のほうが何倍も嬉しい。美味しく調理するのは俺だけどさ。

「一番の驚きは、琴音が料理をすることね。家では全くやっていなかったのに。どうやって覚えたの？」

ピタッと俺の動きが止まってしまった。当たり前だが、琴音自身に料理の経験はない。全部俺としての経験だから。それをどうやって説明しようかと考えたが、いい案は浮かんでこない。

「隠れて修行していた。ネットで調べれば、レシピは簡単に手に入れられるから」

「察したわ」

勝手に明後日《あさって》の方向へ誤解されているけど、今回は助かるな。父親へ手料理を振舞うために頑張っていたと思われているんだろう。琴音は、それをやろうとして失敗したんだけど。レシピを調べるまではやっていたけど、どうやって練習場所や材料を確保するかの解決案が浮かばず、断念したのだ。

「その努力を隠さずに見せてくれれば良かったのに」

「らしくないだろ」

努力する琴音を誰かが見ていたら、彼女が積み上げてきた悪評が緩和されかねない。悪評を利用して、父親に見てもらおうとしていた琴音としては、それは避けたかった。破滅へと向かうとは思わなかったのかな。でも、正攻法であの父親が琴音を見てくれるとは全く思えない。目指すべき目標があまりにも難敵すぎた。

「本当に私は、娘のことを何も知らなかったのね」

「これから知ってもらえればいいさ。それができないわけじゃないだろ」

「そうね。確かにその通りね」

娘の全てを失っていたら、残されていたのは後悔と悲しみだけ。それを防げただけでも、俺が琴音の中にいる意味はある。家族関係の修復も俺が為《な》すべきことだから、ここは率先して行動すべきだな。家族関係がぎくしゃくしているのは、俺としても嫌だ。

「琴音。ごめんなさい。それと、生きてくれてありがとう」

こちらへと近づいてきた母さんに抱きしめられたけど、俺は拒否しない。恥ずかしくはあるが、母さんの気持ちを蔑《ないがし》ろにしたくないのだ。そして気付いた。

琴音の家族も、俺の家族で間違いないという気持ちがあることに。不安に思う必要なんてなかった。ただ、ありのままに受け止め、感じ取れば良いだけなのだ。

「母さん。恥ずかしいから」

「別に、誰かが見ているわけじゃないからいいじゃない」

「咲子さん達がいるから」

「私は、このような瞬間に立ち会えて嬉しく思います」

こちらを見て、目元を拭わないでほしい。そりゃ、今まで関係が崩壊寸前だった母親と娘が和解したんだけど。大好きな父親と結婚した母を妬ましく思っていた琴音と、旦那に逆らえず消極的だった母親。琴音の問題が解決したら、母親の問題まで改善されるとは思わなかっただろう。

「うん、元気を分けてもらえたわ。これで、まだまだ戦えるわね」

「無理はしないでくれよ」

「それは無理よ。子供達はちゃんと守らないといけないから」

これは、何を言っても無駄かな。家族と向き合うようになってくれたのはいいんだけど、それが原因で家を追い出されるようなことは、あってほしくない。その場合は、この部屋が避難場所になるか。別に双子だって一緒でも構わない。元々母さんも、追い出された場合を考えて、このマンションを所有していたのだと思うしな。

「それじゃあ、また来るわね」

「またな」

まさか、誕生日に母さんが訪ねて来るなんて思わなかった。母さんの本音も聞けたのだから、琴音として記念となる誕生日になったのかもしれない。琴音本人がこれを聞いたら、どのように思うだろうか。俺と同じ気持ちになってくれれば嬉しいけれど、もう聞けないのが残念だ。

「そうだ。茜さんに連絡しておかないと」

せっかく豪華な晩ご飯になるのだから、旦那さんも誘うのはどうだろうか。俺も、まだ旦那さんには会ったことがないからな。霜月家の人間で、あの茜さんと結婚した人物なのだから、気にならないわけがない。琴音とは違って、自分から十二本家を抜け出した人物でもあるから、何かしら参考にすべきところがあるかも。でも、あの霜月の人だからな。

「よし、連絡完了。私も何か準備を」

茜さんにメールを送ったところで、足の怪我のことを思い出した。俺が率先して準備をしていたら、茜さんに怒られてしまう。美咲が帰ってくるまで、また勉強でもしているしかないか。怪我が治るまでの辛抱だけど、歯がゆいな。

帰ってきた美咲の荷物を見て、漏れがないかチェックする。あとは、無断でお菓子を買っていないかも。レシートは常に持って帰るように指示しているから一発でバレるため、美咲もそんな真似はしない。だけど単品で買って、レシートは捨てている可能性もある。だから、残金までチェックしなければならないのが面倒だ。

「お嬢様も、そろそろ私を信用してください」

「悪いけど、この点に関しては信用できない」

母親に隠してまでお菓子を保有しているような奴を、どうして信じられるか。出しているお金は俺のだから、無断で使われるのは困る。仮に美咲の個人的なお金だとしても、咲子さんにバレたら俺まで怒られてしまう。娘の管理をきちんとしてくださいと。

「材料は大丈夫だな。準備も万端。あとは茜さんと旦那さん待ちか」

「どのような人物なのか、想像ができません」

霜月家の人間を俺達の想像力で予測することはできない。それは、この業界だと当たり前のことだと認識されている。こちらの予測を、斜め上か、あるいは直角方向で裏切ってくれるからな。以前の琴音ですら、関わる前に逃げていたほどだ。

「悪い人じゃないとは思うけど」

「あの茜さんが惚れるほどですからね」

底抜けに明るい茜さんと意気投合する人だと、俺が苦労しそうな気がする。でも、毎日やって来る茜さんと違って、旦那さんは俺の部屋にやって来たことがない。何かしらの理由があるのか、それとも如月家を警戒しているのかは分からない。

「噂をすればなんとやら」

チャイムが鳴ったので美咲が対応のために動く。俺が率先して動くと、怪我をした状態で動いちゃ駄目と注意されてしまうからだ。早く治ってくれないかな。不便でしかたがない。

「おぉー。美味しそうな匂いがここまでやってくるなんて」

「如月の飯だと警戒していたのが、馬鹿らしくなるな」

隣人夫婦のご来訪だな。というか、旦那さんはやっぱり警戒していたのか。結婚して何年経っているのか分からないけど、妹である綾先輩などから話は聞いているはず。

「お初にお目にかかります。如月琴音です。茜さんには、いつもお世話になっています」

「そういう挨拶はいらないぞ。俺は霜月家から抜けているからな」

面倒くさそうにしているあたり、社交界が苦手なのだと見受けられる。それならば、あちらの世界から抜けた理由も分かるな。俺にとっても、あの空気は好きになれそうにないから。

「佐藤静雄《しずお》だ。妻がいつも世話になっている。あとは、お招きいただきありがとうか」

「もう、そんなに警戒する必要はないって、何回も説明したじゃない」

「先入観は中々なくならないものだ。如月も分かるだろ?」

「現在進行形で直面している問題ですね。それと、琴音と呼んでください」

悪い先入観ほど人の頭から都合よくは抜けてくれない。多少の善行だけでは、かえって裏があると勘ぐられてしまう。だからこそ、改善する為には長期的な辛抱が必要になってくる。たった一人なら挫けそうになるだろうが、茜さんや香織のような味方がいてくれるからこそ、俺は耐えられるのだ。

「静君が何と言おうとも、私は琴音ちゃんを手放さないわよ！」

「茜がこれほど言うのなら、別人と考えたほうがいいのかな？」

「以前の私を知っている人達からは、別人であるとの評価を受けています」

「なら、俺もそれに倣うか」

いいのか、それで。静雄さんと会ったのはこれが初めてだ。琴音の記憶にも旦那さんの姿はない。琴音が社交界に出ていた頃には、茜さんと結婚していたのかもしれない。それとも、当時すでに霜月家から身を引いていたのか。

「それにしても、琴音ちゃんがすき焼きをやるなんて思わなかったわ。いつも食材の値段を気にしていたから。たまに余裕がある時に、焼肉くらいならやれるかなとは思っていたけれど」

「母から上等なお肉を頂いたので」

「あら、お母さんが来たの？」

「今日が私の誕生日だったので、そのお祝いですね」

嬉しそうにすき焼きの鍋を見ていた茜さんの表情が凍り付いた。旦那さんが恐る恐るといった様子で距離を取り始める。俺もそれに倣って茜さんから離れようとしたのだが、足の怪我もあって、あっさりと捕まってしまった。

「どうして、私に誕生日を教えてくれなかったのかしら？」

「わ、私も忘れていたので」

「嫁の誕生日を知らなかったなんて私史上、最大の失態よ！」

うがーと吠《ほ》えながら俺を揉みくちゃにしてないでほしい。怪我人だということを忘れていないか。左足を地面につけないよう、バランスを取るのが難しい。助けを求めるように旦那さんを見ると、諦めろといった感じで首を振ってきた。美咲にいたっては、淡々と配膳の準備を進めていやがる。

「後日、改めて、お祝いするから、覚悟しておいてね！」

「分かりました！　分かりましたから解放してください！」

俺の頬をガッチリと両手で挟み込んで、言葉を区切って強調するように言ってきた。俺としては、目の前の至近距離に茜さんの顔があって、恥ずかしくて顔が熱い。人との触れ合いが極端に少なかった琴音の影響で、こういうのが苦手なのだというのは、近頃思い知らされたことだ。

「ふっ、勝ったわ」

「何にですか。それに、旦那さんも止めてくださいよ」

「あの状態の茜に何を言っても無駄なのは、知っているからな。落ち着くまで待つのが得策だ」

「なんか、霜月の方らしくないですね」

「妹達なら悪ノリしているだろうが、さすがに俺も、異性が相手だと遠慮するぞ」

良識のある霜月家の人間というのは珍しいな。だけど、同性ならば自分も悪ノリすると言っているようなものだ。そこはやっぱり、らしいなと思うのは間違っていないはず。

「お嬢様。そろそろ食べ時だと思われますが」

「ほらほら、茜さん。晩ご飯ができたのですから、席についてください」

「茜。そのくらいにしておけ。俺達は招待された側なんだぞ。好意を無下にするのは、お前の心情的にも駄目だろ」

「しかたないわね。あとでみっちりと、琴音ちゃんの情報を教えてもらうからね」

一体何を教えればいいんだよ。俺の私生活なんて茜さんには筒抜けだ。毎日ご飯を一緒に食べているのだから。それとも、学園での出来事でも語ればいいのか。絶対に怒りだすのが分かるから、あまり話したくはないんだよな。

「それでは、いただきます」

両手を合わせて食事の挨拶をする。それが開戦の合図だった。全く遠慮をせずに、三人が肉の取り合いを始めたからだ。美咲だけはのんびりと、だけど隙間を縫うように食材を調達している。

「うっま！」

「すっごく美味しいわね」

「俺も、こんな肉は久しぶりに味わうな」

最初の牛肉を口に入れた感想がこれである。語彙力《ごいりょく》不足なのは否めないが、これ以上うまく表現できる気がしない。牛肉本来の旨味《うまみ》と、絡めた卵との調和。食べ方は人それぞれだけど、俺は卵を使ったほうが好きだな。次の肉を食べると同時に白米を掻《か》っ込むという、お嬢様にはあるまじき行動をしても誰も突っ込まないのは、食事に集中しているからだろう。

「ちょっと旦那さん！　それ私が狙っていたお肉！」

「早い者勝ちだろ。茜！　人の皿から奪うな！」

「夫婦なんだからいいじゃない。あー！　琴音ちゃん、それ私の！」

「賑《にぎ》やかですね」

静かな食卓とは程遠い悲鳴や、怒号が飛び交う光景。琴音は知らなかったものであり、俺にとっては懐かしく思えるもの。幼馴染の家で食事をすると、決まってこんな食事風景だったからな。だけど、そんな感傷は胸の奥底に仕舞っておく。もう、あの頃に戻れはしないのだから。

「あっ、そうでした。晩ご飯食べ終わったらデザートもありますからね」

この言葉に反応したのは美咲だけだった。いつもは表情が変わらないのに、こういう時だけ喜色満面になりやがって。他の二人はデザートよりも、すき焼きに夢中となっている。俺もそうだけど。デザートの為だけに手を抜くような真似はしない。こんな豪華な晩ご飯をこの先、食べられるかどうか分からないのだから。

「琴音、食い過ぎだろ。それ何杯目だ？」

「まだ三杯目ですよ」

「相変わらず、いい食べっぷりね」

だからこそ食費が多めになってしまうのだ。今日は身体はほとんど動かしていない。頭ばかり使っていた。それでも、お腹《なか》は減ってしまう。朝の運動を中止しているから、体重が気になってしまう。でも、あえて体重計には乗っていない。最近になって、体重計が恐ろしいものに思えてきてしまった。体重という、見たくない現実を突きつけられるとか、漠然とした不安感が襲ってくるのだ。琴音の影響を受けるのは、こんな部分かよと思ったぞ。

「栄養を取って、さっさと足を治したいのです」

「いや、どう考えても過剰摂取だと思うぞ」

「分かってはいますが、箸が止まりません」

「美味しく食べる私の嫁は可愛いなぁ」

「うちの嫁はこんなだし」

誰も止めてくれる人がいない。このままだったら太る一方だけど、そこは、ちゃんと運動して体形の維持に努めよう。琴音は、怠惰な生活をしていた割にそれほど太ってはいなかったが、それでも油断してはいけない。

「茜の嫁なら俺の妻になるのか？」

「あ？」

「すみません。冗談です。その蔑むような目を止めてくれ」

俺と茜さんからの凍えるような視線に、本気で怯えるように頭を下げて謝ってきた。分かればいいのだ。馬鹿な言葉を吐いたのだから、当然の報いだな。俺にとっては、男性と付き合うこと自体、嫌悪感があるのだ。そこは、男性としての感性が残っている。

「浮気《うわき》は駄目よ。静君」

「妻が率先して浮気している現場を見ているのだが」

「私のこれは愛称だからいいのよ」

だからといって、周囲に言いふらさないでほしい。変な誤解を受ける原因になるだろ。何度か、止めてくれとお願いしたのだが、絶対に嫌だと断られてしまっている。いい大人が駄々《だだ》っ子《こ》のように嫌がるのは、どうなんだろうと思ったぞ。

「お嬢様。デザートはまだですか？」

「周りを見て発言してくれ」

まだ、メインが片付いていないのに、何を言っているのだ、この侍女は。賑やかな誕生日の夜。やっぱり記念の日はこうでないと。忘れていた本人が言うのもあれだが、やっぱり、楽しい誕生日になってくれるのは嬉しいな。琴音の代理人だとしても、そう感じる。


次の日。約束通り、喫茶店のアルバイトへやってきた。もちろん美咲を同伴させて。二人で働いて、一人分のバイト代しか貰えないのは、俺が交渉したからだ。怪我の所為でお店に負担を掛けたくない。美咲はあくまでも臨時の手伝いであり、十分な仕事のできない俺の補佐なのだ。だったら、一人分の給料でいいはず。

「お嬢様は鬼畜です」

「快諾したお前が悪い」

デザート一品の対価で一日働くことを請け負った美咲に、同情する気持ちはない。うまく利用してやった俺が、何かを言えるわけでもないんだけどな。とにかく、戦力として申し分ないのは、今日の働きで分かった。これならば、稼ぎ時のゴールデンウィークも乗り切れるだろう。その後の怪我の経過も順調で、今では痛みもかなり引いている。最終日くらいは出かけられるかな。

「お疲れさん。琴音が不在になりそうで、結構心配だったんだよな」

「怪我は自業自得な部分がありましたから。その為の補佐です」

「私は、お嬢様の身代わりに差し出されたのですね」

その通りなので、視線を逸らしておいた。怪我をしたのは、俺と葉月会長の策が上手くいったということなのだが、相手側の暴走のせいでもある。一番悪いのは相手なのだが、仕組んだこちら側である俺にも、文句を言える筋合いはないかもしれない。

「しかし、お嬢様があれほどの人気者とは。完全に予想外でした」

レジ担当の俺を心配するように、声をかけてくれるお客さんが多かったな。お客さん達には下の名前しか伝えておらず、如月であることは言っていない。騙《だま》しているようで悪いが、今は手段を選んでいられない。今の俺のイメージが浸透してくれれば、如月であることがばれた後だって、普通に接してくれるのではないかと願うばかりだ。

「お待たせの報酬だ」

「わーい!」

「この表情、何とかならないのか?」

「長年染みついた癖みたいものですから、諦めてください」

声質から大変喜んでいるのは分かるのだが、表情が変わらなすぎて、違和感が半端ない。

本当に咲子さんは、どんな教育をしてきたのだろう。食べている姿は、雰囲気だけなら幸せそうなのに。表情が死んでいる。

「食わせている身としては、凄く複雑なのだが」

「大変美味しいみたいですよ」

「ほむふぐ！」

「何で琴音は分かるのよ」

やってきた香織による突っ込みである。口に物を入れた状態で喋るなと美咲に注意しつつ、香織の疑問に答えることにしよう。

「付き合いとしては長いからな。これとは」

「中学入学あたりからの付き合いになりますね」

俺の呼び方に一切の苦情を言わないのは、慣れているからだろう。以前の琴音なら、もっときつい呼び方をしていたような気がする。俺も、口が悪くなることはあるけど、それは、かなり機嫌が悪い時だけだ。本当に、何で琴音の身体に入ったのやら。そして、なぜ誰も気づかないのか。

「最近のお嬢様は、随分と良い方向へ変化したと思います。以前の性格破綻する前の、自己主張しなかった頃も楽だったのですが」

「そんな頃、あったか？」

何か琴音の記憶と食い違いがある気がするのだが。琴音になって記憶を受け継いだ時には詳細を覚えていたのだが、時間経過と共に風化して忘れていく。そこは、普通の人と変わらない。俺だって、完全記憶なんてことができる超人ではないのだから。

「お嬢様は時々、昔を忘れているような仕草《しぐさ》をされますね」

「うーん？」

考えても、そんな記憶は出てこない。そもそも、それがおかしいのだ。琴音はすでに俺の一部だと思っていたのだが、実際には違うのかもしれない。琴音の奥底に眠っている何か。それが俺に引き継がれていないのか。

「それよりも！　誕生日くらい教えなさいよ！」

「ごめん。本気で忘れていた」

「いやいや、冗談なら怒るわよ」

「本当でございますよ。香織様」

唖然《あぜん》とする香織に何と返したらいいか。年齢を重ねるにつれて自分の誕生日を重要視しなくなる場合がある。だけど、まだ俺は十七歳になったばかり。それなのに誕生日を忘れるなどというのは、信じられないのだろう。琴音も俺も、自分の誕生日に興味がなかったからな。

「香織の誕生日はいつ？」

「十二月十二日よ。はい、これ。プレゼント。急だったから、ありきたりなものだけど」

「あ、ありがとう」

綺麗にラッピングされた小箱。開けてみると、色彩豊かなヘアゴムの詰め合わせだった。昨日の食べ物も俺にとって喜ばしいものだったけど、こういう実用的なものも好ましい。毎日同じものを使っていると、痛むのも早いのだ。

「この程度のもので済まないが、俺と沙織からだ」

店長から手渡されたのは、ハンカチを二つ。短い間に俺の好みを把握されていると思うのは、気のせいだろうか。何か店長からも、非難の眼差《まなざ》しを向けられているような。

「琴音の母親が誕生日プレゼントの相談をしてくれなかったら、こっちは気付けなかったんだぞ」

「そうよ。私達が、どれだけ慌ててプレゼントを買いに行ったと思うのよ」

「本当に、すみませんでした」

なぜ、誕生日の次の日に怒られないといけないのか。悪いのは俺だけどさ。忘れていたのもあるし、誰かに祝ってもらえるとは思っていなかった。以前の琴音があまりにも迷惑な存在だったから。それなのに、こんな風に思われているなんて、本当に予想外で、嬉しい。

「それと、琴音はもっとお洒落をするべき！」

「そんなこと言われても」

「香織様。もっと言ってやってください。化粧する気ゼロ、見た目を気にする素振りなしの、女性としてどうなのかと思うお嬢様の改善をお願いします」

それは、お前の仕事ではなかろうかと突っ込もうとして、止めた。香織も俺と同じ考えのようで、呆れたような表情を美咲へ向ける。なのに美咲は全く気にせず、デザートを頬張っている。

「この人、大丈夫なの？」

「仕事はちゃんとするんだけどな。率先して動かないだけで」

必要な仕事はちゃんとするのに、状況改善など面倒な仕事には手を出さない。言われた通りにやるだけなら楽だろうけど、それだけで仕事が回るわけではない。何か新しいことを始めようとしたら、上司に相談しなければならないとかはあるだろうけどな。

「今のお嬢様は大変楽であります。こちらが隙を見せると自分で全部済ませようとしますので。私の存在意義を疑いたくなります」

「ゴールデンウィークが終わったら解雇予定だから。覚悟していろ」

「お嬢様！　どうかご慈悲を！」

「怠惰な侍女を養うような余裕はない！」

医者には、もう少しで普通に歩けるくらいに回復すると言われているのだ。毎朝、茜さんに怪我の状態を問答無用でチェックされているので、経過も良好。茜さん曰《いわ》く、俺は目を離すと平気で無茶をするから、常に見守っていないといけないらしい。解《げ》せぬ。

「もうすぐ治るの？」

「歩くのに支障ない程度には。流石に、朝のランニングはまだ止められると思う」

「ならさ。最終日くらい遊ばない？」

「構わないぞ。私も連休をずっと部屋で過ごすのは飽きそうだから」

「初日で、すでに飽きておられるご様子でした」

どうしてこの駄目侍女は、俺の私生活の情報を平然と漏らすのだろう。漏らすべき相手は選んでいるとは思うけれど。美咲に関して悩んでも、しかたないか。専属となっているのだから、俺の要望で変えることもできない。決定権を持っているのは父と母だからな。

「と、いうわけで父さん。琴音に休みを頂戴《ちょうだい》」

「学生が、せっかくの休日をアルバイトで全部浪費するのも考えものだからな。特に琴音の場合は」

「何か問題でも？」

「俺達が気を遣わないと、休み全部を仕事に割り当てそうな雰囲気があるんだよ」

考えてみて、納得してしまった。暇ならば勉強するか、仕事をするしか頭にないな。琴音になってから、趣味らしいものも持っていない。以前の俺ならベースを弾いたりと、音楽関係に興味があったけれど、今は楽器が手元にないので諦めている。欲しいけど、値段的に手が出せない。

「お嬢様。せめて学生らしい青春を送ってください」

「美咲に言われると、なんか腹が立つな」

「私の青春は変化に富んだものでした」

ダイエット、リバウンド、そしてダイエットの繰り返しをしていたと聞いたな。今の体形をなんとか維持できているのは、咲子さんによる監視と教育的指導によるところが大きいらしい。俺の青春時代も波瀾万丈《はらんばんじょう》だったな。いや、あれは周りにいた魑魅魍魎《ちみもうりょう》どものせいか。

「でも、遊ぶにしても何をする？　自慢じゃないが、遊びに使える金額は少しだけだからな」

「色々と見て回るだけでもいいじゃない。足に負担を掛けないように気をつけてさ」

そんなところかな。バイトのおかげで、遊びに使えるくらいの金額は僅かながら、確保してある。お金は計画的に使わないと、あっという間に底を尽いてしまうということは経験済みだ。

「行き先は、駅前のショッピングモールでいい？」

「私も、あそこまでは足を延ばしていないから案内がてら頼むかな」

マンション周辺は食料品の値段調査で歩き回っていたけど、少し距離がある駅前周辺は、まだ探っていない。その前に足を怪我したのもあるけど。生前にこちらに足を運んだことはあるが、三年も経っているから、色々と変わっているかもしれない。特にお店とかは。

「集合場所は、ここでいいわね」

「時間はどうする？」

「十一時くらいにしようか。あっちに着いたら昼ご飯を食べてから、色々と見て回ればいいかな」

「そんなところかな。何だよ、美咲」

香織と予定を詰めていたら、横で微笑まそうにしている美咲に気がついた。

「お嬢様が、そのようにご友人と談笑している姿があまりにも似合っておりまして」

「別に普通だろ」

「その普通を、できていなかったのが以前のお嬢様でしたから」

以前の琴音が休日に友人とどこかへ行ったなんていう覚えはない。服を買いに行くのも、決まったお店で文句を垂れ流しながらだったな。さぞかし迷惑な客だったことだろう。お得意様だから何も言えなかったお店側も可哀そうに。

「お嬢様の意識改革は大成功ですね」

「私が変わっても、それに気付いてくれる人がいないと、意味がない」

「私がいるじゃない。それに宮古や皆川も。大丈夫、ちゃんと見てくれている人はいるわよ」

それは実感している。全員に気付いてもらえなくても、身近な人達が、変わったと気付いてくれているのは本当に嬉しい。自分の行動が無駄ではないと実感できるのは、精神的に大きな支えだ。俺らしい行動が、琴音にとってのマイナスになっているとは思いたくないというのもある。

「まだ信用してくれる人は少ないだろうけれど、琴音が気にしても、しかたないわ」

「小さな事からコツコツと。諦めずにやっていくしかないな」

自分から特に何かをするつもりはない。下手に演技しても、かえって嘘くさく感じられてしまうだけかもしれないし、それで認められたとしても、ずっと演技し続けなければいけないというのは嫌だ。いい人を演じるのではなく、ただ、以前とは違うと感じてもらうのが、俺としては望ましい。

「そろそろ帰るか」

「店長様。ご馳走になりました」

「琴音は無理するなよ。あと、明日は美咲さんの着替えも忘れないようにな」

「気を付けます」

美咲を侍女服から着替えさせずに連れてきたら、店長から苦情を言われてしまったのだ。しかたなく美咲を一旦帰して、普通の服に着替えさせる羽目になった。明日は最初から着替えさせておかないとな。

連休中なのに連日出勤している俺は、他の学生達には変に思われていることだろう。しかも、足に怪我までしているのだ。おかげで、店にやってくる学生達の俺を見る目は、だんだんと変わっていった。これが、今度はどのような噂になるのやら。

「良い方向に考えなさいよ」

「休み前が、噂に踊らされていたからな」

噂に利用され、そして利用した。俺は噂を活用する方法を知らなかったので、葉月会長に任せていたけど。卯月もそちらには精通していたようだったな。軍配が葉月会長に上がったのは、地力の差だろう。あの人の才能は色々と謎だ。

「でも今日は、学園でのことは一旦忘れて、楽しむわよ！」

「冷やかしばっかりだけどな」

買う気は一切ない。そんなお金の余裕はないのだから。服装は初期装備でまだ事足りる。下着は若干不安があるけど、どの程度の期間で買い替えればいいのかが分からないからな。そこは、失敗から学ぶしかないか。一気に駄目にはならないだろ。

「しかし、琴音の私服は代わり映えがしないわね」

「種類は少ないけど、数だけはある」

白のワイシャツにジャケットを羽織っているだけ。下はジーパン。毎回これで過ごしているので、俺としては選ぶ手間が省けて楽なのだが。香織としては、お気に召さないようだ。いつかは服を買いたいけれど、俺のセンスはポンコツだという評判だからな。その時は、香織に頼むか。

「うーん。こっちの意識改革は私次第かな」

「何か不安を感じる発言な気がする」

「試着は無料だから」

「着せ替え人形にする気か！」

男だった頃は、適当に買っては友人達に駄目出しされて、次の休日には拉致されて着せ替え人形にさせられていた。それを思い出すと、拒否反応が出てくる。主に女性連中の勢いが凄かったな。似たような感じを香織から受ける。

「何か嫌な過去でもあったの？」

「何もない。何も思い出したくない」

「それ、何かがあったと白状しているようなものだからね」

あれもこれもと渡されては、試着室へと放り込まれる。そして品評されては、また別のものを渡される。その中から気に入られたものを買わされては、次の店へと向かう。それを一日中やられてみろ。表情が死ぬぞ。

「まずは昼食取りながら、この後どうするか考えようか？」

「賛成。お腹減った。ただし、ハンバーガーは嫌だから」

「琴音にも好き嫌いがあったのね」

死ぬ原因だったから、拒否反応が凄いのだ。匂いを嗅ぐだけでも吐き気がする。作っている方には失礼かもしれないが、こればかりはしかたがない。それ以外は何でもいけるのだが。

「私がリサーチしたいお店でいい？」

「将来の為にか？」

「そんなところね」

香織が、あの喫茶店のことを大事に思っているのは知っている。なら、どうして部活に専念しているのかは、それが店長達の方針だからだ。手伝っては欲しいけど、学生として今を楽しんでほしい。お店のために青春を台無しにしてほしくはないのだろう。親は子の将来を考え、子は親の心配をする。それをお互いに正しく理解しているからこそ、あの家族は上手くいっている。如月家とは大違いだ。

「当たりだな」

「うん、美味しい。材料は何かな。調理行程は」

「香織はそういうタイプか」

「琴音は、美味しければ何でもいい感じ？」

「参考にできるのであれば研究するさ。自分で作るだけの研究資金がないだけで」

「琴音の金欠も深刻ね」

色々と節約はしているのだけど、すぐに効果が現れるわけじゃない。長期的な展望でコツコツとやっていかないと。だからこそ最初が辛い。そして途中で浪費してしまうと、それまでの努力が無駄になってしまう。

「両親に頼ったら？」

「それだけは絶対に嫌だ」

「相変わらず家庭内が拗れているわね」

母さんに頼めば、喜んで協力してくれるだろうけれど、それじゃ意味がない。自分で頑張って、どうしても無理だと思うまでは、実家に頼りたくない。かなりきついけどな。仕送りは、一人暮らしをやっていける額ではないし。だからこそ、美咲をさっさと実家に追い返したいのだ。

「私にとっては、橘家が理想の家族に思えるけどな。お互いを尊重しつつ、自分が何をしていいのかを理解している。うちの家族はそれぞれの思いがバラバラだから」

「両親を褒められるのは嬉しいけど、そこに私が含まれているのには照れるわね。そっちはなんというか、ご愁傷様としか言えないわね」

父は家庭を見ていない。あれでよく、母さんと結婚して、子供まで儲《もう》けたと思うよ。人生で一番の疑問だ。祖母に何かを言われたのは確実だろうけど、それだけじゃない気もする。

「自分のことだけを考えても駄目なんだよな。自分を変えて、周りを納得させて、家族を変化させてと……。あぁ、やることが多いな」

「悩み顔は似合わないぞー。今日は楽しむのが目的なんだから」

「だな。でも本当は、私がというよりも、香織が私で楽しむつもりだろ」

「まさか。琴音の意識改革が目的よ」

今は、ファッションに意識を向けろ、ということかな。その前に、金額の問題があるんだよな。でも、当前の目標を明確にするのは悪いことじゃない。これが欲しい、買いたいと思えるものがあれば、その為にお金を貯める。その間に別のものが欲しくなって目標を切り替えるということもあるだろう。いずれにせよ、目標があれば、やる気に繋げられるのだ。

「今は無理だな。ふっ、何事もお金が物を言うな」

「はいはい、遠くを見ない」

「私に似合うとしたら、どんな恰好だろう？」

「うーん。琴音の見た目と雰囲気なら、凜とした格好良さを際立たせたほうがいいんじゃないかな」

「やっぱり、その路線だよな」

「でも、私としては可愛い服装の琴音も見てみたいわね」

「絶対に似合わない」

「だから見てみたいんじゃない」

嫌そうな顔をしているんだろうな、俺は。それが面白いのか、香織はクスクスと笑っている。

琴音にとって、こんな友人関係を築けたのは、幼馴染の彼女以来かもしれない。相手に遠慮せず、素の自分を出せる気心の知れた友達。何よりも必要だった、悩みを打ち明けられるそんな相手が。

「よし、お腹も膨れたし、駄弁《だべ》りは歩きながらでもできるから」

「私にとっては、これからが苦難か」

「嫌そうな顔をしない。女性にとっては必須な話題にもなるんだから」

クラスの女子と会話が合わないのは、実感している。流行に疎い、ファッションに興味がない、化粧の仕方が分からないなど、元男性であることの問題点が浮き彫りとなっている。勉強ならば自力で何とかなるのだが、これればかりは誰かに頼らないといけない。

「やることが多すぎる」

「琴音って、やっぱり一般的な女の子とは、ずれているわよね」

「そうか？」

「悩みが男っぽいというか、女性らしさを感じられないというか」

こんな悩みを抱えているのは、俺くらいだろうからな。男性が女性になり、他人の人生を送ることになるなんて。誰かに相談できるような内容でもないから。

「おっ、これなんてどう？」

「明るすぎないか？」

「これくらい普通よ。琴音は好みが地味なのよ」

「好みなんて、人それぞれだろ」

「でも、他人から見たらちょっとね」

以前の琴音は派手さを求めていたけれど、俺はああいうのは嫌いだ。どう考えても似合わないのだ。さらには、あの特殊メイク並の化粧だろ。他人からは、目にするのも痛いと思われていたはず。そう考えれば、ファッションに明るくなるのは、必ずしも間違いではないか。

「やる気が出ないけど」

「琴音は、もっと自分を着飾らせることを覚えるべきよ」

「別に、このままでも十分だと思うけど」

「あのね。琴音の将来は分からないけど、社会人として化粧は必要なのよ。していないだけで、採用落とされるみたいな話も聞いたことがあるから」

「うぐ、頑張ります」

これればかりは、実家へ泣きつく羽目になりそうだ。でも、それはまだ先の話。まだ、高校生活は二年目が始まったばかり。就職活動時期まで時間はある。そういや、俺は身の振り方も考えないといけないいんだったな。実家を継ぐべきか、それとも、如月とは関係のない職場を探すか。選択肢は大きく分けてこの二つ。実家を継ぐとなると、大手資産家としての仕事をすることになるが、自分がそんな仕事をするなんて、とても想像できない。

「琴音ならこっちかな。それともこっちかな」

「二択を迫られても答えられないのだけど」

「もう、せめてどっちが好みなのかくらい答えてほしいわよ」

絶対に顔が引き攣っているだろうな。提示されているのは、凛々《りり》しさとは程遠い可愛らしいものばかり。ニヤニヤしながら二つを差し出してくる香織は、絶対に分かっている。俺が着たくないのを。スマホで写真を撮るつもりだろうな。クラスメイトへ広めないでほしい。

「着ないと駄目？」

「もちろん！」

女性として、友人と休日を過ごしたのだが、かなり賑やかなものになったな。もちろん、つまらないはずがない。女性として、これが正しいのかどうかはまだ分からない。だけど、俺が求めていたのは楽しい日常だ。だから、間違っているとは思えない。

「うん。悪くはないかな」

「気になったもの、あった？」

「それはまた、別問題」

疲れはしたけど、有意義な一日になった。着せ替え人形にはさせられたけれど、それは香織だって同じ。自分だけならば表情が死んでいくけど、仕返しに相手にも同じことをやってやれば、こちらの表情も動くというもの。

「それじゃ、また明日。学園で会おうね。琴音」

「連休も終わっちゃったか。最後を遊べただけでも、良かったと思うべきかな」

暇だからとバイトばかりしていたけど、やっぱり遊ぶのも大事だ。美咲を随分とこきつかってしまったが、デザートを食べられて本人は満足そうだったからいいか。部屋に戻ったら、その美咲をどうにかしないといけないのだが。あいつ用の最終兵器を用意しておく必要がある。

「やっぱりか」

玄関を開けたら、三つ指ついた状態の美咲が出迎えてくれたのだが、こちらとしては、頭の痛い問題が発生してしまったと、眉間に皺が寄ってしまう。足の怪我は、日常生活に問題ないほどにまで回復したのだ。すでに美咲を必要としていないのだから、実家に帰るよう指示を出したのだが。

「私、言ったよな。帰ってくるまでに身支度整えて、実家に戻る準備をしておくようにって、指示を出したよな？」

「聞いております」

「何でしていない？」

「戻りたくないからです」

「帰れ」

「嫌です！」

我儘を言うのは予測していた。その為の対応策も用意しているから、時間の問題ではある。賃金の面でも、環境の面でも、実家が美咲にとって悪い場所だというわけでは必ずしもない。問題は別にある。というか、ここがあまりにも居心地良すぎたのが問題か。

「三食昼寝おやつ付きの超優良物件から、離れたくありません！」

「あっちだって、そう悪くはないだろ」

「昼寝とおやつがありません」

「そこは諦めろ」

実家だって暇な時間は必ず生まれるから、お茶をする時間くらいはあるだろう。美咲にとっては、咲子さんという監視役がいるから、十分な自由はないけど。ただ、あの家は雰囲気が悪い。その原因はあの父親だ。母さんはだいぶ軟化したから、その分マシにはなっているはずだけどな。美咲と短いやりとりをしていると、チャイムが鳴った。美咲の表情が強張る。

「ほら、お迎えが来たぞ」

「まさか、お嬢様」

「事前に咲子さんを呼んでおいた」

「鬼ですか！」

香織と別れてから咲子さんと連絡を取り、美咲の迎えを頼んでおいたのだ。すんなりと帰ってくれればいいが、帰りたくないと駄々をこねた場合には最終兵器になってくれる。美咲が咲子さんに逆らえないのは周知の事実だからな。

「お嬢様。御迷惑をおかけしました」

「いや、忙しいところ悪かった。私一人だと手に余るから」

「回収、および教育的指導はお任せください」

「いやだー。あの指導だけは本当に勘弁してー！」

散々表情が変わらなかった美咲が、ここまで泣き顔を見せるのは琴音にとっても初めての経験だ。それほどまでの悪夢が待っているのか。咲子さんを呼んだのは俺だけど、さすがにかわいそうだと思えてきてしまった。

「あの、咲子さん。穏便にすませてくれると助かるんだけど。ほら、私も怪我の間は色々と世話になったからさ」

「いえ、それが私どもの仕事でありますから」

「私の気持ちばかりの感謝だと思って」

「しかたありませんね。お嬢様に感謝しなさい、美咲」

「本当に、本当にありがとうございます、お嬢様！」

泣きながら足元に縋《すが》りつかないでほしい。他人が見たら変な想像をしそうだから。幸いにも今は三人しかいないけれど、茜さんがやって来たらどうするんだ。美咲の痴態なんて見慣れているから、スルーしてくれるとは思うけど。

「そうだ。母さんに伝言を頼む。双子の誕生日には実家に顔を出すから」

「承りました」

「ケーキ持参ですか？」

「はいはい、美咲にも食べさせてやるから、荷物まとめて帰れ」

これから、晩ご飯の準備もしないといけないのだ。いつまでも付き合ってはいられない。

久しぶりに自分で作るのだから、色々と気を付けないと。包丁で怪我でもしたとなれば、茜さんに何を言われるか分からない。しばらくの間は、怪我には注意しないと。

「明日からは、平穏な学園生活になってくれればいいな」

ただ、普通に過ごしたいだけなのに、周りの状況が騒々しかった。卯月という問題の一つが解決したんだから連休明けは、穏やかな日常になってくれるはず。そう願いながら晩ご飯の準備を始めたのだった。

悪役令嬢、庶民に堕ちる

あとがき

この度は、本書を手に取っていただき、ありがとうございます。緋月紫砲と申します。まさか、趣味で書き続けた本作が書籍になるとは夢にも思いませんでした。書き始めたきっかけは、悪役令嬢って面白い。自分で書いたらどうなるだろう程度の軽い気持ちだったんですけどね。それが四年以上も書き続けられるなんて、最初の頃は考えていませんでした。当時から読んでくださっていた読者には感謝と、そして謝罪を。

「書き直し過ぎて、ごめんなさい！」

どう考えても、やり過ぎでした。最初から書き直したいという野望があったので、書籍化するのならいい機会だと思ったんです。まさか、ここまでボリュームアップするなんて私も考えていなかったのです。正直に言いましょう。ただの馬鹿です。元々、プロット無しで気ままに書いていたので、描写が足りない部分が多かったのと、やっぱり気ままに書いたのが原因です。それでも、この量は予想外でした。原作対比で三倍近いですからね。

設定は書きながら考える！　展開は思いつき！　これで現在も書き続けているのですから、無謀の極みです。原作ではこの所為で、後付けの場面や設定などが盛り沢山だったので、書き直すにあたり、ちゃんとした時系列で追加したいという考えもありました。そのおかげで、琴音と香織のシャワーシーンがカラーページになるとは。グッジョブです。

原稿を書いている時は、音楽を流しながら原作を読み返して、うがーー！　と悶絶していました。最初の頃の文章の酷さは私も自覚しています。今は少しだけ上達したかなとは思っていますが。あとは、唐突に甘味が食べたいと気分転換に出かけたり。高確率でお店が休日だったのは、私にとってはお約束でしょうか。変な部分で運がないのです。本作を拾っていただいたのは人生最大の幸運だと確信していますが、日常でのネタが多いのは悩みの種です。原稿作業中にネタが発生しなかったのは、幸運な部類ですね。

それでは最後に感謝の言葉を。素敵な表紙と挿絵を描いてくれました、切符先生。コミカライズを担当してくださっている、おひたし熱郎先生。アドバイスをくださった、担当者様。原作との違いで色々とご迷惑をおかけして、本当に申し訳ありませんでした！　でも、皆様のご協力のおかげで出来上がった作品ですので、本当に感謝しております！

そして、本書を手に取っていただいた読者の方々、誠にありがとうございます！

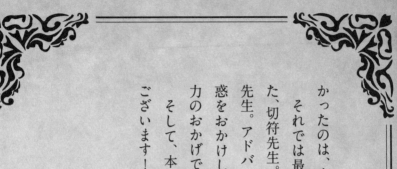

悪役令嬢、庶民に堕ちる

生リスタート!

イフコミカライズ!!

殺されたサラリーマン、
目が覚めたら勘当されたワガママ令嬢・
如月琴音になり代わってしまっていた——!?

原作 緋月紫砲
作画 おひたし熱郎
キャラクター原案 切符

元悪役令嬢の
ドタバタ庶民ラ
悪役令嬢、
庶民に堕ちる
Lady Villain fell into a common person

悪役令嬢、庶民に堕ちる

2020年6月30日　第１刷発行

著者　　緋月紫砲《ひづきしほう》

イラスト　　切符

本書の内容は、小説投稿サイト「小説家になろう」(https://syosetu.com/)に掲載された作品を加筆修正して再構成したものです。
「小説家になろう」は㈱ヒナプロジェクトの登録商標です。

発行人　　石原正康

発行元　　株式会社 幻冬舎コミックス
〒151-0051　東京都渋谷区千駄ヶ谷４－９－７
電話 03 (5411) 6431(編集)

発売元　　株式会社 幻冬舎
〒151-0051　東京都渋谷区千駄ヶ谷４－９－７
電話 03 (5411) 6222 (営業)
振替 00120-8-767643

デザイン　　荒木未来

本文フォーマットデザイン　　山田知子 (chicols)

製版　　株式会社 二葉企画

印刷・製本所　　大日本印刷株式会社

 ISBN978-4-344-84671-5 C0093 Printed in Japan
幻冬舎コミックスホームページ https://www.gentosha-comics.net/
